背教者の肖像

ローマ皇帝ユリアヌス
をめぐる言説の探究

添谷育志 著
SOEYA Yasuyuki

ナカニシヤ出版

背教者の肖像　目次

背教者の肖像

――ローマ皇帝ユリアヌスをめぐる言説の探究――

［凡例］

・引用文中の［ ］は、特に断わらない限り、引用者による補足である。
・外国語文献の引用文は原則として既訳に従った。ただし一部改変した部分もある。

第I章　ユリアヌスに誘われて

ユリアヌスはいつでもヨーロッパにおける、ひとかどの知られざる英雄だった。キリスト教の拡大を阻止して伝統的宗教を復興しようとする彼の試みには、いまもなおロマンティックな訴求力がある。彼はとりわけルネサンス期にあって、また一九世紀になってふたたび、あちこちの場違いな宮殿でよみがえるのだ。

——ゴア・ヴィダル『ユリアヌス——ある小説』

「図書館への愛は他者への愛であり、権力への愛は自己への愛である」

——ウィリアム・ハズリット『政治随想集』

空間におけるバベルの塔と時間におけるアレクサンドリア図書館は、人類の野望から生まれた二つの突出したシンボルである。私のささやかな書斎もその影のもとにあり、手の届かない憧れ、すなわち、あらゆる言語を網羅したいというバベルの塔と、世界中の書物を手に入れたいというアレクサンドリア図書館の流れをくんでいる。

——アルベルト・マングェル『図書館——愛書家の楽園』（野中邦子訳）

1　ユリアヌスとの再会

本書は辻邦生の小説『背教者ユリアヌス』[1]において描かれたローマ帝国皇帝フラウィウス・クラウディウス・ユリアヌス（Flavius Claudius Julianus、在位三六一年一一月三日―三六三年六月二六日）の言行をめぐる言説（テクスト）が、時代の変化にともないどのように変貌してきたのかを探究するものである。対象となる言説の多くは「小説」や「歴史」あるいは「詩歌」の形態をとるが、そうした文字表現にかぎらずひろく文芸一般——映像表現なども含む——まで視界におさめる。そういう意味での言説を既成のコンテクストとは別のコンテクストに配置しなおすことによって、これまで見逃されてきた新しい知的コンテクストを見いだすことを目指している。現代におけるリベラル・アイロニストを自称するリチャード・ローティ（Richard Rorty）の言葉を借りれば、「あるテクストを別のテクストのコンテクストのなかに、ある人物・形象を別の人物・形象のコンテクストのなかに配置するのに時間を費やす。こうした配置は、ちょうど私たちが新しい友人や敵を、旧友や旧敵のコンテクストに置き入れるのとまったく同じような仕方でおこなわれる。このような作業をするなかで、私たちは旧いものと新しいもの双方の見解を改訂（デヴァイス）する。同時に自らの終極の語彙を改訂することによって、自分の道徳的なアイデンティティを改訂する。アイロニストにとって文芸批評とは、形而上学者にとって普遍的な道徳原理の探求がおこなうと考えられていることにほかならない」（『偶然性・アイロニー・連帯――リベラル・ユートピアの可能性』齋藤純一・山岡龍一・大川正彦訳、岩波書店、二〇〇〇年、一六六－一六七頁）。

軽蔑、非難、攻撃

ユリアヌス帝をめぐる言説は共感と拒絶、好意と嫌悪とのあいだで揺れ動いている。彼は同時代人によって「文人皇帝」（アンミアヌス・マルケリヌス、エウナピオス、リバニオス）として評価され、現代でもゴア・ヴィダルがいうように「ヨーロッパにおける、ひとかどの知られざる英雄」とみなされる一方で、圧倒的多数の者によっては軽蔑と非難さらには攻撃の対象になってきた。たとえばラテン・キリスト教最大の詩人でありユリアヌス帝の同時代人だったプルデンティウス（Aurelius Prudentius Clemens, 348–410?）はその一〇八四行から成る長編詩「崇神（アポテオシス）」（ラテン語原題 *Apotheosis*、英訳 The Divinity of Christ : A Hymn on the Trinity）」においてつぎのように書いている。[2]

けれどもわたしが少年だったころに、あらゆる皇帝のなかで
ひとりの人物がいたことを、わたしは憶えている。
彼は戦いにおいては勇敢な指導者、立法者であり、

弁舌と行動でよく知られていた。彼はわれわれの国の繁栄には気遣いをおこたらなかったが、真の宗教の維持についてはそうではなかった。というのも彼は三〇万もの神々を信仰したからである。唯一の神にたいしては不忠実だったが、この世にたいしては誠心誠意を尽くした（Prudentius, "The Divinity of Christ : A Hymn on the Trinity : 450," in : *Prudentius, Loeb Classical Library*, vol.1, p.155.）

マニ教からの回心をへて、北アフリカはヒッポの司教の座にあった初期キリスト教最高の聖人アウグスティヌスでさえも、ユリアヌスの「抜群の才能」は認めざるをえなかった。四一〇年ゴート族の侵入による「永遠の都」ローマ陥落を契機として噴出した異教徒によるキリスト教への非難にたいする応答として彼は、全二〇巻から成る大著『神の国（*De Civitate Dei contra Paganos*）』を執筆して「地上の王国」ローマに代わるキリスト教的な永遠の「神の国」を打ち建てようとした。つまり「永遠の都とはローマではない。それは神の国なのだ。ローマはまさにこの世のものであり、地上の都市の一部であったからこそ、滅びなければならなかったのだ」（ロイ・ポーター『ギボン――歴史を創る』中野好之ほか訳、法政大学出版局、一九九五年、一六八頁）。『神の国』にはこう書かれている。

個々の皇帝にわたって言及する必要を省くため〔最後に言いたい〕、キリスト者のコンスタンティヌスに〔権力を与えた〕神は背教者ユリアヌスにも〔それを与えられたと〕。ユリアヌスは抜群の才能をもっていたが、それを冒瀆的で忌むべき好奇心が支配する愛のゆえに欺いたのである。〔つまり〕虚偽の神託を彼は信じ込み、勝利の確実性に信頼して〔軍隊に〕必要な食物を運んでいた船に火をつけた。それから彼は極端な冒険をおかし激しく攻撃を加えたが、その向こう見ずの報いとして間もなく殺された。軍隊は敵地に取り残されてしまい、わたしたちが前巻で述べたあのテルミヌス神のみ告げに反して、ローマ帝国の国境を変更しなければ、敵地から脱出することができない羽目になったのである。つまり、ユピテルには屈しなかったテルミヌス神も、必然性には屈したのである。（『神の国（1）』第五巻、第二一章、『アウグスティヌス著作集　第一一巻』赤木善光ほか訳、教文館、一九八〇年、三七二頁。傍点は引用者）[3]

ヨーロッパにおけるキリスト教の浸透・拡大、教会制度の確立、教皇権の増大にともなう「暗黒の中世」では、ユリアヌスはますます一方的に「悪の化身」（Robert Browning, *The Emperor Julian*, Berkeley and Los Angeles : University of California Press. 1976. p.xi）とみなされるようになった。「働かざる者食うべからず」という一節を含むことによって有名な『新約聖書』「使徒言行録（2 : 23）」や「テサロニケ人への手紙二（2 : 3）」に登場する「不法の者」という言葉は、しばしば反キリストと同一視される。だが反キリストという言葉は、『新約聖書』のなかでは「ヨハネの手紙一（2 : 18 – 19）」や「ヨハネの手紙二（7）」だけに見られる言葉であり、そこではキリスト教の教えに背く者（たち）という以上の意味をもってはいない。ところが古代から中世にかけて、キリスト教終末論や反キリストのイメージが発展するなかで、「テサロニケ人への手紙二（2 : 3）」が描く「不法の者」は「背教者（lapsi = apostate）」と呼ばれるようになった。背教者には「供犠者（sacrificati）」、「供香者（thurificati）」および「供え物奉納所持者（lebellatici）」の三種類が区別される。こうした流れのなかでユリアヌスにも「背教者」というレッテルが貼られるようになったという。

一三世紀に活躍した神学者トマス・アクィナスの――「君主の鑑」と称されるジャンルに属する――『君主の統治について――謹んでキプロス王に捧げる（*De Regimine Principum, Ad Regem Cypri*）』（柴田平三郎訳、慶應義塾出版会、二〇〇五年）においてアクィナスは、カエサル、オクタヴィアヌス・アウグストゥス、キケロ、セネカ、ティベリウス帝などには言及するものの、ユリアヌス帝にはいっさい言及していない。ユリアヌスゆかりの地ガリアについては、「またユリウス・カエサルがその書『ガリア戦記』において語っているように、ガリアにおいてはキリスト教の聖職者たちが非常な尊敬を払われるようになっていたので、ガリアの民の間にあっても、ドルイダスと呼ばれていた異教徒の聖職者たちが全ガリアに法律を制定することを神は許したのである」（同前、八〇－八一頁）と書かれている。さらには「多くのローマ皇帝たちがキリストの信仰を暴虐にも迫害したとき、大多数の人びとは貴族も平民も信仰に殉じ、抵抗を試みることはなく、キリストのために従容として死に就いたことで讃えられたのである」（同前、三七頁）と書かれてはいるが、ユリアヌス帝もふくめてローマ皇帝たちが一時的にせよ、キリスト教徒にたいしておこなった寛容政策についてはまったくふれられてはいない。

ユリアヌスへの肯定的評価

けれども、ユリアヌスの人格と偉業はけっして忘れ去られることはなかった。彼自身の著作や書簡が、そして彼の終生の盟友だったアンミアヌス・マルケリヌスの『歴史』が焚書にもあわずに生き延びられたのは、キリスト教会が彼らをそれなりに評価していたことの証左にほかならない(4)。じじつ一四世紀には四八通にのぼるユリアヌスの書簡が「ギリシア語散文の模範」として出版されている。けれどもローマ帝国の礎(いしずえ)であるイタリア半島にあって、当時の分裂状態を克服して統一国家イタリアを夢見ながら、俗語(トスカーナ語)によってダンテが書いた国民文学『神曲』(執筆されたのは一三―一四世紀、ただし『神聖喜劇(*La Divina Comedia*)』という書名が定着するのは一五五五年のヴェネチア版以降)に描かれた地獄のどこにも、帝国を蛮族の侵入から護ろうとした人びとの姿は見当たらないのだ。ダンテの地獄は九層の「圏谷(たに)」から成っており、最下層の「第九獄」には「恩人を裏切った者」が全身を氷漬けにされている。キリストを裏切ったユダ、カエサルを暗殺したブルトゥスとカシウスである。教会にとっての仇敵ともいうべきエピクロスは「地獄の第六獄」にいる――「こなたにはエピクロとかれに倣ひて魂を體とともに死ぬるとする者みな葬らる」(『神曲(上)』山内丙三郎訳、岩波文庫、六四頁)――というのに、またソクラテス、プラトン、アリストテレスたちは「第一獄」で「クリストを信ずるにいたらざりし無辜の民」として、いわば「不遡及の原則」に則して優遇されているのに。さらには死に際してキリスト教徒に改宗した叔父コンスタンティヌス大帝でさえも「偽りの謀めぐらす者」として「第八獄」に閉じ込められているというのに、ユリアヌス帝の姿はどこにも存在しない。そもそもダンテが描く『神曲』の「地獄」にも「煉獄」にも「背教者」というカテゴリー自体が存在しないのだ。

中世における悪魔的ユリアヌスや後述するルネサンスの英雄的ユリアヌス像の双方から距離をとった学術的研究の基礎となるユリアヌス自身の著作や、アンミアヌス、リバニオスなどの著作が印刷・出版されるのは一七世紀以降のことである（cf. Browning, *op. cit.* p.229ff.）。
たとえばJ・B・ビュァリは『思想の自由の歴史』（森島恒雄訳、岩波新書、一九五一年）の第Ⅲ章「幽囚の理性」においてこう書いている。

その短い治世中（三六一―六三年）に古い秩序を回復しようとした背教者ユリアヌスは全面的な信教寛容を宣言した。しかし彼はキリスト教徒が学校で教えることを禁じ、キリスト教徒を不利な地位においた。が、それもほんの一時的な抑圧にすぎなかった。そして結局、テオドシウス一世（四世紀末）の厳しい法律によってついに異教は粉砕された。その後も一世紀以上の間異教はあちこちで、とくにローマとアテナイでなお余命を保ちはしたが、あまり勢力はふるえなかった〔……〕中世期の暗黒を一掃し、ついには理性をその牢獄から解放しようとする人々のための道をひらくことになる知的・社会的運動は、一三世紀のイタリアにはじまった。（四二頁、五六頁）

そしてついにローマ教皇庁書記官長でありブックハンターだったポッジオ・ブラッチョリーニによって、エピクロス哲学の精髄をラテン語韻文で表現したルクレティウス『物の本質について（*De Rerum Natura*）』の写本がドイツの修道院図書館で発見された。一四一七年のことであった（スティーヴン・グリーンブラット『一四一七年、その一冊がすべてを変えた』河野純治訳、柏書房、二〇一二年を参照）。フィリップ・ソレルスは素晴らしいエッセイ「ルクレティウスの瞑想」においてこう述べている。

わたし［ルクレティウス］という人間はすでにこの世に現われ、人生を生きたのだ。わたしはものを考え、文字を描いたことがあるのだ。ただ、それがまったく記憶に残っていない。記憶がないのは、わたしと、もうひとりのわたしが、死によって完全に断ち切られているからだ。かつてのわたしがあの賛歌を書いたとき、どの国の言葉を使ったのだろうか？　わからない。どの国の言葉で、また未来のどのような風景のなかで、おなじ賛歌をふたたび、しかもこのわたしの手によって書かれるのだろう。そのときのわたしは、いまのわたしのことを何ひとつ覚えていないはずだ。予測など不可能なことだ。すくなくとも、いまとおなじ文字が使われるのだろうか。ローマはローマにあるのだろうか？　ウェヌスの秘密を知る人間が残っているのだろうか。（『例外の理論』宮林寛訳、せりか書房、一九九一年、一七頁）

「ウェヌスの秘密を知る人間」はたしかに残っていた。もとよりポッジオによる写本の発見は偶然の賜物だろう。だがそれが現代にまで受け継がれたのは、「テクストの擁護者たち」が存在していたからである。古典は自然の成り行きで「古典」になるわけではない。そこにはなにを後世に遺すべきか、なにを廃棄すべきかをめぐる熾烈な選別の力学が働いていたのである。たとえばアエリウス・スパルティアヌス『ローマ皇帝群像（*Historiae Augustae*）』（全四巻、南川高志ほか訳、京都大学学術出版会、二〇〇四－二〇一四年）はギボンも『ローマ帝国衰亡史』執筆に際して参照したといわれているが、同時に偽作だともいわれている。フランスの新教徒アイザック・カゾボンはそれを一六〇三年に集成した。彼が所蔵していたルクレティウスの著作の余白は「その文体の美しさへの感嘆と、その不敬な考えを呪う言葉」に満ちているという。

――ルクレティウスよ、お前はなんと愚かなのか、虫ケラと人間が魂の種を同じくしていると信じているのか！

たしかに、カゾボンが許容できる異教徒もいた。「自然は無駄なことをなにもしない」とするアリストテレスの学説は、「世界は自然によって、無作為に目的をもたず、みだりに創造されたものだというエピクロスのガラクタ」よりもずっとすぐれている。（アンソニー・グラフトン『テクストの擁護者たち――ヨーロッパにおける人文学の誕生』福西亮輔訳、勁草書房、二〇一六年、二七七‐二七八頁）

こうした人文学者たちの努力によって拍車がかかったルネサンス、すなわち古典古代の復興――キリスト教徒にとっては異教の神々の復活――は、フィレンツェではマキアヴェリによるローマ共和政の再評価をうながし、またメディチ家の文人政治家ロレンツォは一四九一年に、ユリアヌスを主人公とする戯曲 *Rappresentazione di san Giovanni e Paolo*（A Play of Saint John and Paul：英訳版なし）を発表することになる。(5) つまり「ルネサンス時代に、人類は大人になった」のだ（ボルヘス「パスカルの球体」）。一六世紀になるとルターとカルヴァンによる宗教改革において、かつてはユリアヌス帝を目の敵にしたカトリック教会自体がプロテスタントから厳しい批判を受ける。ルターの『現世の主権について』（一五二三年）においては「聖パウロは彼［クプロの総督パウロ・セルギオ］を回心せしめたが、彼をなお異教徒の間にあって之を治める総督のままでおらせた。また多くの聖なる殉教者たちも同様な態度をとり、彼らは異教徒たるローマ皇帝に従い、その下で従軍し、平和を守るために疑いもなく人を殺したことは、聖モリス、アカティウス、ゲレオン、そのほかユリアヌス帝麾下の多くの人びとについて記されている通りである」（吉村義夫訳、岩波文庫、一九五四年、四二頁）と書かれている。ここではユリアヌス帝につきものだった「背教者」という言葉は使われていない、つまり彼は「普通の」ローマ皇帝のひとりと考えられているといえよう。[6]

フランスにおける評価

宗教内乱期のフランスではジャン・ボダンの『歴史方法論（*Methodus ad facilem historiarum cognitionem*：英訳 Method for the easy knowledge of history）』（一五六六年）における言及――「「不信仰」という点では、異教徒であるタキトゥスがキリスト教を攻撃するのは不信仰の現われではなく、逆に自らの信仰に敬虔であることの現われであり、ましてや彼の時代にはキリスト教の方が少数派の誤った宗教とされていたのである。この主張は背教者ユリアヌスの弁護でも繰り返されている。こうした主張はボダンが如何に普遍的な自然宗教の立場にたっていたかをよく示している。〔……〕モンテーニュはボダンの歴史家選択の批判的基準、それにタキトゥスと背教者ユリアヌスの弁護をほとんどそのまま繰り返すことになる」（清末尊大『ジャン・ボダンと危機の時代のフランス』木鐸社、一九九〇年、一一七頁）――を契機としてユリアヌス帝は復活し、その後人文主義者（フマニスト）モンテーニュの『エセー』（一五八〇年）におけるユリアヌス弁護論や啓蒙主義者ヴォルテールによる「ユリアヌス、哲学者、ローマ皇帝（Julian le philosoph, Empereur Romain）」（『哲学辞典』一七六四年）という評価が生みだされ、モンテスキューも一七三四年に出版された『ローマ人盛衰原因論』（田中治男・栗田伸子訳、岩波文庫、一九八九年）において「この君主（ユリアヌス）は、その英知、堅忍不抜、節倹、統率力、勇気、そして一連の英雄的行動によって蛮族を何度も駆逐した。その名が与えた恐怖から、彼の存命中、蛮族の動きは封じられた」（一九五頁）と書くことになる。[7] なかでもモンテーニュの『エセー』第二巻第一九章「信仰の自由について」におけるつぎのような記述は、後世のユリアヌス評価に決定的な影響をあたえた。

本当に、ユリアヌス帝は実に偉大で稀有な人物であった。精神は哲学の思想に濃く色どられ、そして実際に、どの種類の徳においてもきわめていちじるしい模範を残した。純潔という点では（彼の生涯はそれのきわめて明らかな証拠である）、アレクサンドロスやスキピオにも比すべき話が伝えられている。彼は盛りの年頃にもかかわらず、数ある絶世の美人の捕虜の中の誰にも会おうとしなかった。盛りの年頃というわけは、僅か三十一歳でパルティア人に殺されたからである。正義という点では、わざわざ自分で訴訟の両方の言い分を聞いた。出頭した者どもには、好奇心から、どの宗教を奉ずるかをたずねたけれども、キリスト教に対していだいていた敵意のために、いささかも判断の天秤を傾けなかった。自らも、多くのよい法律を作り、前の皇帝たちが徴集した租税の大部分を撤廃した。〔……〕ユリアヌス帝は確かに厳格ではあるが、残酷な敵ではなかった。〔……〕ある日、彼がカルケドンの町の付近を歩いていると、土地の司教マリスが大胆にも「キリストの邪悪な反逆者」と呼ばわったが、彼はただ「去れ、あわれな者よ、おまえの目が見えないことを嘆け」と答えただけだった。〔……〕彼は、（もう一人の証人エウトロピウスによると）キリスト教徒の敵ではあったが、その手を血に染めることはしなかった。〔……〕彼の質素については、常に兵士と同じ生活をした。そして平時にも、戦時のきびしさに自分を鍛えるような食事をとった。〔……〕あらゆる種類の文学に精通していた。〔……〕われわれの記憶では、彼ほど多くの危険に立ち向かい、試練に身をさらした人はほとんどいない。〔……〕

宗教に関しては、あくまでも誤っていて、キリスト教を捨てたために、背教者とあだ名された。だが私には、彼が一度もキリスト教を信じたことがなく、ただ法律に従うために、帝国を手に入れるまで信じた振りをしていた、という説のほうが本当らしく思われる。（『エセー（四）』原二郎訳、ワイド版岩波文庫、一三〇－一三二頁）

後年アンドレ・ジイドは『モンテーニュ論』（渡邊一夫訳、岩波文庫、一九三九年、三二頁）において、上述のモンテーニュの文章を引用しながら「ユリアヌス皇帝の人物が、かくも彼［モンテーニュ］を強く牽き附けた所以のものは、正にこの邊にあるのである。／加特力教のうちで、彼の氣に入り、彼が讃美し賞揚するものは、その秩序あることと由緒の深いこととである」と書いている。さらにモンテーニュが後世にあたえた影響の一例として、現代フランスの作家ミシェル・ビュトールによる『エセーをめぐるエセー――モンテーニュ論』（松崎芳隆訳、筑摩書房、一九七三年）に収録された「背教者ユリアヌスの弁護」では、ラ・ボエシーとユリアヌスをくらべながら「モンテーニュは心に哲学的異教主義をはぐくんでおり、これに較べれば熱狂的なキリスト教信仰こそかえって背教だったのかもしれない。〔……〕まず一五六二年一月十七日のあの勅令が発布されて新教徒に集会の自由が与えられるが、ラ・ボエシーはこれにかんして

「覚書」を書いた、次いで一五七二年には聖バルトロメオの大虐殺が起こる、〔……〕一五七六年と一五七七年には《信仰の自由》をある程度許す新たな措置がとられる、まさにこれらは、モンテーニュの言い切るように、心ひそかにキリスト教の死を希う王侯のとったかもしれぬ措置、まさしくユリアヌス帝のかつてとった措置である」（一六〇―一六二頁）と書いている。

若きディドロも『哲学断想』（一七四六年）において、ユリアヌスが三六二年八月一日にアンティオキアからだした書簡を引用しながら、つぎのように書く。

政治では、古いものを変えるのはつねに危険なことである。宗教の中でももっとも神聖でおだやかなキリスト教ですら、多少の混乱を起さずにはその地歩を固められなかった。教会の最初の子らは一度ならず温和と忍耐という掟を破った。ここにユリアヌス帝の勅令（ママ）の抜粋を二、三かかげさせてもらいたい。それは、哲人皇帝の人柄と、当時の熱狂的な信者の気質とを、じつにみごとに示している。〔……〕この人に対しては、異教徒だったことを非難できても、背教者という非難は当たらない。〔……〕驚くのは、この学識ゆたかな皇帝の著作が今でも残っていることである。（『哲学断想』小場瀬卓三・平岡昇監修『ディドロ著作集　第一巻　哲学Ⅰ』所収、法政大学出版局、一九七六年、一三―一四頁）

イギリスにおける評価

英国においてはじめてユリアヌスの名を冠する書物が登場するのは名誉革命の時期であった。すなわちサミュエル・ジョンソン（Samuel Johnson, 1649–1703. ジョンソン博士とは別人）による*Julian the apostate being a short account of his life, the sense of the primitive Christians about his succession and their behaviour towards him : together with a comparison of popery and paganism*, London : Printed for Langley Curtis, MDCLXXXII［1682］がそれである。本書についてはマコーレーが『英国史』（一八四八年）においてつぎのように記している。

［反ジェームスの］陣営が設立されるや、新教徒兵士と旧教徒兵士との間に反目が発生した。「新教徒全陸軍兵士に対する謙遜篤実な建言」と題する小冊子が流布されて、その作者は兵士に対してその武器を旧教防衛のためではなく、聖書、大憲章、権利訴願の防衛のために使用することを要請した。この作者は既に国王から睨まれていた人物で、その性格は注目に値し、その経歴は極めて教訓的なものであった。

その作者はサムエル・ジョンソンと呼ばれる英国教会牧師で、ラスル卿［Lord Russell］の雇用牧師となっていた。ジョンソンは敵手から徹底的に憎悪されると同時に味方からは愛されるよりも寧ろ尊敬される人物であった。徳性は無垢にして宗教的感情は熱烈、学識や才能も相当なものであったが、思慮分別に乏しく、気質は激烈乱暴にして極度に強情であった。彼が英国教会牧師であったことは特に熱烈な王権党員から憎悪される原因となった。というのは、英国教会牧師で共和主義を主張する者は殆ど例外且つ不自然なことであったからである。前治下にジョンソンは『背教者ユリヌス』と題する書を発表し、四世紀のキリスト教徒が無抵抗の教義を支持していなかったことを論証したのであった。王位継承除外法案に反対した英国国教会牧師の精神と全然相違した精神を以て書かれた文句をクリシストム〔Chrysostom〕やイエローム〔Jerome〕から引用することは容易なことであった。しかも、ジョンソンの主張はそれを越して、リバニウス〔Libanius〕が明白な根拠からユリウスのキリスト教徒兵士に負わした非難を復活せしめんと企画し、背教者を殺害した投槍が敵から来たものではなくて、ラムボルド〔Rumbold〕やファーグソン〔Ferguson〕の如きローマ兵士から来たものであることを主張したのであった。激烈な論争が発生し、民権党〔Whig〕と王権党〔Tory〕の論客は、グレゴリイ・ナジアンス〔Gregory of Nazianzus〕がある者に咎刑を加えんとした敬虔な司教を称揚した不明確な文句に就いて、激論した。民権党員は司教が皇帝に咎刑を課せんとしたのであると主張し、王権党員は司教が或る近衛連隊長に咎刑を加えんとしたのであると断言した。ジョンソンは攻撃者に対して丹念な返答を準備し、その返答の中でユリウスとその当時ヨーク公であったジェームスとの間の類似を指摘した。ユリウスは多年に亘り偶像の嫌悪を装っていたが、心中は偶像崇拝者であった。ユリウスは便宜上時々良心の権利を主張したが、真実の宗教を採用していた都市からはその自治権を奪取した。そして、ユリウスは佞人たちから正義者と呼ばれていたのであった。かくして、ジェームスは極度に激昂し、ジョンソンを誹毀罪として告発した。ジョンソンは有罪を決定されて巨額の罰金を課せられたが、それを支払い得なかったので監獄に投じられ、生涯出獄出来ないように見えた。（マコーリー『英国史（中巻）――革命の部』中村經一訳、旺世社、一九四九年、二七三－二七五頁。表記および仮名遣いを変更した。以下同様）

じっさいジョンソンは高等法院裁判所監獄に投獄される。そして上階に投獄されていた稀代の知能犯ヒュー・スピーク（Hugh Speke）によって利用され、「子供のように単純な」ジョンソンはスピークに唆されて「兵士の反抗を扇動する論文」を書きつづける。秘密印刷所の経営者と通じていたスピークは、「ユリウス・ジョンソン」（当時のあだ名）が書いた論文を数千部の小冊子にして兵士たちに散布しようとした。散布役の兵士の裏切りによりジョンソンの犯行が露呈するが、「ジョンソンは自己を救うためにスピークを裏切るような人物ではなく、ジョンソンは告発されて直ちに有罪を判決された」（同前、二七六頁）。刑罰（三一七回の笞打）執行以前にジョンソンからの聖職剥奪が決定され、高等宗教法院からロンドン教区の職務を委託された監督たちが彼を聖ポール寺院の牧師団室に招致した。その際にジョンソンが語った言葉――「諸君は私が諸君の聖衣を擁護したとの理由で私を聖職から追放するのである」――は、人びとに深い印象をあたえたようだ。それと同時にこの種の事件にたいするジェームス二世とウィリアム三世との対応の違いは、君主の性格の相違とともに確実な時代の変化を示している。ジェームスいわく、「ジョンソン君は――とジェームスは言った――殉教者となる精神をもっている。だから、殉教者となることは最も適したことなのである」。ウィリアムいわく、「この男（激烈大胆なジェームス党員Jacobiteの一人）は殉教者になることを欲しているが、余はこの男を失望させようと決意している」（同前、二七八頁）。ここにジャコバイトにたいして「殉教者」になることさえをも認めようとしないウィリアムの老獪さをみるべきなのか、はたまたホイッグ寡頭体制の「抑圧的寛容」をみるべきなのだろうか？

そしてついに「唯一無二のローマ帝国史家（The Historian of the Roman Empire）」エドワード・ギボンによる『ローマ帝国衰亡史』（一七七六―一七八八年、以下『衰亡史』と略記）における記述（二二―二四章）によって、ユリアヌス像が一変することになる。たとえばロイ・ポーターは『衰亡史』に描かれたユリアヌス帝についてこう書いている。

『ローマ帝国衰亡史』のなかで、著者が好意的記述に最大限近づいたのは、皇帝ユリアヌス（三三一？―六三、ローマ皇帝）（キリスト教徒には「背教者」として知られている）を描いたときである。〔……〕（ロイ・ポーター『ギボン――歴史を創る』中野好之ほか訳、法政大学出版局、一九九五年、一一六頁）[8]

またギボンは『自伝』において一七三五年に出版されたラ・ブレトリ神父の『皇帝ユリアヌス伝』が、『衰亡史』を執筆する際に大きな刺激になったと書いている（『ギボン自伝』中野好之訳、ちくま学芸文庫、一九九九年、一二五頁。以下、『自伝』と略記）。

さらに一九世紀以降になると、ユリアヌス帝は多くの詩・小説・評論・研究によって賞賛されるようになる。たとえばトマス・ハーディの『日陰者ジュード（*Jude the Obscure*）』（一八九四年）[9]では、アルジャノン・チャールズ・スウィンバーン（Algernon Charles Swinburne）のつぎのような一節が引用される。

それはギボンの著作の一巻で、彼女は背教者ユリアヌスの治世を扱った章を読んだ。時々顔を上げて石膏像を見上げたが、二つの像は、たまたま中間にキリスト磔刑の地の版画がかかっていたので、場違いで違和感があった。その光景にそそのかされてこんなことがしてみたくなったかのように、彼女はとうとう跳び起きて、別の本を箱から取り出し――詩集だが――お馴染みの詩――

汝は勝利を得たり、青白きガリラヤ人よ、
汝の息吹を受けて、世界は灰色に変わりぬ！
（Thou hast conquered, O pale Galilean :
The world has grown grey from thy breath ;
From 「プロセルピナ讃歌（Hymn to Proserpine）」）

を開くと、それを最後まで読んだ。やがて、蝋燭を消し、服を脱ぎ、最後に枕許の明かりを消した。
（『日陰者ジュード』川本静子訳、国書刊行会、一九八八年、九一－九二頁）

そして二〇世紀初頭になると、クレメント・パーソンズ女史（Mrs. Clement Parsons）の通俗小説（*Sir Julian the Apostate*, London : William Heinemann, 1903）が出版されるほどに、ユリアヌス帝の名前はポピュラーなものになる。わたしはこの一冊を入手すべくイングランドとスコットランドのボーダー附近にある「バーター・ブック・ショップ」に赴いたものだ。入国審査に際して「渡航目的は？」と訊かれて、「ブックハント」と応じて、銃をもっているかと質され怪しまれた。帰りの列車は四時間も遅れ、キングスクロス駅に到着したのは翌日の午前零時すぎだった。車内放送が「グッドモーニング」といったのには思わず笑った。ともあれ二〇世紀に入るとアメリカの学生のなかには、伝説的人物としてユリアヌスとケネディとを連想する者まで出現する（Cf. Loeb Classical Library, *Julian*, Vol.1, Translated by W. C. Wright）。

ドイツにおける評価

それに反して、かつてローマ帝国期においては「蛮族」として描かれたドイツ（ゲルマニア）では、「蛮族」と呼ばれた恨みもあってか[10]、古代ローマの文化・歴史・思想についてのギボンに匹敵する叙述はテオドール・モムゼンの大著『ローマの歴史』（原著は第一巻一八五四年、第二巻一八五五年、第三巻一八五六年、第五巻一八八五年にそれぞれ出版されたが、第四巻は出版されなかった。ただし叙述範囲はローマの成立からカエサルまで。邦訳（全四巻）長谷川博隆訳、名古屋大学出版会、二〇〇五－二〇〇七年）の登場まで待たなければならなかった。ダウィド・フリードリッヒ・シュトラウスの大著『イエスの生涯（全二巻）』（岩波哲男訳、教文館、一九九七年、原著出版一八三五年）では数か所ユリアヌスの名前が言及されるが、ユリアヌスについてのかなり長めの叙述がはじめて現われるのは、ヤーコプ・ブルクハルトの名著『コンスタンティヌス大帝の時代――衰微する古典古代からキリスト教中世へ』（原著出版一八五三年）においてである。しかもその描写は悪意に満ちたものというほかない。

救いようのない頑固と野心により、このうえなくばかげた弁証法によりずたずたにされた（キリスト）教会のかたわらで、少年ユリアヌスは当時成長したのであった、コンスタンティウス二世帝が自分の家族全体に仕掛けた殺戮からかろうじて生き延びて。彼の異母兄ガルス（副帝。在位三五一－三五四）は辺鄙なカッパドキアにあるマケロンの離宮で聖職者になるべく育てられた。彼らの慰みは、聖なる殉教者ママスの礼拝堂を建造することであった。こうした出来事の印象を受けながら未来の異教的反動主義者は育成されたのである。（『コンスタンティヌス大帝の時代——衰微する古典世界からキリスト教中世へ』新井靖一訳、筑摩書房、二〇〇三年、四四一頁。傍点は引用者）

ユリアヌス帝の名を冠するドイツ語で書かれた最初の書物はおそらく、前述したシュトラウスによる *Der Romantiker auf dem Throne der Cäsaren, oder Julian der Abtrünnige. Ein vortrag*（1847）である。シュトラウスのイエス論は同時代の青年ヘーゲル派に多大の影響をあたえ、のちにレーニンによって「背教者」と名指されるカール・カウツキーが『キリスト教の起源』（栗原佑訳、法政大学出版局、一九七四年、原著出版一九〇八年）を執筆するうえで参照されることになるが、同書の第三章「ローマ帝政時代の思考と感情」にはユリアヌス帝はまったく登場しない。

ユリアヌスの「秩序」

以上は二〇世紀初頭までのユリアヌス帝をめぐる言説の変貌の素描だが、本書ではそのような変貌がどのような時代の変化のなかで生じたのか、また二〇世紀に入り陸続として現われるユリアヌス関連文献をフォローしながら、その変貌の様相を政治思想史的観点から辿りたい。その際にわたしが注目するのは、辻の小説に見られる以下のような考え方の政治思想的含意——とりわけこの作品に頻出する「秩序」という考え方である。それというのも「欧米人にとって、可能な秩序は一つであり、一つしかない。それはかつてローマと呼ばれ、今は西洋文化と呼ばれている」（ルイス・ボルヘス『続審問』中村健介訳、岩波文庫、二三六頁）からであり、オーデンがいうように「秩序をもたらすこと——それこそは／《愛の神（エロス）》も《知の神（アポロ）》も共に求める事柄だ」（『新年の手紙』風呂本武敏訳、国文社、一九八一年、一八頁）からである。

ユリアヌスはつぎのような考えを書記に口述筆記させ、それが仕上がると、秩序論と題して師リバニウスに送った。

秩序があってはじめて各人が真実に自由でありうる。なぜならローマの秩序は人間を真に人間たらしめる城塞のごときものだからだ。だが、秩序が人々にとって圧迫となるとき、もはや秩序は真の秩序とは言い得ない。したがって秩序は人々の同意と自由意志による服従を前提とする。地上の秩序は、たえずよりよい秩序への歩みと、同時に、刻々の秩序への服従とを含まねばならぬ。（辻邦生『背教者ユリアヌス（中）』中公文庫、三五八頁。傍点は引用者。以下同様）

ユリアヌスはガリアへの進軍の途上、シルミウスで親友ゾナスと軽業師ディアに再会し彼女にこう語りかける。

ディア、君が軽業を私に捧げてくれるように、私は秩序と正義をこの帝国に捧げようとしているのだ。ローマは広大で、永遠な存在だ。しかしそのようなローマでさえ、いきなりローマ帝国があるのではない。そこにはガリアの民もおり、ダキアの民もあり、シリアの住民たちもいる。そしてそのガリア一つ、ダキア一つとってみても、また無数の人々がいるのだ。ディア、君は町から町へ興業してまわって、こういうことを肌で実感しているのではないかね。そうなのだ、ディア、ローマとは、どこか別にある大きな一つの顔ではなく、この無数の個々の人間のなかに現われてくる現実の姿にほかならない。私がローマ帝国に秩序を捧げようというとき、それは、こうした民の一人一人の生活に結びつくことを意味するのだ。（『背教者ユリアヌス（下）』一六七－一六八頁）

またキリスト教の「暗い顔の」司祭アブロンには、こう語りかける。

もちろん私はローマが病んでいることを知っている。貧民たちが苦しんでいることを見てきた。被征服民がローマ人の鞭で打ちのめされたという話も聞いている。だが、そうだからといって、私は、内心の自由、平等を人々にすすめるより前に、真にローマ帝国の意図を実現することによって、そうした不正や、不信や、不平等をなくすべきだと考えている。私は秩序の体現者だ。私は、あなたのようにただ万民は神の前で平等であると言えないのだ。秩序は上下の位階を含み、ある目的への意志によって統御されている。だが、その秩序は、そこに含まれるすべての人が、それぞれに応じて幸福であるがゆえに、秩序としての意味をもつのだ。もし秩序がかかる全体への配慮を失えば、そのとき秩序は枯死する。だから秩序は、ただ全体の福利を含みうるときにのみ、無秩序に対して戦いうる。もし私があなたの万民平等を無秩序と呼べば、あなたは不本意であろうと思う。だが、それはやはり無秩序と呼ばなければならない。私はどんなことがあっても、秩序の側に立ち、それを枯死から守らなければならないのだ。〔……〕だが、ユリアヌスはアブロンのようには、絶対の正義のために現在の秩序や平和を乱す気にはならなかった。（『背教者ユリアヌス（中）』三五六－三五七頁および『背教者ユリアヌス（下）』二六〇頁）

さらにユリアヌスの側近のひとりであり、アリストテレスの注釈者でコンスタンティノープルの元老院議員でもあった哲学者テミスティウス[11]は、ペルシア遠征を前にして自分が不在になることを憂慮する腹心アリビウスに向けてこう語る。

問題の核心はただ一つ、キリスト教をいかにしてローマの秩序に服させるべきか——つまり熱狂的な絶対探究者たちに対して、いかにして地上の相対的な調和感覚の意味を納得させるか、ということです。おそらく人間の歴史はこの二つの生き方、考え方のあいだで揺れ動くことでしょう。一方は厳しく、他方は柔軟です。一方は渇いたような眼をし、他方は距離を置いた眼をしています。しかし人間が人間でありつづけるためには、人間を殺すような絶対を拒むほかありません。これはローマの限界ですが、同時に人間の限界でもあるのです。しかし人間の品位はただこの限界を知って、そこで踏みとどまり、その宿命を背負うことにしか生れません。アエリアの神殿再建もその一つの現われです。アリビウス、私はあなたの悩みはわかるが、苦悩によってしか人間は偉大にならぬのも事実です。

(『背教者ユリアヌス(下)』三三四―三三五頁)

もとより「ゾナス」と「ディア」は架空の人物であり、引用部分におけるユリアヌスの言葉やテミスティウスの言葉もまた作者によるフィクションである。だが辻は本書執筆のために国内外の膨大な文献を渉猟し、またユリアヌス自身の手になる著作を読みふけったものと、わたしには感じられる。篠田一士によれば「事実、作者は、哲学者であり、また、そうあることをたえず願っていたと思われるユリアヌス自身の数多くの著作をはじめ、彼の同時代の歴史家の記述はもちろんのこととして、以来、この哲人皇帝について、うずたかく書きつづられてきた歴史的文献を調べ、たとえば、ビデスの『皇帝ジュリアンの生涯』(J. Bidez: *Vie de l'empereur, Julien.*)といった高度な専門書まで読んだとおぼしき形跡がある」(同前、「解説」、四三五頁)ということだから、わたしの実感もあながち見当外れではないだろう。

ユリアヌスを取り巻く文献の山

さいわいなことにユリアヌスについては歴代ローマ皇帝のなかでも稀にみるほど数多くの著作(*The Works of the Emperor Julian*, 3 vols. Loeb Classics Library)が残されており、直接ユリアヌスに言及していないにせよ彼の著作を理解するうえで重要な同時代の記録の邦訳――たとえばユリアヌスの盟友リバニオスの

『書簡集1』(西洋古典叢書、京都大学学術出版会)やアエリウス・スパルティアヌス『ローマ皇帝群像(全四巻)』(西洋古典叢書)さらにはエウセビオス『コンスタンティヌスの生涯』(西洋古典叢書)、同『教会史(上・下)』(講談社学術文庫)——や関連文献——カッパドキアのアリウス派の司教ナジアンゾスのグレゴリオス(Gregorius of Nazianzos)による『ユリアヌス駁論(*Invectives Against Julian*)』やアンミアヌス・マルケリヌス(Ammianus Marcellinus)の『歴史(*Res Gestae*、英訳版 *The Roman History of Ammianus Marcellinus*)』、サルディスのエウナピオス(Eunapios of Sardis)とピロストラトス(Philostratus)による『哲学者・ソフィスト列伝』(西洋古典叢書)、アレクサンドリアの司教キュリロス(Cyril of Alexandria)の『ユリアヌス駁論(*Against Julian*)』(キュリロスは、後述するヒュパティアが殺害されたときにアレクサンドリアの司教だった)——などが残されている。ナジアンゾスのグレゴリオスの著作は『盛期ギリシア教父』(中世思想原典集成)』(上智大学中世思想研究所編訳・監修、平凡社、一九九二年)に訳出されている。

その他の研究書や小説・評伝としてはG・W・バワーソック『背教者ユリアヌス』(新田一郎訳、思索社、一九八六年。原著 G. W. Bowersock, *Julian The Apostate*, Cambridge, Massachusetts: Harvard University Press, 1978)やD・S・メレシコーフスキイ『背教者ユリアヌス——神々の死』(米川正夫訳、米川哲夫・米川良夫改訂、河出書房新社、一九八六年、ロシア語版の全訳。原著出版一八九八年。英訳版 *Julian The Apostate*, translated by Charles Johnston, Philadelphia: Henry Altemus, 1899)を代表とする、ユリアヌス関連文献の翻訳も数多く存在する。とくに後者は旧制高校の教養文化のなかで育った学生の愛読書だったという(中西恭子「日本における「背教者」ユリアヌスの受容に関する考察」『宗教研究』八四巻四輯、二〇一一年を参照)。またノルウェーの劇作家イプセンが一八七三年に刊行した、「第一部　カエサル(副帝)の背教」および「第二部　皇帝ユリアヌス」

から成る二部構成の大作『皇帝とガリラヤ人』[12]も翻訳・出版されている（『原典によるイプセン戯曲全集〈第3巻〉』原千代海訳、未來社、一九八九年、所収）。

　さらにはわが国でも折口信夫が随筆「壽詞をたてまつる心々」においておそらくは島村苳二訳に言及しながら「故人岩野泡鳴が『悲痛の哲理』〔本書の出版は一九二〇（大正九）年〕を書いたと前後して、『背教者じゆりあの――神々の死』が、初めて翻訳せられた。此の二つの書き物の私に与えた感激は、人に伝へることが出来ないほどである。民族主義・日本主義は凛として来た。／じゆりあん皇帝の一生を竟へて尚あとを引く悲劇精神は、単なる詩ではなかった。古典になじんでも、古代人の哀しみに行き触れない限りは、其は享楽の徒に過ぎない。〔……〕私一己にとっては、じゆりあん皇帝を扱ったためれじゆこふすきい氏の文学は、文学と言ふよりは、生活と感じられた。精神として感じられた。つまり史学よりも、もっと具体的な史学として、我が大和・寧楽に対する比較研究の情熱を促したのであった」（『日本評論』第一三巻第六号、一九三八（昭和一三）年五月に掲載。『折口信夫全集17』中央公論社、一九九六年、四二四－四二五頁。傍点は引用者）と述べている。

　既述のように中西恭子はメレシコーフスキイの翻訳が「旧制高校の教養文化」のなかでひろく読まれたと指摘している。その意味では辻の小説が一九六〇年代末から七〇年代にかけて大学生だけではなく、ひろく読者に受け容れられる素地は整っていたといえるかもしれない。ただし辻自身の回想によれば、彼の旧制松本高校時代には友人たちが『神々の死』を好んで読んだとは書かれているが、自分自身が読んだのは『神々の復活』だけであるとのことである（辻邦生「歴史小説論」『歴史小説集成第一二巻』岩波書店、一九九三年所収、一五八頁）。

欧米と比較するとわが国の学界における本格的なユリアヌス研究はけっして豊かとはいえない。かろうじて秀村欣二、中西恭子、長友栄三郎、南川高志、南雲泰輔らによる一連の研究があるだけである。いわんや政治思想の領域でユリアヌスを扱った研究は、管見に属するかぎり、坂井礼文の論文「コジェーヴ－シュトラウス論争において『ユリアヌス帝とその著述技法』が持つ意義――著述技法及び無神論をめぐって」(『人間・環境学』二二、二〇一三年、一－一八頁。単行本『無神論と国家――コジェーヴの政治哲学に向けて』ナカニシヤ出版、二〇一七年に収録) を数えるだけである。

本書の目的

以上じつに大まかではあるがユリアヌス帝にかんする言説の変化を辿り、いくつかの学術的先行研究を振り返ってみた。以下においてわたしはそれらを参照しながら、①西洋文化のなかでローマ皇帝ユリアヌスをめぐる言説がどのように変貌してきたかの経緯を辿るとともに、②彼の著作や同時代の歴史家、後世の研究者、作家、評論家など多くの人びとによって「語られた」かぎりでの背教者ユリアヌス帝の肖像を探究しようとする。また同時にユリアヌスに関連する文献についてのガイドブック、すなわちユリアヌスにかんする「アレクサンドリア図書館」とまではゆかないにせよ、ささやかな「図書目録」でありたいとも思う。引用文献の数が多いのもそのような意図に発するものだとご理解いただきたい。さらには③辻の小説に描かれたかぎりでの「ひとかどの知られざる英雄」たるユリアヌス帝の秩序観を検討し、それらをとおして西洋文化の底流に流れるものを解明できればとも考えている。

もとよりわたしは西洋古典学の専門家ではなく、西洋古代政治史の専門家でもない。ただかつて辻の小説を読みふけり、それをとおしてユリアヌス帝の生涯に共感したことのある一介の西洋政治思想史の研究者にすぎない。詩人のベン・ジョンソンがシェイクスピアについてのべたように「Small Latin and Less Greek」どころか、No Latin, No Greek and No French であり、西洋古典学の学術的訓練を受けた経験もない。そのようなわたしがこのような課題に取り組むことの無謀さは十分に承知しながらも、ユリアヌスという「背教者」の肖像を探究することは目下のわたしにとってこのうえなく魅力的であり、いくばくかの現代的意義も有していると思えるのである。

西洋古典学の門外漢の「声」にもそれなりの効用はあるだろう。英国の政治哲学者マイケル・オークショットがいうように「[「会話」としての知的探求の場には] 饗宴の主宰者あるいは裁定者といった人物は存在しない。参加資格を審査する門衛すら見あたらない。いかなる参加者も額面通りに信用されるし、思索の流れに身をゆだねることができるものは何でも入場を許可される。〔……〕会話はぶっつけ本番の知的冒険である。会話とギャンブルには相通ずるものがある。いずれの場合にもその意義は勝敗の結果にあるのではなく、賭けることそのもののなかにある」（拙訳「人類の会話における詩の声」『保守的であること――政治的合理主義批判』昭和堂、一九八八年、二二四頁）からだ。本書がユリアヌス帝をめぐる「会話」にいくばくかの知的刺激をあたえることができれば幸いである。

2　二〇世紀ギリシアへの旅

先述したようにユリアヌス帝が人口に膾炙するようになったのは『衰亡史』以降のことである。ギボンが『衰亡史』を執筆しようと思い立ったのは「一七六四年十月十五日の夕暮れ時に、私がゾコランティつまりフランシスコ修道士の教会に坐して黙想していた折しも、彼らがカピトリーノの廃墟のユピテル神殿で晩禱を誦する声を聞いた時であった」(『ギボン自伝』中野好之訳、筑摩書房、一九九四年、一四四頁)。その後の歴史学においてはローマ帝国後期、帝政後期、あるいは「古代末期(late antiquity)」(ピーター・ブラウン)についての見方自体が変貌しつづけている。この時代を表現するために用いられる語彙も「衰退」「頽廃」「崩壊」などから「多様性」「豊かさ」「共存」(ピーター・ブラウン)などへと変化し、最近ではふたたび「暴力」「経済的破綻」「収税の基盤の喪失＝軍事力の弱体化」(ブライアン・ウォード＝パーキンズ)などが強調されるようになった。

オークショットによれば「歴史」とは、現在にまで生き残った文書、遺跡、遺物などの残存物、つまりは事跡(res gestae = things done)から(あくまでの現在の時点で)構成される過去についての言明にほかならない（『歴史について、およびその他のエッセイ』添谷育志・中金聡訳、風行社、二〇一三年を参照）。それはあたかもジグソーパズルのようなもので、最後のピースが見つかればパズルは完成されると思った瞬間に、まったく形状が異なるピースが発見されると、そのピースがうまくはまるような、それまでとはまったく異なる構図を構想しながらもう一度最初からやり直さなければならないのだ。ユリアヌス帝が生きた時代についての歴史も、また（そういうものがあるとして）歴史的に実在した人物としてのユリアヌス帝個人についても同じことだ。それまで存在しないと思われていた史料が発見されれば、その史料と整合するように、それまでの歴史＝物語が再構成されなければならない。

わたしはそういう意味での「歴史＝物語」には関心がない。つまり本書でわたしは（オークショット的意味での）歴史家ではない。わたしが関心をもつのはあくまでも「語られた」かぎりでのユリアヌスであり、その「語られた」ユリアヌスを読んだ読者のことである。つまりなぜある人物がある時点でユリアヌスについてどのようなことを語ったのか、そのことがどのようにして別の人物が別の時点でユリアヌスについて語るように仕向けることになったのか……云々というもつれた糸をときほぐすことによって、西洋文化に伏在する地下水脈のようなものが浮かび上がってくるのではないか、と考えるのだ。わたしが本書で意図するのは、ユリアヌスに誘われて敢行された、わたしなりのささやかな思想史的（観光？）旅行記、いわば「ユリアヌスをめぐる冒険旅行」あるいは「われらが同時代人ユリアヌス」を探求するエッセイ（思考でありかつ試行）であり、同時にユリアヌスをめぐる「書物という迷宮世界」へのガイドブックでもある。

ユリアヌスに魅せられた者たち

それにしてもなぜかくも数多くの人びとがユリアヌスについて語るのであろうか。もちろんキリスト教と異教、一神教（The God）と多神教（The Gods）、狂信と理性、寛容と非寛容、正義と秩序（生存）、自由と安全、文明と野蛮という西洋文化の根本にある問題のしからしむるところであるだろう。だが今やポップカルチャーにまで浸透・蔓延しているユリアヌスというアイコンの在り様は尋常ではない。ユリアヌスというアイコンはなぜかくも多くの人びとを語りへと誘うのであろうか。[13]

カヴァフィス、フォースター、ヴィダル（ヴィダールと表記されることもある）、折口信夫など性的指向を共有するとおぼしき人たちがユリアヌスを好むのはなぜなのか？　また英国、フランスにくらべてアメリカやドイツでのユリアヌスへの言及が少ないのはなぜなのか？　管見に属するかぎりアメリカ人による Book-length のユリアヌス関連文献は、民主党の下院議員を務めたこともあるチャールズ・ジャレッド・インガーソル（Charles Jared Ingersoll）による *Julian: A Tragedy in Five Acts*（Philadelphia: Carey & Lea, 1831）、ニューイングランドで育った女流作家エリーザ・バックミンスター・リー（Eliza Buckminster Lee）による *Parthenia: Or The Last Days of Paganism*（Boston: Ticknor and Fields, 1857）、そして二〇世紀後半におけるサブカルチャーをもふくめて、ユリアヌスへの関心の高まりに決定的な影響をあたえたゴア・ヴィダルによる著作の三点だけである。[14]

またユリアヌスの同時代人プルデンティウスによるユリアヌス評価がアイロニーに満ちていたように、

一五〇〇年あまりの時代をへだてた現代ギリシアの詩人カヴァフィスによるユリアヌス詩編が、プルデンティウスと相似形のようにアイロニカルなのはなぜなのか。『その男ゾルバ』の作者ニコス・カザンザキスにとってユリアヌスとはいったい何者だったのか。ユリアヌスへのわたしの旅は二〇世紀ギリシアから始まらなければならない。

海外における数あるユリアヌス帝にかんする研究書のなかで、わが国で翻訳・出版されているのはG・W・バワーソック『背教者ユリアヌス』（新田一郎訳、思索社、一九八六年。原著 G. W. Bowersock, *Julian The Apostate*, Cambridge, Massachusetts : Harvard University Press, 1978）だけである。本書のエピグラフにはギボンと現代ギリシアを代表する詩人コンスタンディノス・カヴァフィス（Κωνσταντίνος Π. Καβάφης, 1863–1933）からの引用が掲げられている。バワーソックの意図はギボンを「ユリアヌス贔屓派」、カヴァフィスを「ユリアヌス嫌悪派」の代表に擬することにあると思われる。カヴァフィスからの引用はユリアヌスの著作『ひげぎらい（ミソポゴン）』にまつわるものである。[15] ユリアヌスはこの著作をペルシア遠征の直前にアンティオキアで執筆した。アンティオキアは彼にとって因縁の地であった。ダフネの森のアポロ神殿の炎上、穀物不足による人心の動揺と娯楽の禁止にたいする一般市民の反感と離反に直面したり、さらにはイェルサレムのユダヤ寺院再建計画を練ったりしたのもこの地においてだった。[16] ローマ帝国東方の重要都市アンティオキアでは、若き日々に彼が親しんだギリシア語が日常語として使われていた。『ひげぎらい』もギリシア語で書かれている。彼の事績をわたしたちが知ることができるのも、この市出身のアンミアヌス・マルケリヌス『歴史（*Ammiani Marcellini Rerum Gestarum Libri Qui Supersunt*）』によってである。今では同市はシリアとの国境にほど近いトルコ領のアンタキアという名前で呼ばれているが、もはやかつての繁栄の面影はない。

中世「ローマ人」のビザンツ帝国の一部をなした地域が今日の主権国家ギリシアとして、バルカン半島におけるロシア、トルコ、フランス、英国の権益をめぐる戦いのなかで翻弄されながらも、オスマン・トルコ帝国による支配から独立したのは一八三〇年のことである。当初は君主制だったがその後共和国になってからも、ナチス・ドイツによる侵略、冷戦の余波による内戦の頻発によって、その独立はたえず脅かされてきた。そうしたなかで独立国家ギリシアの存続に貢献したのが、ニコス・カザンザキス（Νίκος Καζαντζάκης, 1883–1957、カザンツァキと表記される場合もある）である。彼がナチス占領下で執筆した『その男ゾルバ』（秋山健訳、恒文社、一九六七年、原著出版一九四三年）の主人公は、戦後になって独立国家ギリシアを象徴する人物として国民的英雄となる。また彼は斬新なイエス・キリスト像を描いて物議をかもす――マーティン・スコセッシ監督作品『最後の誘惑（The Last Temptation）』はいったん制作中止なり一九八八年に映画化されたが、カトリック教会系団体の反発をまねいた――とともに、ユリアヌスにも関心をもった人物である。まずはカヴァフィスとカザンザキスというふたりのギリシア人のユリアヌス像を検討しよう。

さいわいなことにカヴァフィスについては全作品の優れた翻訳と評伝の翻訳があり、[17] カザンザキスについてもほとんどの作品が翻訳・出版されている。わたしにとって興味のある戯曲『背教者ユリアヌス』にかんしては、キプロス生まれの現代ギリシア人による優れた考察（George Syrimis, “Empire, Religious Fanaticism, and Everyman's Dilemma : *Julian the Apostate* in Kazantzakis and Cavafy,” in : *Journal of Modern Greek Studies, Supplement to Volume* 28, Number 1, May 2010, pp.79–103）がある。この論文を手がかりにしながら現代ギリシア人にとってユリアヌスとはいったい何者なのか、いったい論者（シリミス）はユリアヌスをとりあげて何を語ろうとしているのだろうか、それを以下において検討したい。

カヴァフィスのユリアヌス像

カヴァフィスの作品には「ユリアヌス詩編（The Julian poems）」と呼ばれる六篇の詩――「ユリアノス侮蔑をみぬいて……」（一九二三年）「ニコメディアのユリアノス」（一九二四年）「僧侶・信徒の大行列」（一九二六年）「ユリアノスとアンチオキオびと」（一九二六年）「ユリアノスと神秘」（一八九六年、未刊詩篇より）「アンチオキオの郊外にて」（一九三二―一九三三年、未刊詩篇より）――がある。前述したバワーソックがエピグラフとして引用しているのは「ユリアノスとアンチオキオびと」である。この詩はユリアヌスの風刺的著作『ひげぎらい』に応答して書かれたものである。カヴァフィスはまずユリアヌスの『ひげぎらい』の一節を引用しながら自作を展開する。

> 彼等は言った、「キ」の字も「コ」の字もわが市の害にならぬと。……われらは占い師を呼んだ。……その曰く、「キ」と「コ」は名前の頭文字。「キ」はキリスト、「コ」はコンスタンティウス。そうだった。
>
> ユリアノス『ミソコボン』（髭を憎む者）

そもそもがだ、みんなだ、一体全体どうしてあの美的生活をだ、
捨てられるってのか。あの快楽の日々のひろがりのすべてを。
さんざめく芝居小屋。あのかがやき。
しなやかな肉のエロスと芸術がひとつに溶ける劇場！

ある点までは不道徳。――いや「ある点まで」だって！――
誰でもああだったろ。だが皆の生活、アンチオキアのおぞましい生活は
決して味気なくなんかない。最高の趣向だと皆満足してたじゃないか。

あれ全部をあきらめるのは、一体全体、なんのせいだろうね。

あいつのいつわりの神々への熱っぽいうわごとだ。
あいつのうんざりする自己宣伝だ。
あいつの子どもっぽい舞台恐怖だ。
あいつのこれっぽちも優雅さのない気どりだ。こっけいな髭だ。

だからさ、みんな揃って「キ」を選んだ。
揃って「コ」を選んだ。ああ百度でも選んださ。

（『カヴァフィス全詩集（第二版）』中井久夫訳、みすず書房、一九九一年、二四三－二四四頁）

わたしは中井訳でこの詩を読むまで、バワーソックがギボンと対比しながらカヴァフィスを引用した意図がわからなかった。というよりもそもそも新田によるバワーソックの翻訳版ではカヴァフィスの詩の意味がまったく理解できなかったのだ。念のためにそこでカヴァフィスと対比されているギボンの訳文（中野好夫訳）を以下に掲げる。

だが、とにかくユリアヌスの心は、こうしたエペソスおよびエレウシアの洞窟内において、心からなる不動の神憑り的法悦を体験したのだった。もっとも、彼もときとしては、良心的とも思える狂信者たちの中にすら見られた、いや、少なくとも疑われた一種の信仰的な詐術あるいは偽善と思えるものに気づき、幾度かの動揺を示したこともある。（『衰亡史』第三巻、ちくま学芸文庫、四五八－四五九頁）

つまり、生涯の最重要事ともいうべき問題に関し一大過誤を犯している不幸なキリスト教徒を彼は憐れむかのごとき態度を装って見せたが、やがてその憐憫は蔑視となり、そのまた蔑視は次いで憎悪により深刻化された。しかもそうした彼の見解も、ひとたびそれが君主の口から出るとなれば、いやでもそのつど深い致命傷を与えずにはおかぬ烈しい諷刺的機知の形を採ることになる。（同前、四八九頁）

以上、著者はユリアヌス帝が迫害者との罪名や非難を避けながら、結果はその実だけを挙げるべく採用してきた巧妙な手口を、できるだけ忠実に述べてきたつもりである。だが、かりにもし狂信という恐るべき情熱が、この有徳の君主ユリアヌスの心情や思想までもゆがめたとするならば、それは同時にキリスト教徒たちの受難の実相（the *real* sufferings）なるものもまた、同様に人間的情念や宗教的狂信により著しく煽られ、増幅されていた事実をも、公平に認めなければなるまい。（同前、五一一－五一二頁。なおバワーソックの引用文では原文のイタリック体が無視されている）

バワーソックの翻訳書の末尾の「索引」には、ユリアヌスの同時代人のなかで「Ⅰ．ユリアヌスに好意的な人物群」と「Ⅱ．ユリアヌスに批判的な人物群」のリストが掲げられている。原書ではそのようなグルーピングはなされておらず、翻訳書では原書の人名・地名等も大幅に削減されている。それにもかかわらず翻訳者によるこのグルーピングは、先述した「ユリアヌス贔屓派」と「ユリアヌス嫌悪派」というわたしの考えに即応している。ユリアヌスという人物像には憎悪であれ好意であれ、あるいはその双方が入り混じったものであれ、なんらかの感情を読者に喚起させないではおかない魅力がある、つまりユリアヌスは読者にたいして感情的にニュートラルな態度を許さないのだ。政治家・軍人としてのユリアヌスにたいしては徹底的に批判的な塩野七生でさえ「宗教が現世をも支配することに反対の声をあげたユリアヌスは、古代ではおそらく唯一人、一神教のもたらす弊害に気づいていた人ではなかったか、と思う〔……〕この意味では、ユリアヌスに投げつけられる、今日でもその通称でつづいている「背教者」という蔑称は、実に深い意味のこもった通称とさえ思えてくる。もしかしたら、三十一歳で死んだこの反逆者に与えられた、最も輝かしい贈り名であるのかもしれない」と書いている(『キリスト教の勝利　ローマ人の物語XVI』新潮社、二〇〇五年、二二四頁)。わたしには最高の賛辞にきこえる。

ところでわが国で翻訳・出版されている唯一のユリアヌス研究書であるバワーソックの著書をわたしが読んで驚いたのは、名著『ヨーロッパの知的伝統――レオナルドからヘーゲルへ』(三田博雄訳、みすず書房、一九六九年)の共著者のひとりであるブルース・マズリッシュの著書(*The Revolutionary Ascetic: Evolution of a Political Type*, New York: Transaction Pub., Revised Edition, 2014)に依拠しながら、ユリアヌスを「孤立的で自己否定的なレーニンや、毛沢東のような活動家を含む禁欲的革命家のグループのなかにはいる資格を無理なくもっている」(バワーソック『背教者ユリアヌス』四〇頁)と断言していることである。わたしはこの一節を読んで、正直いって唖然とした。一九三〇年代にはユリアヌスを「ファシストの祖形(プロト・ファシスト)」とする著書も出版されている(F. A. Ridley, *Julian The Apostate and The Rise of Christianity: A Study in Cultural History*, London: Watts & Co., 1937)。だがバワーソックによるこの指摘はできるかぎり歴史的史料に則してユリアヌスの「実像」を描こうとする、彼自身の意図を裏切っている。つまり「時代錯誤(アナクロニズム)」という点ではリドリーの著作と同断なのだ。考えてみればプラトンを全体主義の祖とするカール・ポパーの『開かれた社会とその敵(全二冊)』(内田詔夫訳、未來社、一九八〇年)もずいぶんと時代錯誤的だった。ともあれ安易な心理学的タームで理解されたユリアヌスの「人となり(パーソナリティ)」から、彼の宗教政策や統治政策全般を説明するバワーソックの手法には強い違和感だけが残るのである。

奇しくも一九七〇年代以降続々と出版されるユリアヌス帝にかんする学術的研究の嚆矢をなすロバート・ブラウニングの『ユリアヌス帝』(Robert Browning, *The Emperor Julian*, Berkeley and Los Angeles: University of California Press, 1976. 本書については秀村欣二による優れた書評がある。『西洋古典学研究』(28)、一九八〇年を参照)は、バワーソックの著作の二年前に出版されている。バワーソックがあえて書名として「背教者(The Apostate)」を選んだのには、ブラウニングの研究との差別化を図ろうとする対抗意識があったのではないかと思われる。ともあれバワーソックは「文献目録」ではブラウニングの著書を挙げていながら、本文中のどこにも同書への言及はない。ブラウニングは「まえがき」において、近時のユリアヌス研究における三つのアプローチを区別している。すなわち①精神分析的手法を彼に適用して、その青年期のトラウマのなかに、彼の際立った「人となり(パーソナリティ)」と振る舞いの説明をもとめるもの、②まったく現実的重要性をもたない間抜けな狂信主義者とみなすもの、③ユリアヌスは尋常ならざる能力の持ち主であり、彼のなかでその時代や階級の鋭い対立・矛盾のすべてが体現されているとみなすもの、以上の三つである。そしてブラウニング自身は③に与(くみ)すると明言している(Browning, *op. cit.*, p.xi.)。きわめてまっとうな見解というべきだろう。

ところでブラウニングの分類によれば、バワーソックが引用しているカヴァフィスの詩は②のような見方の代表例ということになる。そしてギボンは③の代表例ということである。しかし果たしてそうなのだろうか? わたしは当初「ユリアノスとアンチオキオびと」という詩は、ユリアヌスがおこなった宗教寛容政策の一環としてのダフネの森のアポロ神殿の再建、それにともなうキリスト教の殉教者バビュラスの遺骨の移送、財政再建の一環としての奢侈・娯楽の禁止に反発したアンティオキア住民、とくにキリスト教徒の不満をカヴァフィスが代弁しているものだと考えていた。たしかに『ひげぎらい』には一連の改革の趣旨を理解せずに、いたずらにユリアヌスを誹謗、中傷、揶揄するアンティオキア市民の「忘恩」にたいする苦々しい思いが渦巻いてはいる。だがよくよく読み返してみるとカヴァフィスが代弁しようとしているのは、アンティオキアという都市生活のあり方そのものなのだ。

たとえば彼にはアンティオキアを賛美する「古代このかたギリシァだ」というこのうえなく美しい詩がある。

アンチオキアの誇り　かがやく建築群、
美しい街路、郊外の　驚異の田園、
あふれる人口、　また栄誉満(み)てる王ら、
芸術家、　賢者、　慎重かつ大胆な豪商もまた誇り。
だが、　それよりもなお　はるかに強い誇りは
アンチオキアが　古代このかたギリシァの都市だ、
イオをつうじて　アルゴスにつながり、
アルゴスの植民者が、イオコスの娘
イオを讃えて　たとった市(まち)だということ。

（『カヴァフィス全詩集（第二版）』前掲、二五一頁）

アンティオキア住民のなかにはキリスト教徒もいれば都市生活を享受する異教徒もユダヤ教徒もいたであろう。ちなみに「東方の女王」（ギボン）あるいは「オリエントの麗しい冠」（アンミアヌス・マルケリヌス

の言葉。G・ダウニー『地中海都市の興亡――アンティオキア千年の歴史』小川英雄訳、新潮選書、一九八六年、一八八頁参照）と呼ばれた同市にはテオドシウス帝の時代には約一〇万人のキリスト教信徒がおり、そのうち三千人が公共的寄進から生活費を得ていたという（『衰亡史』第二巻、第一五章、三四七頁）。彼らが反発したのはユリアヌスの反キリスト教的措置だけではなく、彼の田舎じみた、愚直な厳格主義（リゴリズム）だったのだ。そしてその厳格主義はユリアヌスの死後、アレクサンドリアで類いまれな美貌の女性哲学者ヒュパティアを嬲り殺しにして、古代ギリシア・ローマの貴重な遺産を灰燼に帰せしめた「黒い法衣の男たち」（狂信的な修道士）にも通ずるものであった。カヴァフィスの友人だったフォースターもヒュパティアの死についてこう書いている。

彼女自身はけっして偉人ではないけれど、しかし彼女とともに、ギリシア精神は死んだ。ひたすら真実の発見と美の創造につとめ、アレクサンドリアを建設したギリシア精神は、このとき死んだのである。（E・M・フォースター『アレクサンドリア』中野康司訳、ちくま学芸文庫、二〇一〇年、九九頁）

その意味でカヴァフィスの共感が「古代このかたギリシァの都市」であったアンティオキアにおける「「その時よければよい」というアンチオキア市民」のエピキュリアン的生き方にあったという、ロバート・リデルの指摘は正鵠を射ている（『カヴァフィス　詩と生涯』茂木政敏・中井久夫訳、みすず書房、二〇〇八年、二七四頁）。

リデルはこう書いている。すこし長くなるが今後の論旨の展開にとって重要なので引用しておこう。

いくら彼〔カヴァフィス〕がナジアンゾスのグレゴリウスを尊敬していたにせよ、四世紀のキリスト教徒に近い受け取り方をしていたとはとうてい思えない。たしかに彼はグレゴリウスの本が手に入らないため、幾つか書けないままの詩があると人に語っている。それでも、彼がユリアノス詩編の語り手にキリスト教徒たちを仕立てたのはアイロニーであって、彼が反ユリアノス側を好んでいたわけではない。ユリアノスはペダンティックな気取り屋の堅物で、その彼が人工的に復興した多神教は清教徒的でくそまじめなものだった。カヴァフィスは、ユリアノスもグレゴリウスもギリシャの過去として受け容れてはいるが、全体としてみれば彼の共感は「その時がよければよい」というアンチオキア市民（一一二八）にあったようだ。この市民たちはキリストにもキリスト教皇帝コンスタンテウスにもさしたる不都合は感じず、むしろ髭面で陰気なユリアノスへの感傷も、「偉大な王はかの高みに、心悲しみに満ちて」ウィンバーンのような背教者ユリアノスにいらだっていた。カヴァフィスには、スト〔十字架上のキリスト〕への感傷もないからである。カヴァフィスはユリアノスを面白味のない人物と思っており、許せるのは、ただ一つ、敗者だった事実だけだったかもしれない。（同前、二七四－二七五頁。〔　〕は引用元の通り。〔　〕は引用者補足）

このようにみてくるとバワーソックによるギボンからの引用の第二パラグラフは『ひげぎらい』に関連しており、第三パラグラフはまさしくユリアヌス自身の内にやどる「狂信という恐るべき情熱」が「キリスト教徒たちの受難の実相」と表裏一体をなしているということの表明なのだということが了解できる。

ギボンがローマ帝国衰亡の大きな原因のひとつとして、四世紀におけるキリスト教徒の勝利と膨大な「無為徒食の輩」(A・H・M・ジョーンズ『ローマ帝国の崩壊――文明が終わるということ』南雲泰輔訳、白水社、二〇一四年、七三頁を参照)を収容する修道院制度の普及を挙げていることはよく知られている(『衰亡史』第五巻、五〇九頁)。また彼は、異教復活政策の一環として「エピクロス派や懐疑派などの瀆神的教説は、現にこれらを侮蔑をもって嫌忌しなければならぬが、他方ピタゴラスやプラトン、ストア派などの学説は、逆に孜々として学習に励まねばならぬ」(『衰亡史』第三巻、四七一頁)としたユリアヌスの哲学上の考えにも言及している。つまりバワーソックの意図とは異なって、ギボンは単純なユリアヌス擁護者ではなく、カヴァフィスは単純な反ユリアヌス派ではなかったのだ。ユリアヌスとカヴァフィスとの対立点はおそらくエピクロス哲学にあった。新プラトン派のヒュパティアの殺戮について伝説的な叙述(『衰亡史』第七巻、一四九頁)を遺したギボンがエピクロス哲学をどのようにとらえていたかは後述する。だが彼はアレクサンドリアの総主教キュリロスの「狂信」や「柱頭行者シメオン」あるいは「学識あるオリゲネス」の自虐的な振る舞いよりは、ヒュパティアの美貌と知性、ひいてはエピクロス的生き方に好意的であっただろう。二〇世紀最高のエピキュリアンであるE・M・フォースターはカヴァフィスを評してこう書いている。

主観的にも客観的にも、彼は時代の急務から遠く離れている。彼が王党派なりヴェニゼロス派なりの賛歌を作詞することは決してないだろう。彼は孤立者の強さ(と限界)を持ちあわせている。彼は世界が恐ろしいわけではないけれども、いつも世界にたいしてかすかに傾いて立っているのである。会話の際に彼が一文章まるまるを次の主題に宛てることがあった。それは、世界(に立ちまじること)と、世界から身を引くことと、どちらがよいことであろうか、ということで、カヴァフィスはどちらをもやってみた人ではあったが、その彼にも答えられないことなのである。だが、これだけは確かである、——人生には勇気が必要であり、勇気なくば人生にあらず——ということだ。（「C・P・カヴァフィスの詩」『カヴァフィス全詩集』所収、四二九―四三〇頁）

一九三三年、自宅の向かいにあるギリシア人病院において七〇歳で亡くなったこの詩人は、死の直前にギリシア正教に復帰したという。だがフォースターの文章から伝わってくるのは、まるまる「世界から身を引くこと」（「隠れて生きよ！」）もまるまるコミットすることもかなわず「世界にたいしてかすかに傾いて立っている」よりほかに、勇気をもって人生に立ち向かうことができないわたしたちの時代の運命なのだ。

カザンザキスのユリアヌス像

ところで先述したもうひとりの現代ギリシアの作家であり官僚としても多方面で活躍したニコス・カザンザキスは、一九二七年にアレクサンドリアでカヴァフィスに面会したおりの印象を、後年に出版された著名な旅行記『旅の途次で』のなかでこう書いている。時にカヴァフィス六四歳、カザンザキス四四歳であった。

わたしの眼前にはひとりの完璧な人間、誇りと沈黙をもってみずからの芸術を成し遂げたひとりの男がいる。彼は好奇心、野望それに官能を禁欲的エピクロス主義（an ascetic Epicureanism）の厳格な規律に服せしめている隠者のような首領である。（Kazantzakis, *Journeying : Travels in Italy, Egypt, Sinai, Jerusalem, Cyprus*, Translated by Themi Vasils and Theodora Vasils, San Francisco : Donald S. Ellis, Publisher, 1985, p.74 ; First published in 1974）

わたしは「禁欲的エピクロス主義（an ascetic Epicureanism）」という言葉を読んで、一瞬奇異な感じがした。エピクロス主義を「快楽主義」ととらえればこれは形容矛盾ではないのかと。だが無論そうではない。エピクロス主義の本義は「死後の生」という観念を断固として拒否しつつ、現世における生を快活にまっとうしようとする生き方にほかならないのである。エピクロスはこう述べている。「永遠に（死後までも）つづくような恐ろしいものはなく、また長いあいだつづく恐ろしいものもない、ということについて、われわれに安心を与える認識（真の知恵の愛救による認識）と同じ認識によって、われわれは、この有限な存在において、友情による損なわれることのない安全こそが最も完成されたものであることを、知る」（「主要教説 28」『エピクロス――教説と手紙』出隆・岩崎允胤訳、岩波文庫、八二頁）。「友情による損なわれることのない安全」を維持するためにこそ「克己」と「禁欲」が、換言すれば野放図な自己主張ではなく自己抑制と他者への共感とが必要なのだ。こう考えると、カザンザキスがカヴァフィスについて述べているのは、じつは彼の自画像でもあったのである。『その男ゾルバ』におけるゾルバの自由奔放さを「快楽主義者」と、そして作中の「本の虫」である「私」を「禁欲主義者」と解すれば、そういうことになろう。じじつエレニー・カザンザキス夫人が『石の庭（*Le Jardin des rochers*）』（清水茂訳、読売新聞社、一九八七年。原著はフランス語。舞台は日本と中国）に寄せた「日本語版のための序」にはこう書かれている。

私はあやうくこう言ってしまうところでした——彼は自由と人間の尊厳の謳歌者であり、誕生からはじまって死に到って閉じる世界を見つめ、どのような〔来世への〕希望をも蔑視しながら、同時に、一羽のカナリヤの囀りにも身ぶるいした。また、彼の島〔生まれ故郷のクレタ島〕の細かい砂の上で身じろぎもせず、おおいなる太陽に文字どおり身も心もひたりきっていたときには、彼の手にとまった一匹の蝶の翅の紅いろの鱗粉にも、うっとりと夢想を走らせる人だったのだと。（『右の庭』一一頁）

『背教者ユリアヌス（Ιουλιανός ο Παραβάτης）』という戯曲は、一九三九年にカザンザキスが英国滞在中にストラトフォード・アポン・エイボンにあるシェイクスピアの娘スザンナの家で執筆が開始され、一九四五年にギリシア語版が完成、アテネで出版され、一九四七年に著者自身による仏訳がなされ、翌年にパリで一度だけ上演された。その内容は原著が入手不可能なため断片的情報に頼らざるをえないが、そこに描かれたユリアヌスは「敗北を承知のうえで果敢に戦う実存主義的英雄」（Browning, *op. cit.*, p.233）、あるいは「彼を亡き者にしようとするキリスト教徒たちの陰謀に果敢に戦いを挑む」人物、すなわち「自由と自己実現への孤独な戦いのシンボル」（Vasilos N. Makrides, *Hellenic Temples and Christian Churches: A Concise History of the Religious Cultures of Greece from Antiquity to the Present*, New York: New York University Press, 2009, p.257. なおギリシア語サイト www.mixanitouxronou.gr/san-simera-gia-afrio-ioulian には公演時の写真も掲載されている）などのようである。

ところで先述したように今日のギリシアは、かつてはビザンツ帝国の一部であり、同帝国の公用語はギリシア語であった。ギリシア人は自らを「ヘレネス」としてではなく「ロミイ」（ローマ人）と意識していたという。オスマン帝国治下でも「ロミイ」意識は継続し、それはギリシア正教徒と同一視された。したがって民族的には異なるスラブ系、アルバニア系正教徒と同一の宗教的共同体「ルーム・レミット」を構成していた（村田奈々子『物語　近現代ギリシャの歴史』中公新書、二〇一二年、九ー一〇頁）。こうしたギリシアとローマの双方の流れをくむビザンツを、ギボンは徹底的に嫌っていた。

ギボンにとってビザンティンの歴史は「無力と悲惨についての退屈で代わり映えのしない物語」でなければならない。

ギリシアとローマの両国民の名を僭称しそれを辱めたビザンティン帝国の臣民は、ただ卑劣な悪徳の死せる単調さを示すのみで、これは何一つ人情味の弱さで柔らげられず、人目を驚かすような悪行の活力で生気づけられもしない。

ギボンが特に非難しているのは、ギリシア帝国がまったく袋小路に入ってしまい、後世に何の遺産も残さなかったことである。（ロイ・ポーター『ギボン――歴史を創る』中野好之ほか訳、法政大学出版会、一九九五年、二〇八頁）

ギボンが「人類が最も幸福だった時代＝パクス・ロマーナ」と称した五賢帝時代に最盛期をむかえた「ローマの文明は最終的に東ローマ帝国において滅び、二度と再生することはなかった」（同前、二一〇頁）。『衰亡史』において「気前よく」異例ともいえる三章を割いてユリアヌスを描いたギボンは、他方でポーターも指摘しているように「彼は古きローマに忠実な皇帝で、当初の原理、特にその異教主義の復活を企てる。だが、時計の針をもとに戻すことはできない。それに、ユリアヌスにもまた欠陥が存在した。彼は帝国が移転した東方の魅力に、致命的なほどに感染していたのである」（同前、一二二頁）。コンスタンティヌス（大帝）が帝国の首都をコンスタンティノポリスに定めて以来、都市ローマは凋落し元老院も機能麻痺に陥り宦官に牛耳られる宮廷政治が帝国統治の中心になってゆく。その末路がビザンツならば、そして独立後二年目にしてギリシアの首都となったアテネは、当時は人口一万二千の地方都市にすぎなかったとすれば、カザンザキスをはじめとする二〇世紀のギリシア人、さらにはEUの落第生のレッテルを貼られ、国家破産の危機に瀕している二一世紀のギリシア人にとってのアイデンティティはどこにもとめればよいのだろうか？

カザンザキスとカヴァフィスの知的背景

カザンザキスとカヴァフィスには二〇世紀の東地中海地方に生まれ育った知識人という共通性がある。多文化状況と多言語状況——それもギリシア語とその他の言語の多様性というだけではなく、ギリシア語内における純正語カサレヴサと民衆語ディモテキの対立というダイグロシア状況（村田、前掲書、一一六頁）

——のなかで生きた「旅の人」という共通性である。カザンザキスは一九〇四年、二四歳でギリシアを離れヨーロッパ各国を遍歴し、ヨーロッパ各国語、ロシア語、ラテン語、近代・古代のギリシア語を自由に駆使することができるようになった。パリで出会ったベルクソンの講義に感銘を受け、一九〇九年にはニーチェにかんする論文（*Friedrich Nietzsche on the Philosophy of Right and the State*, New York: State University of New York Press, 2006として英訳版が出版されている）によって博士号を授与される。その後もスペイン、イタリア、エジプト、シナイ（一九二七年）、ロシア（一九二五、一九二九年）、中国、日本（一九三七年）、ペロポンネソス半島（一九三七年）、英国＝イングランド（一九三九年）を旅してまわり、それぞれについて旅行記を出版している。イングランド滞在中に戯曲『背教者ユリアヌス』を執筆したことは先に述べた。このイングランド滞在記（*England: a travel journal*, London: Simon and Schuster, 1965）については、自分自身が偉大な旅人だったアメリカ人の旅行記作家ポール・セローが書評（初出は*Encounter*, December 1972）を書いている。孫引きになるがカザンザキスのアイデンティティにかかわる文章なので引用しておく。

私はときどき考える。我々東洋人［the Oriental］は、責め苦にさいなまれた港に住み、大気には幾千年にわたる願望がしみとおっているからこそ、ずる賢い老人さながら、無垢で、野蛮で、若い北国へ行こうとするのだ、と。我々の目は永遠に、貪欲に求めつづける。しかし少々くたびれていれば、わけ知り顔のあざけりもある。東洋の人種［The races of the Orient］は、老女のごとく重々しく、原初の姿を持っている。（ポール・セロー「カザンツァキスの見た英国」『古きアフガニスタンの思い出』別宮貞徳・月村澄枝共訳、心交社、一九八八年所収、五五頁。ただし邦訳書は原著*Sunrise with Seamonsters: Travels and Dis-*

coveries 1964–84, London : Penguin Books, 1985 に収められたエッセイ五〇編のうち序文を含め二四編を訳出したものである）

シェフィールド、バーミンガム、リヴァプール、マンチェスターの荒廃した風景に「心痛」を覚えたという「東洋人」カザンザキスの自己分析も、若い国アメリカの旅行作家ポール・セローの英国観とくらべるとひたすらに「重苦しい」。如何せん原文テクストが入手できていない現在、論評は差し控えるが、このような心境の裡で戯曲『背教者ユリアヌス』が執筆されたことは心にとどめたい。現代ギリシア人のシリミスがあえてユリアヌス帝を召喚した理由についても後日の考察にゆだねる。おそらくシリミスもユリアヌス帝が経験した「万人のディレンマ（everyman's dilemma）」からなにかを学ぼうとしているのだとはいえよう。「カザンザキス博物館」のサイト（www.kazantzaki.sgr/index.php?level＝4）には同戯曲のプロットが英文で紹介されている。

いずれにせよ彼は一生旅人だった。その墓には「何も欲せぬ。何も恐れぬ。我は自由なり」（I hope for Nothing. I fear nothing. I am free.）」（原文ギリシア語）と刻まれているという。今では人びとを旅へといざなうように、生まれ故郷クレタ島のイラクリオンの空港には彼の名が冠され銅像が建てられている。

アレクサンドリアの隠者のようなカヴァフィスもまた「英国人とエジプト人を父母として英領スーダン（当時のエジプトスーダン）に生まれ、英文で多作し、晩年はアテネで暮らした人である」（ロバート・リデル、前掲書、「訳者解説」、三三一－三三二頁）。彼は「植民地エジプトで暮らし、ギリシアのパスポートを所持し、国籍は英国だった。生まれたのはコンスタンティノープルで、ロンドンとリヴァプールで育ち、成人として生涯の大半を、ギリシア、イタリア、英国、そしてフランスのディアスポラ・コミュニティを移動しながら生きたのだった（Peter Murphy, "The City of Ideas : Cavafy as Philosopher of History," in : *Modern Greek Studies*, Vol.11, 2003, p.75）。

「融和的仲裁主義」への嫌悪感

ところでカザンザキスは戯曲『背教者ユリアヌス』を執筆する以前から、散文でユリアヌスについての著作をものしようと思っていたが、メレシコーフスキイの著作を読んで、完成をあきらめたという。その理由は『背教者ユリアヌス』という書物が彼に非常な不快感をもたしたからであった。とくに「ふたつの相争う宗教システムを調和させようとする」メレシコーフスキイの熱意、ユリアヌスとキリスト教との対立の仲介人になろうとするギリシア人の若い女性彫刻家アルシノエ（Arsinoe）に象徴される「融和的仲裁主義（compromising eirenicism）」は、カザンザキスがもっとも嫌悪するものだった（Syrimis, *op. cit.*, pp.90–91）。じじつわたしは米川訳で『背教者ユリアヌス――神々の死』（米川正夫訳・米川哲夫補訂、河出書房新社、一九八六年）のつぎのような結末を読んで、呆然としたことを覚えている。

> 牧夫の笛の澄んだ響きは、キリスト教の祈祷の言葉と融け合って、高く高く天まで昇っていくのであった。〔……〕
>
> けれども、アナトリウスとアミアヌスとアルシノエの胸には、まるで没することのない太陽のよう

に、すでに偉大なる復興の歓びが宿っていたのである。（三四二頁。傍点は引用者。アナトリウスはアミアヌスの友人）

「いったいユリアヌス帝の戦いはなんのためだったのか？　習合主義、折衷主義、混淆主義（シンクレティズム）もここまでくるか⁉」というのが、嘘偽りのない感想だった。それとともに習合主義の本家本元たる日本において、ある時期までメレシコーフスキイが一種の流行作家・思想家だったのはなぜなのかという疑問もわいてくる。『背教者ジゥリアノ』（島村苳三訳、ほととぎす発行所、一九一〇（明治四三）年）が『ホトヽギス増刊第三冊』として鳴り物入り――ケーベル博士と歐外博士の「序文」を付して、さらに『ホトヽギス』前号（第三巻二号）には折蘆生「『背教者ユリアーヌス』の序文に就いて」が掲載され、そこではケーベル博士の「序文」の原文と翻訳が掲載されている――で翻訳・出版されて以来、いったいだれがどのようにこの本を読んだのだろうか、読者は「ジゥリアノ」のなかに何を読みとったのだろか？　こうしてわたしのつぎなる関心は二〇世紀初頭の日本に向けられることになる。

【付記】　次章以降の論述の必要上、以下にメレジュコーフスキイ（メレシコーフスキイ）『基督と反基督（1）神々の死（背教者ジュリアン）（全）』（『世界文藝全集』第三編、米川正夫訳、新潮社、一九二一（大正一〇）年）についての書誌的情報を記載しておく。

本書はメレシコーフスキイの歴史小説三部作『キリストと反キリスト』の第一部を成すもので、第二部は『レオナルド・ダ・ビンチ――神々の復活』（旧版は岩波文庫、全四巻、邦訳書名は『神々の復活――レオナルド・

ダ・ビンチ』、なお別版として英訳からの重訳である『先覺（全）』、戸川秋骨訳、国民文庫出版会、一九一五（大正四）年がある）、第三部は『反キリスト——ピョートルとアレクセイ』（邦訳書名は『ピョートル大帝——反キリスト』）であり、いずれも河出書房新社より出版されている。

なお本書については以下の各版がある。①『背教者ジゥリアノ』島村苳二（本名：盛助）訳、ほととぎす発行所、一九一〇（明治四三）年、②『神々之死——The Death of the Gods』松本雲舟（本名：赴）訳、商文堂書店、一九一一（明治四四）年、近代デジタルライブラリーより入手可能（英訳版 *Christ and Antichrist: The Death of Gods*, translated by Herbert Trench. からの第一編だけの訳。原著者からの版権譲渡の書簡と写真あり。ただし原著者は翻訳者を女性だと間違えている。巻末に続編刊行が予告されているが未刊。予告文には「偉大なる希臘主義者ジュリアンは遂に皇帝となりぬ。彼はいかなる態度にて当時の基督教に對せるや、我等の好奇心を喚起すること深し。／本書の続篇に於いては彼が短くして光彩陸離たる治世を描写して、その死に至る当時の状況紙上に踊って眼の當り見る如し。これをこれを日本現代の状況に較ぶれば暗示せらるゝ所極めて多し、文藝に志ある者は勿論、苟くも日本現代の思想界の趨勢を憂ふる者、本書に就て學ぶ所あらざる可からず」とある。原著者による版権譲渡の書簡があるにもかかわらず、島村訳が先行した理由については不明であるが、訳者による「本書出版について」によれば史実との照合、ラテン語訳の困難、不明な単語の確認等で手間取ったらしい。本書に付された「歴史上のジュリアンと其の時代」は要をえた解説である。なお松本は『クォ・ワァディス』（邦訳題名：『何處ニ往ク』）の本邦初訳者でもある）、③『基督と反基督（1）神々の死（背教者ジュリアン）（全）』米川正夫訳、世界文藝全集第三編、新潮社、一九二一（大正一〇）年（英訳版からの重訳）、④原著第一編の改訳、新潮文庫、一九三六（昭和一一）年、⑤原著第二編の改訳、新潮文庫、一九三八（昭和一三）年、⑥『背教者ジュリアノ／メレジユコゥフスキイ作』船田享二訳述、春陽堂、春陽堂譯述叢書、一九二四（大正一三）年、⑦丸川仁夫『神々の死、ノートルダム大寺院、天路歴程』（メレジュコフスキイ著、ユーゴオ著、バンヤン著、世界名作物語　第二巻、新生堂、一九三八年。翻案）、⑧『背教者ユリアヌス——神々の死』米川正夫訳・米川哲夫改訂、河出書房新社、一九八六年（「改訂と翻訳に用いたロシア語の底本は、『メレシコーフスキイ全集』（スイチン社、一九一四年、モスクワ）第一－五巻である」との記述がある）。ほとんどの翻訳書が底本に言及していない。

『背教者ジゥリアノ』（島村苳二訳、ほととぎす発行所、一九一〇（明治四三）年）については神山圭介「『背教者ユリアヌス』とその作者」（菅野昭正編著『作家の世界　辻邦生』番町書房、一九七八年）において、「この作品が、『ホト、ギス』の増刊にケーベルと森林太郎の序をつけて、島村苳二訳『背教者ジゥリアノ』として訳出、一挙掲載されたのは明治四十三年であった。分厚い一冊がすべて『背教者ジゥリアノ』なのだが、ドイツ語からの重訳で、しかも抄訳ではないかと思われた。〔……〕米川正夫訳の『神々の復活』に落胆した記憶もあって、はじめて手にしたときはひどく珍しい気がしたのに、古風な訳文を眺めているうちに『背教者ジゥリアノ』を読む意欲が失われてしまった。（序文は面白かった）。」と書かれている。妥当な評価といえよう。なお神山氏の『背教者ユリアヌス』論自体は、数ある辻邦生論のなかでも出色である。神山氏がいう「ドイツ語版」とは *Julian Apostata der letzte Hellene auf dem throne der Cäsaren: Historischer roman* von Dmitry Sergejewitsch Mereschkowski; Deutsch von Carl von Gütschow (1912) あるいは *Julianus Apostata historischer Roman* von Mereschkowski, Dmitry; übersetzt von Alexander Eliasberg (1912?) と思われるが、出版年が合わない。

第Ⅱ章　二〇世紀初頭の日本、そしてヨーロッパへの旅

すべての書物は伝説である。定かなものは何物も記されていない。俺たちが刻々に変って行くにつれて刻々に育って行く生き物だ。

——小林秀雄「Xへの手紙」

書物はそれと読者との間に交わされる対話であり、それが読者の声に強制する抑揚であり、読者の記憶に残る永続する映像なのだから。

——ボルヘス「バーナード・ショーに関する（に向けての）覚書」
（『続審問』中村健二訳）

書物は孤立した「もの」ではない。それは一つの関係、いや無数の関係が集まる軸なのだ。

——同前

1　ユリアヌスってだれ？

現代日本における知名度

章題が示しているようにこれから日本におけるユリアヌス文献を精査する心算(つもり)だが、いったい日本ではどれくらいのひとが「ローマ皇帝ユリアヌス」の名前を知っているのかと、わたしは不安になった。そこで市場調査に乗り出すことにした。なんといっても本書は、一般市場で「売れる本」にしたいのである。

まずは「ウィキペディア」の「ユリアヌス」でユリアヌスに関連する文献を検索した結果、かなりの数の関連文献がすでに存在していた。

「ウィキペディア」の本項はかなり充実していてわたしもずいぶん参考にさせてもらったが、不十分な点もたくさんある。その反面、一般読者がこれだけの情報を使いこなしているとはとても思えない。妻に「あなたは背教者ユリアヌスって知ってる？」と尋ねたところ、「辻の小説なら読んだわ、でも内容はほとんど覚えていない」そうだ。さらに「あなただってユリアヌス、ユリアヌスっていいはじめたのは最近じゃないの」。追い打ちをかけるように「最近はヒュパティア、ヒュパティアって入れあげてるけど、ヒュパティアがごはん作ってくれる?」。どうもトラのしっぽを踏んでしまったようだ。彼女がいうことはいつでも「正しい」のだ。

わたしはすごすごと退散して考え込んだ。しばらくして「そうだ、ぼくもユリアヌスを知ったのは辻の小説を読んだからで、高校時代の教科書にも(たぶん)載っていなかった」ことに気づいたのだった。ハドリアヌスにしてもヘリオガバルスにしても、さらにはコンスタンティヌス大帝の妻ヘレナにしても、彼らについて知るようになったのはマルグリット・ユルスナール『ハドリアヌス帝の回想』(多田智満子訳、白水社、一九九三年)やアントナン・アルトー『ヘリオガバルス——または載冠せるアナーキスト』(多田智満子訳、白水社、一九八七年)そしてイヴリン・ウォー『ヘレナ』(岡本浜江訳、文遊社、二〇一三年、旧版:『十字架はこうして見つかった——聖女ヘレナの生涯』女子パウロ会、一九七七年)などの作品をとおしてだった。そこでわたしはかつて(そして今でも)文学青年であった、大学の元同僚に「あなたは辻の『背教者ユリアヌス』を読んだことある?」と尋ねたところ、「一応は読みましたが、ピンときませんでした。『安土往還記』のほうがよかったです。ローマものならなんといっても『クォ・ワディス』です」とのこと(わたしはあの小説の自虐的なところが大嫌いなのだ)。そういえばかつて江藤淳が辻の小説を「フォニー」といっていたことを思い出した。なんだか自分がものすごく通俗的に思えてきて、またしてもわたしはすごすごと退散したのだった。

受講生に「ユリアヌスって知ってる?」と尋ねたところ、「予備校の先生がすこしなんかいってた」と答えたのはたったひとり。『背教者ユリアヌス』を読んだことがあるのは皆無。どうも予備校の先生のほうが、大学の教員よりもよほど影響力がありそうだ。講義の後ひとりの受講生が恥ずかしそうに「ヤマザキマリの『テルマエ・ロマエ』って漫画に出てますよ」とのこと。今度はわたしのほうがその漫画を知らず、ますます年齢差とカルチャーギャップは深まるばかり。わたしはますます不安に駆られて高校の世界史の教科書や参考書『詳説　山川世界史』に当たろうとしたが、「バベルの塔＝古本の山」に埋もれてしまって見つからない。そういうわけで高校の教科書や受験参考書はスルーして、大学レベルの西洋史の教科書に当たってみることにした。参照したのは以下の二冊。

①服部良久・南川高志・山辺規子編著『大学で学ぶ西洋史［古代・中世］』（ミネルヴァ書房、初版第一刷二〇〇六年、第七刷二〇一一年）。

②近藤和彦編『西洋世界の歴史』（山川出版社、初版第一刷一九九九年、第四刷二〇〇四年）。

①では「［……］その［コンスタンティウス二世の死］ため、ユリアヌスは無血で帝国唯一の支配者となった。ユリアヌスは、「背教者」と呼ばれ、異教の復興を計ったことで有名であるが、在位3年余りでペルシア遠征中に戦死し、その治世は単なるエピソードで終わってしまった。ユリアヌスの死をもって、コンスタンティヌスの血統は途絶えた」（一三〇頁）と書かれており、②では「三六〇年に帝位に就いたユリアヌスはガリアでフランク族、アラマンニ族と戦い、ライン川の辺境を回復した。ギリシアの古典文化を愛好した彼は、伝統的な神々への祭儀、すなわち「異教」の復活を試みるが、まもなくペルシアを攻撃中に

戦死してしまい、キリスト教の地位に動揺はみられなかった」（四二頁）とのこと。

なんだかきわめてマイナーな人物のようだ。わたしが探究しようとしているのは、古代ギリシア・ローマ文明のなかでのたんなる「エピソード」だったのか。ちなみに①の該当箇所の執筆者は『軍人皇帝のローマ――変貌する元老院と帝国の衰亡』（講談社選書メチエ、二〇一五年）の著者・井上文則であるが、編者のひとりであり『新・ローマ帝国衰亡史』（岩波新書、二〇一三年）の著者でもある南川はその「エピソード」をもとに、薄いとはいえ一冊の本（『ユリアヌス――逸脱のローマ皇帝』山川出版社、二〇一五年）を出版しているのだ。ならばわたしにもできないことではなかろう。そう思い直して正攻法でゆくことにした。

その後になって『詳説 山川世界史研究』（木下康彦・木村晴二・吉田寅編、山川出版社、一九九五年）が「バベルの塔＝古本の山」の基底部分から見つかったので、さっそく参照してみることにした。そこにはこう書かれている。

> 4世紀後半、帝国はササン朝ペルシアの侵入をうけ、**ユリアヌス帝** Julianus（位361－363）は東方遠征中に戦死し、また北方と西方には**民族大移動**が生じ、ゴートなどの新興ゲルマン人の侵入がさかんで、378年のハドリアノポリスの戦い **Hadrianopolis** ではヴァレンス帝が戦死した。〔……〕（五五頁。太字による強調は引用元の通り）

やはりここでもユリアヌスの事跡についての記述はわずか二行で済まされているのだ。しかも「戦死」という事実だけが……、マイナーな人物であることには変わりはないようだ。そこでさらに探索範囲を広げて、一般的啓蒙書に当たってみることにした。川村堅太郎・長谷川博隆・高橋秀『ギリシア・ローマの盛衰――古典古代の市民たち』（講談社学術文庫、一九九三年）では、ユリアヌス帝について約二頁にわたる記述がある。最後の部分だけを引用しよう。

彼は内政上では、機構の局部において、ローマの古制のおもかげを回復するための改革をこころみたが、皇帝を頂点とする統治機構を根底からかえることはできなかった。神々の復興をとなえてからわずか三年たらずで、帝はペルシアとの戦争で傷を負い、三十二歳で死んだ。帝はそのとき、「太陽神よ、わたくしをお見すてになるとは」と語ったという。またやや のちの史書によれば、「ガリラヤ人よ、あなたの勝ちだ」といって、キリストへの反抗がむなしかったことをなげいたという。いずれにせよ、コンスタンティヌス帝の路線に対決をいどんだ皇帝の治世ははかなくおわり、大勢はかわらなかった。（三二一–三二二頁）

戦前の日本におけるユリアヌス言説

やはり本書においてもユリアヌスの努力にもかかわらず、古代ローマ帝国の「大勢はかわらなかった」ようだ。そこでもう一度思い直して古代ギリシア・ローマ文明におけるユリアヌスの位置づけを確認しようとして文献探索を始めることにした。一九世紀末の日本で「文明」といえば、もちろん福沢諭吉。さっそく『文明論之概略』（岩波文庫）に当たってみることにした。明治八（一八七五）年に出版された同書の「巻の3　第六章　知徳の弁」にはつぎのように記されている。

宗教は文明進歩の度に従ってその趣を変ずるものなり。西洋にても耶蘇の宗旨の起こりしその初は羅馬の時代なり。羅馬の文物盛なりといえども、今日の文明を以て見れば、概してこれを無智野蛮の世といわざるを得ず。故に耶蘇の宗教もその時代には専ら虚誕妄説を唱えて、正しく当時の人智に適し、世に咎められることもなく、世を驚かすこともなく、数百年の間、世と相移りて、次第に人の信仰を取り、その際に自から一種の権力を得て、かえって人民の心思を圧制し、その情状、あたかも暴政府の専制を以て衆庶を尼るが如くなりしが、人智発生の力は大河を流るる如く、これを塞がんとしてかえってこれに激し、宗旨の権力、一時にその声価を落とすに至れり。即ち紀元千五百年代に始まりたる宗門の改革、これなり。（前掲書、一五七頁、ルビを省略）

引用文につづいて福沢はカトリックとプロテスタントとの違いや、プロテスタント（新教）が必ずしも進歩的ではない所以をフランス、スコットランドなどの例をとって縷々論じている。そこには当時としては驚くほどの深い洞察が込められている。現今の『だれでもわかる　世界史』といった安直本などは足元にも及ばぬ知性がみなぎっている。福沢のこの書物がフランソワ・ギゾー（Francois Guizot）の『ヨーロッパ文明史』やヘンリー・トマス・バックル卿（Sir Henry Thomas Buckle）の『英国文明史』にもとづいていることはよく知られている。また本書についての詳細な解説としては、丸山眞男『「文明論之概略」を読む』

（全三巻、岩波新書）がある。丸山は本書において福沢の思想のキーワード「惑溺」——それは「妄信」や「狂信」にも通じる——を中心にして、福沢の政治・社会・歴史思想つまりは「文明」観を詳細に論じている。だがわたしが不思議に思うのは、これだけ正確な西洋文明についての理解がありながら、なぜ『文明論之概略』のなかでローマ帝国皇帝の名前がひとりも言及されないのかということである。瞥見したかぎりでは個人名はほとんど出てこないのだ。これに反し『西洋事情』では個人名がたくさん出てくるし、福沢が依拠したバックル卿の『英国文明史』（土井光華・萱生泰三訳、寶文閣蔵版、明治一二（一八七九）年、原書 *History of Civilization in England*, Vol.1 & 2, London：1857；61. 邦訳は一八七六年版に拠る。福沢の手沢本は第一巻が一八七三年、第二巻が一八七二年にニューヨークで出版されたアメリカ版）にも下記の叙述がある。

是ニ由リテ之ヲ観レハ基督教徒ノ深仇ハ斯ル暗愚ノ主ニアラズシテ質性剛直志慮純良ノマルキィス、オーレリュスニ在リテト云ハサルヲ得ス、而メ此ノ君斯ク其教徒ニ苛虜ナルハ只其ノ祖先伝来ノ國教ヲ奉スルニ由ルナリ、若シ此ノ君ヲ使テ少シク其ノ忠良ノ心ヲ軽クシ、國教保護ニ薄情ナラシメハ其酷虜亦其ノ心ヲ軽クシ、國教保護ニ薄情ナラシメハ其酷虜亦斯ノ如キハ甚タシキニ至ラザルヤ知ルベキナリ——猶其証左ヲ挙ゲント要セハ、シーサル諸帝ノ中ジュリアン帝ノ如キハ、其邦國人民ニ對シテ、忠良比類ノ帝王ニシテ、其主論ノ如キハ、聊カ世人ノ批評ヲ免ガレズト雖モ、其ノ徳行ニ於テハ、毫モ間然ス可キノ点ナキ者ナリ、然ルニ基督教徒ニ對シテハ、無上ノ大敵ニシテ、之カ為メ其ノ徒、非常ノ苛虜惨毒ヲ受ケシ——、是ニ記載ニ勝ヘサルナリ、〔……〕（第四編、一七—一八頁。ルビを省略。傍点は引用者）

さらには文部大臣・榎本武揚公（題字）、文学士・天野為之君（序文）、学堂・尾崎行雄君（序文）を付して、明治二三（一九〇〇）年に出版された、宮川鐵次郎『希臘羅馬史（全）』（博文館蔵版）「第二十九章　羅馬ノ分立及こんすたんちん帝系」には下記の記述がある。

［……］帝ノ従弟じゅりやん大ニ日耳曼人種ヲ敗リ、之ヲごーる地方ヨリ駆逐シ、頗ル武名ヲ得タリ、是ニ於テ兵士等推載シテ帝トセリ、會々こんすたんしやす崩ズ、じゅりやん則チ位ニ即ク、然レドモ幾クモナクシテ、ぺるしあ人ト戦ッテ敗死シ、こんすたんちんノ血統全ク絶ユ。（前掲書、三三五頁。ルビを省略。傍点は引用者）

本書がいかなる史料に依拠しているのかは不明であるが、その古代ローマについての記述はかなり正確といってよい。もとよりギボン『衰亡史』を原書で読んだであろうことは容易に想定できる。それは宮川にかぎったことではなかろう。つまり明治期の人びとが、今日いうところの「古代末期」についてかなり正確な知識と、少なくとも「じゅりあん＝ユリアヌス」の名前と事跡の概要については知識をもっていたと思われるのである。

ところで『背教者ジゥリアノ』（島村苳二（本名：盛助）訳、ほととぎす発行所）が出版されてから二一年後の昭和六年に刊行された、比屋根安定『希臘羅馬　宗教思想史』（春秋社、一九三一年）の第七編「基督教の西漸」第七章「基督教と希臘思潮との對立」第七節「希臘的反動の終焉」にはこのような記述がある。

コンスタンチヌス大帝の従弟ユリアヌスが即位するや、大いに希臘羅馬の異教の復興に力を盡した。ユリアヌスは、コンスタンチヌス大帝のために父と兄弟とを殺害された為、大帝に對して私怨が重なってゐた。而も大帝は、少時よりユリアヌスを監禁し、ニコメジヤの監督ユウスビウスその他の教役者の基督教的教育の下に置いたが、長じてコンスタンチノプルに遊学して、希臘や羅馬の文學や哲學を研究するに及び、コンスタンチヌスと基督教とに對する反感が高じて、異教思想に傾倒するに至った。ユリアヌスが皇帝に即位するや、一切の諸宗教に對して寛容なる旨を宣言し、基督教徒が没収した異教の神殿を、所有主に還附せしめた。更に、舊來の異教を改良して復興せしめようと企て、禮拝を改良し、教役者養成の學校を設け、異教のため盡力した。然し腐木は彫るべきからず、異教は腐敗して、既に生命が盡きゐた。舊宗教に失望したユリアヌスは、基督教徒を迫害するに至り、基督教徒が文學を講ずる學校を禁じ、基督教徒にして官職に就く資格を剥奪し、基督教界は大いに困却した。即位後一年、ユリアヌスは波斯人を破らんがため、ユウフラテス河を渡って東征したが、戦うて負傷した。時に三百六十三年六月、舊宗教を復興せんとしたユリアヌスは最後に、「ガリラヤ人よ。汝は勝てり」と叫んで瞑したと、傳えられる。イプセンの『皇帝とガリラヤ人』、メレヂコウスキイの『諸神の死』は、ユリアヌスを主題とする佳作である。ガリラヤ人が基督を指せることは、詞を要せぬであらう。實にユリアヌスは、希臘や羅馬の宗教のために努力した最後の人で、それ以後、基督教は旭日の如く、異教は夕日の如くである。〔……〕（三二七頁）

この引用文につづき比屋根はユリアヌス以後の皇帝たちによるキリスト教保護政策やユスティニアヌス帝による異教弾圧によって「希臘傳來の異教は、玆に全く滅亡した。近代初頭における文藝復興や人文學派の再現とも解せられるが、それは昔ながらのオリムポスの諸神の復活とは大いに異なった」と述べて、最後に「斯くして基督教は、多年の迫害時代から去って、羅馬帝國の國教たる皇位に昇り、教會は内容外観ともに結構を大にし、ニカヤ會議を初めとして、大會相次いで開かれ教義を定め、神學者にはアサナシウス、アウグスチヌスあり、教會政治家にアムブロシウスあり、説教家にクリストム、グレゴリウスあり、實に基督教は漸く成熟し統一して、遂に中世期は即ち基督教時代である、と称すべき盛運に際するに至った。『希臘・羅馬宗教思想史』は、基督教時代を僅かに展望し、これを以て擱筆せねばならぬ」と書いて本書を閉じている。

ところで、書斎を整理しているとひょんなところから古ぼけた文庫本が出てきた。書名を見るとギルバァト・マレイの『希臘宗教發展の五段階』（藤田建治訳、岩波文庫、一九四三年）だった。いつなんのために購入したのか、さらには原著者の名前も記憶に残っていない。頁を繰っているといきなり「背教者ユリアヌス」の文字が飛び込んできた。訳者の藤田建治についてはニーチェやシェリングの研究者として辛うじて記憶に残っていた。わたしは早速訳者による「跋」を読んでみることにした。それによれば本書の特徴は三点ある。第一に、「原始宗教としての希臘神話の研究である」点、第二に、「従来哲學説としてみられたストア學派エピクゥロス學派の思想を宗教として取り扱はれてゐる點である」、第三には、「希臘末期の宗教に就いて」著者が「之を古典希臘精神からの堕落とみる點である」（『希臘宗教發展の五段階』三五六－三五七頁）。わたしにとって興味深いのは第二の点である。

そもそもこの翻訳書の原書は一九二五年に出版された*Five Stages of Greek Religion*であり、一九一二年四月にコロンビア大学においておこなわれた連続公演に基づく研究である。本書は第一章「サトゥルニア・レグナ」、第二章「オリュンポス神の勝利」、第三章「前四世紀の大學派」、第四章「神経の缺陥」、第五章「最後の抗議」の五章から成っており、さらに「サルスティウス、神々並びに世界に就いて」が「附録」として加えられている。ユリアヌスが登場するのは第五章「最後の抗議」においてである。そこにはこう書かれている。

［サルスティウスの神々と世界に就いての著作の］原著者が、ユリアヌスの登位前からの莫逆の友として、又古代宗教を復興せんとする皇帝の努力の後援者とし鼓吹者として我々に知られてゐるあのサルスティウスであった事は、殆ど十中八九確實であらう。彼はソフィクレェスの啓蒙的出版——現在注釋附きで存在してをる七個の戯曲の選集——に関係した。三六二年には奉行の地位を、三六三年には執政官の地位を與へられた。素よりかの厳格な禁欲的な宮廷に於いては高位は必ずしも豪奢を意味しはしなかった。ユリアヌスは基督教徒たりし彼の前任者の雇用した千人の理髪師、數限りない庖廳人や宦官などを罷免した。恐らく之に伴ったであろう事を今迄よりも一層、たゞ豆を食ふて生きたり、美服や暖房や洗浄等の肉體の欲望を飽かせるものなくて済ませたりせねばならぬ事であったろう。（同前、二八六－二八七頁）

さらにこの翻訳書にはこう書かれている。

〔……〕ユリアヌスに常習的であった神経質な自己不信は、彼をして常に或種のわざとらしさで筆をとらせるが、然し何人も慰めの詞を通じて流れる友を失い寂寥を感ずる誠の心情を見まがう事はない。彼は「列中の戰友」を失ひ、今や「たゞ獨り残されたオデュッセェス」なのである。かく彼はイリアスを引用しつゝ書く、「サルスティウスは神の御手によって槍や矢衾の外につれ去られた、それ等をば悪意ある人々は常に君に向け、否寧ろ余に向けてゐた、君を通じて余を傷つけんとし、余を打負かす唯一の途は余の眞の友であり共戰士、余の危険を分つ事を怯む事なき戰友の協力を余から奪う事にありと信じて。」〔……〕次いでサルスティウスは最も権威ある仕方でユリアヌス時代の基督教に對する最後の争闘に於いて代表するとみられるであらう。

彼は大まかに言へば新プラトン學徒であった。然し彼が筆をとるのは専門の哲學者としてではない。それはたゞ新プラトン主義が時代の全雰囲気を浸潤してゐたといふにすぎない。哲學的宗派の争は殆ど終熄してゐた。宛もユリアヌスの神秘主義があらゆる神々や殆どあらゆる禮拝形式をば一つにしたように、彼のヘレニズムへの熱意は過去のすべての大哲學者達をば尊敬し、否偶像化した。彼等はすべて同一の言ふべからざる事柄を言はんと試み、すべての人類をば神の知識へと高めつゝあつた。兩つの場合に於いて私は「殆ど」といひたい、何となれば基督教徒達は一領域に於いて埒を逸し、エピクゥロス學派や少數のキュニコス學徒は他の領域に於いてさうであつたから。兩者共大罪を犯して来た、彼等は神々を否定して来たのであつた。彼等は時として無神論者（アテオイ）として一括される。「無神論、こゝにこそ敵はあれ。」（L'atheisme, voila l'ennemi.）である。（同前、二九一－二九二頁）

原文が悪文なのか、翻訳文が晦渋なのかは判断しかねるが、辛うじて理解できるのはスティウスという人物がユリアヌスの戦友であり、ユリアヌスの反キリスト教的宗教政策が新プラトン主義＝神秘主義と関係していることである。原著者はその点について明確な判断を避けてはいるが、ユリアヌスへの共感は看取できよう。それにしても太平洋戦争の真直中でこのような書籍を出版した目的はなんなのか、だれがそれを読んだのかは不明である。いずれにせよ「ユリアヌス」の名前を記した書籍が、その後の日本の運命を左右する大変な時代にあっても、少数の人びとの間に流通していたという厳然たる歴史的事実を確認して、先へ進みたい。

2　だれが『神々の死』を読んだのか？——メレシコーフスキイという謎

メレシコーフスキイ『背教者ユリアヌス——神々の死』

比屋根安定『希臘羅馬　宗教思想史』からの引用文のなかで『諸神の死』と記されているのは、いうまでもなくメレシコーフスキイの『背教者ユリアヌス——神々の死』（以下『神々の死』）のことである。比屋根が島村訳を読んだのか、それとも松本訳、あるいは米川訳を読んだのかは不明だが、引用されている書名からすればおそらく松本訳であろうと推察できる。いずれにせよ昭和初年に少なくともひとりの読者がいたことは確認できる。もちろん翻訳ではなく原書を読んでいたひともいたはずである。たとえば夏目漱石は『漱石全集第十六巻　別冊』（岩波書店、一九六七年）に収録されている「蔵書の餘白に記入されたる短評並びに雑感」のなかで、トレンチ版（*The Death of the Gods*, translated by H. Trench, London : Constable & Co., 1904）の見返しにかなり長めのコメントを書いている。そこにはこう書かれている（同書、一五九頁）[1]。

（一）話トシテハ少シク incoherent ナリヲ免レズ。Continuity ヲカク。diffuse ナリ。不要の章ヲ抜キ去ルベシ

（二）Characterizatin トシテハ少シク crude ナル？ヲ免レズ。マタ Julian ノ later half ハ描寫シ得テヨシ。（continuous unfolding アル為に）

（三）人間ヲカキタルモノトセズ Hellenism ト Hebraism トノ争ヒツヽアリシ *age* ヲ描ケル小説トセバ是ニテヨロシ

（四）恐ラクハ Quo Vadis 以下ノ出来ナリ。然レトモ Quo Vadis 以上ノ Philosophy ナリ Quo Vadis 以上ノ grand conception ナリ。art ノ点（旧字）ヨリ見テ Salambo ニ劣ルハ勿論ナリ

○good（p.125. 11. 29–31. 11 1–28. p.215. 11. 11–2）

○此収束ハ不自然ナリ（p.426）

○good（p.463. 11. 10–1）

この「此収束ハ不自然ナリ」の一文を発見して、わたしは思わず快哉を叫んだ。前章の末尾に書いたように、あのエンディングはいかにも「不自然」でご都合主義的にわたしにも思われたからだ。「フォニー」というのならまずもってメレシコーフスキイを挙げるべきだろう。けれども同時代の何人かは本書に「惑溺」して、（わたしにはそう思われるのだが）道を踏み外した者もあった。その代表者が大川周明と折口信夫である。いったい彼らはメレシコーフスキイの何に魅せられ「惑溺」していったのであろうか？

『背教者ジゥリアノ』（島村苳二（本名：盛助）訳、ほととぎす発行所）は一九一〇（明治四三）年に出版されている。この年から翌年にかけてその他にも近代日本思想にとって重要ないくつかの文献が発表されている。安藤礼二の示唆にもとづき、わたしなりに要約すれば以下のとおり。

①一九一〇年にエマニエル・スエデンボルグ『天界と地獄』の邦訳が鈴木大拙訳により出版される。なお大拙は一九〇〇年に『大乗起信論』の英訳を、一九〇七年には英文著作『大乗仏教概論』を刊行している。

②折口信夫、一九一〇年に卒業論文「言語情緒論」を國學院大学に提出する。

③西田幾多郎『善の研究』（一九一一年）

④柳田國男『遠野物語』（一九一〇年）

⑤『南方二書』（一九一一年）「本書は、南方熊楠が松村任三東京大学教授へ宛てて明治44年8月にしたためた書簡2通の、書簡原文を翻刻刊行したものです。現資料は、柳田國男が手元で保存していたもので、柳田没後は鎌田久子氏（成城大学名誉教授）がながらく保管されていたが、平成16年に鎌田氏より、田辺市へ寄贈され、93年ぶりに南方邸（南方熊楠顕彰館）へ戻ることとなった。

これら書簡二通は、これまで「南方二書」の名で知られてきた。明治40年代における南方の重要な社会参加活動である神社合祀反対運動の過程で書かれたもので、この分野での南方の著述の中でも質・量ともに中核を成します。さらに、その該博な知見を縦横にふるった雄弁ぶりと、そこに示された思索の深さとから、思想家南方の主著のひとつと目されてきた文書でもある」（『原本翻刻　南方二書

――松村任三宛南方熊楠原書簡』南方熊楠顕彰会、二〇〇六年、六二頁「後記」より)。

⑥大川周明、道会雑誌『道』一九一〇年五月号に「白川龍太郎」のペンネームで「神秘的マホメット教」を寄稿する。なお後年、大川は一九一四年メレシコーフスキイの『神々の死』の一部の翻訳を「ヤンブリクスとジュリアヌス」として『道』に掲載している。

そして以下でわたしが注目する保田與重郎が奈良県桜井町(現・桜井市)に生まれたのも明治四三年のことだった。

『神々の死』の受容者たちの問題意識

このようにみてくると上記の諸研究が取り組んでいるのは、宗教的には「諸宗教の習合」あるいは「日本的神=古の道の探求」、哲学的には「実在と現象」、論理学的には「集合論=全体と個物」、神学的には「無から万物を産みだす超越的絶対者の存在」、文明論的には「諸文明の共存」等々の問題として要約できる。そしてこれらの問題は、井筒俊彦の最後の著書『意識の形而上学――「大乗起信論」の哲学』(中央公論社、一九九三年、中公文庫、二〇〇一年)において、少なくとも論理的にはほぼ全面的に解決されているように、わたしには思われるのだ。それはわたしだけの考えではない。すでに安藤礼二が詳細に研究しているところである。安藤は科学研究費補助金基盤研究B報告書「近代日本における知識人宗教運動の言説空間――「新佛教」の思想史・文化史的研究」(二〇〇八―二〇一一年度)においてつぎのように述べている。

大川は、道会の機関誌『道』に、無染の「仏教と基督教」に記されたキリストのインド行と内容が共通する「印度に於ける耶蘇の墳墓」(1912年)を発表し、連載「宗教講話」の仏教概論の一章を「仏陀の福音」と題していた(1914年)。大川の蔵書のなかには、ケーラスが創業した出版社オープン・コートから出版された鈴木貞太郎大拙による『大乗起信論』の英訳(1900年)が残されている。大川は大拙が付した注釈、特にヒンズー教との対比の項を綿密に読み込んでいる。鈴木大拙の次に、同じ『大乗起信論』を、アジア思想の共時的な構造を捉えるために最も適した論理の書として取り上げるのは、大川周明とも浅からぬ関係をむすんでいた井筒俊彦(1914-1993)である。井筒は慶應義塾において、折口信夫の講義にも熱心に出席していた。鈴木大拙、折口信夫、大川周明、井筒俊彦。ここにもまた、これまでほとんど顧みられなかった巨大な系譜が存在している。鈴木大拙の思想の始まりに位置するのが『大乗起信論』読解を中心とした英文著作『大乗仏教概論』の刊行(1907年)であり、井筒俊彦の思想の終わりに位置するのが『大乗紀信論』の哲学と付された『意識の形而上学』の刊行(1993年)である。その間約90年弱。鈴木大拙による『大乗起信論』の英訳に起源をもち、西田幾多郎(哲学)から大川周明(宗教学)と折口信夫(民俗学)に分岐し、井筒俊彦の『意識の形而上学』で総合される1つの学を考えることが可能になるのである。

話を明治期の道会に戻す。儒教とキリスト教を一つに融合した日本教会を創立し、道会と改称した松村介石の協力者であり、神智学的な知見を授けたのが平井金三である。松村と平井は心霊学的な現象の解明を目的とした「心象会」を結成する。平井は櫻井義肇とも深い関係を築いていた。『道』と『新公論』に平井が並行して連載していたのがアーリア主義の言語学、すなわちやや歪んだかたちでの印欧比較言語学である。櫻井が創立メンバーであった「ローマ字ひろめ会」の会報誌の創刊号（1905年）で、平井が「2年前にインドからはじめて東京に来て、現在は帝国大学で学んでいる」と紹介したローマ字文通の相手こそ、『二聖の福音』の校閲者G・N・ポッダール（G. N. Potdar）その人である。藤無染、つまり若き折口信夫を取り囲んでいた人々の輪と、大川周明を取り囲んでいた人々の輪はほとんど等しいことになる。そこに民俗学と宗教学の一つの起源が存在している。

若き大川周明は、マックス・ミュラーの説に拠って、ネオ・プラトニズムを中核としたイスラーム神秘主義思想スーフィズムに、諸宗教の統一と総合を見出す。大川が関係した『道』の最も初期に掲載された小論「神秘的マホメット教」（1910年）に、大川は、こう記している。「地上に於ける無上の福楽は人の神との神秘的合一にあり」と。神と人との神秘的な合一は、一切の否定が一切の肯定になった瞬間に訪れる。そうしたネオ・プラトニズム的な神人合一のヴィジョンを最も壮麗に描き出した小説の一節を大川は自らの手で翻訳する。やはり『道』に掲載された「ヤンブリクスとジュリアヌス」（1914年）である。原典は、ロシアの小説家メレシコーフスキイが発表した『背教者ユリアヌス　神々の死』（1896年）であった。メレシコーフスキイ＝大川はこう述べている。「神は宇宙ならざるもの、一切の存在の否定である。神は虚無である、而して神は一切である」。さらには――。「此の星の宇宙を何に譬へやうか。或は海に投げられた漁師の網になぞらへてもよい。神は恰も海水が網に満ちたる如く宇宙に満ちて居る。網は動く、されど水を捕へることが出来ぬ。網を引けば神は外に残る」……。折口信夫が、生涯で何度も言及したのも、その書物であった。大川も折口も、明治43年（1910）にケーベル博士の序を付し、島村苳三の英語からの重訳によって刊行された『背教者ジゥリアノ』を何度も読み直していった。『背教者ジゥリアノ』は大川の蔵書のなかに含まれ、折口は、小説『死者の書』の序論ともいえる「寿詞をたてまつる心々」（1938年）に、その書物をはじめて読んだときの「感動」を書き記す。「自撰年譜」のなかの藤無染に「新仏教家」という形容をつけた直後のことである。折口信夫にとって新仏教、藤無染、『死者の書』は密接な関係をもっていた。その『死者の書』の最後に折口が書きつけたのは、一なる光の中心から、無限の度合いをもった多なる光が生まれてくるというヴィジョンであった。ネオ・プラトニズム的宇宙論に古代の曼陀羅が重なり合う。大川周明の「神」、折口信夫の「神」の原型が、そこに存在している。

●本文中に記した以外に大川周明に関して参考にした文献は、下記の通りである。

大塚健洋『大川周明と近代日本』（木鐸社、1990年）

刈田　徹『大川周明と国家改造運動』（人間の科学社、2001年）

酒田市立図書館『酒田市立光丘文庫所蔵　大川周明旧蔵書目録』（1994年）

こうした安藤の見解は、氏の諸著作――『神々の闘争――折口信夫論』（講談社、二〇〇四年）、『近代論――危機の時代のアルシーブ』（NTT出版、二〇〇八年）、『光の曼荼羅――日本文学論』（講談社、二〇〇八年）および浩瀚な著書『折口信夫論』（講談社、二〇一四年）――において十全に展開されているが、本人による適切な要約なので長々と引用させていただいた。また大川についても臼杵陽によるすぐれた研究――

『大川周明――イスラームと天皇のはざまで』(青土社、二〇一〇年)――や大塚健洋の研究――『大川周明と近代日本』(木鐸社、一九九〇年)および『大川周明』(中公新書、一九九五年)――がすでに存在している。さらには近代日本政治思想史の分野でも、たとえば石川公彌子による『〈弱さ〉と〈抵抗〉の近代国学――戦時下の柳田國男、保田與重郎、折口信夫』(講談社メチエ、二〇〇九年)では、「共同体主義」や「親密圏」といった現代思想の成果をふまえながら、「ちいさき者」や「弱者」によりそう思想がときには時の権力にたいする「抵抗」となったり、あるいは「迎合」や「無限の態度決定保留」になったりする所以が綿密に論じられている。おそらくはハーバーマスのアイディアに触発されたと思われる、柳田=イエを中心とする共同体、保田=サロン、折口=親密圏という同一視とともに、いささかアクロバティックと思われる部分も散見されるが、厳密にテクストに即しながら議論を展開する力量には端倪すべからざるものがある。ただし加藤守雄の『わが師 折口信夫』(文藝春秋社、一九六八年)に描かれている折口が実像ならば、女性を徹底的に排除して弟子を虐げる彼を取り巻くサークルの人間関係はとても親密(インティメイト)とはいえないし、(いかに養子の春洋を兵隊に取られた淋しさをまぎらわすためとはいえ)加藤にたいして強姦まがいの行為(「体を裏返す」!!)におよぶ折口という人物は品位あるとはとてもいい難い。わたしは少なくとも実生活上は、こういう人物とは付き合いたくはない。

ともあれ以下においてわたしは、メレシコーフスキイにもっとも影響を受けたと思われる折口の『死者の書』を中心に若干の考察を試みたい。(2)

3 反転する『死者の書』――あるいは『死者の書』は『生＝性者の書』だった

今でこそほとんど忘れ去られているがメレシコーフスキイは当代の人気作家だった。じじつその翻訳書は、およそ五〇冊という膨大な数にのぼる。なかには『「西」とは（巻一）』（熊谷清春訳、一九八五年、印刷所：仙台大気堂（非売品））といった珍品まである。

これだけ数多くの著作が翻訳・出版されていながら、メレシコースキーの名前は今日の日本ではほとんど忘れ去られている（名前の表記さえ混乱をきわめている）。じっさいメレシコーフスキイを考察の対象とした邦語文献はほとんど無きにひとしいのだ。そういう点ではシェストフやベルジャーエフに似ている。小林秀雄が「レオ・シュエストフの「悲劇の哲学」」を書いたのは一九三四年だった。そこにはこう書かれていた。「この有毒な書を世に紹介するのは、吾々の誠実な悪意である、訳者ら［河上徹太郎、阿部六郎］は言っている。大げさな言葉とは取るまい。毒はずいぶん利く。勿論一冊の書物が人間を殺すわけにはゆかぬ、が、憎悪、孤独、絶望を語り、「最悪の人間」とその問題とのみを信じた作者の言葉には、いかにも抜き難い力がある」（『小林秀雄初期文芸論集』岩波文庫、三二二頁）。あれからもう八〇年以上も経ったのだなあ、としみじみと感慨にふけるわたしだった。この時代には「文芸批評」が「哲学」の役割を果たしていたのだ。

小林が引用した『悲劇の哲学』は、その後に『悲劇の哲学（原題：ドストイェフスキーとニーチェ）』（近田友一訳、現代思潮社）として一九六八年に再刊され、一九七四年には第六刷を数えているが、今や古本市場では五〇〇円あまりで入手可能。そこで「鬼才シェストフの主著をスキフィ版原典より完訳」（表紙より）と称する近田訳の頁を繰ってみた。するとなんと「船は焼かれ、退路は悉く絶れた」という文章が目に飛び込んできたではないか。なんでここにもユリアヌスがでて来るのかと思ったら、「地盤喪失（ベスポーチベンノス）」に苛まれ「過ぎ去ったものは帰らない」と断念し「「呪われた者」――悲劇の哲学者として徹する他はない」（「訳者解説」、二五四頁）という、シェストフ自身の心境を語ったものだった。

折口信夫『死者の書』

ところで本筋にもどろう。わたしにとって折口はなによりも歌人としての釋超空だった。中学の国語の教科書に（たぶん）載っていた、「葛の花　踏みしだかれて、色あたらし。この山道を行きし人あり」（『海やまのあひだ』所収）はわたしの愛唱歌だった。一時は「葛の花」を「藤の花」と無理やり思い込み、そこに折口の「藤無紫」へのひそやかな想いを読み込んだのは、折口の「女性性」をはじめて指摘した富岡多恵子『釋超空ノート』（岩波現代文庫、二〇〇六年）を読んで以後のことである。本書執筆にあたり『死者の書』を三度読み返したが、時間軸が混乱しており容易には理解しがたかった（「俤人（おもかげびと）」が郎女（いらつめ）のまえに何回現われるのかさえもわからなかった)。大学生時代に一度読み始めたが、そのおどろおどろしい雰囲気が好きになれず長いあいだ積読状態で、一時は寝ているときも「した　した　した」という音が耳について離れなかった。[3]また本書は仏教渡来以前、すなわち「過って仏奴(ぶつど)となり同塵を説く」(伴林光平)以前のいわゆる日本古来の土着思想の復元を意図するものだとばかり思い込んでいたのである。このたび安藤礼二編の労作『初稿・死者の書』(国書刊行会、二〇〇四年)と「光の曼荼羅——初稿・『死者の書』解説」を読んでようやく合点がいった。本書を原作とする人形アニメ「死者の書」(岡本喜八郎監督)もまた、ストーリーを理解するうえでは有益であった。

安藤による折口研究の趣旨は二点ある。安藤自身の言葉を引こう。

折口の『死者の書』とは、エジプトのイシス神話と西域の魏天子神話を物語の基本構造として、古代ローマの思想闘争劇(「背教者ユリアヌス」)、中世日本の「中将姫伝説」、さらには『古事記』にまで遡る「叛乱する王」たちの系譜といったさまざまな「神話」を重ね合わせ、さらにはそこに自らにとっても切実な記憶、ユニークなセクシャリティに基づいた性的夢想さえも吐露した、近代日本文学史上のどこにもその場所を定めることのできない特異な「私=小説」だったのである。(『光の曼荼羅——日本文学論』五六五頁)

さらに安藤は『死者の書』を「私」と「歴史」とに腑分けして詳細に論じている。それをわたしなりに要約すれば、①『死者の書』を「少女の物語」として読むこと。わたしはこれには全面的に同意する。ただしテクストに即するかぎり、もうひとつの読み方も可能であろう。この点については後述する。②『死者の書』を中核とする折口文学＝思想を「アジア的一神教の再興」として再構成すること。これには多くの疑問が残る。

「少女の物語」

まず①について。『死者の書』の自作解説ともいうべき「山越しの阿弥陀像の画因」にはこう書かれている。同じ趣旨のことは当然ながら『死者の書』本体にも書かれている。

何の訳とも知らず、社日や、彼岸には、女がかう言ふ行(ギヤウ)の様なことをした。又現に、してもいるのである。年の寄った婆さまたちが主となって、稀に若い女たちがまじるやうになったのは、単に旧習を守る人のみがするだけになったと言ふことで、昔は若い女たちが却て、中心だつたのだろうと思はれる。現にこの風習と、一緒にしてしまつて居る地方の多い「山ごもり」「野遊び」の為来りは、大抵娘盛り・女盛りの人々が、中心になつてゐるのである。順礼等と言つて、幾村里かけて巡拝して歩くことを春の行事とした、北九州の為来りも、やはり嫁入り前の娘のすることであった。鳥居を幾つ綴って来るとか言って、菜の花桃の花のちら、、する野山を廻った、風情ある女の年中行事も、今は消え方になってゐる。

そんなに遠くは行かぬ様に見えた「山ごもり」「野あそび」にも、一部はやはり、一又処に集り、物忌みするばかりでなく、我が里遥かに離れて、短い日数の旅をすると謂ふ意味も含まつて居たのである。かう言う「女の旅」の日の、以前はあったのが、今はもう、極めて微かな遺風になってしまったのである。（「山越しの阿弥陀像の画因」『死者の書・身毒丸』中公文庫、一九九九年、所収、一七〇－一七一頁）

其に今一つ、既に述べた女の野遊び・山籠りの風である。此は専ら、五月の早乙女（サヲトメ）となる者たちの予めする物忌みと、われ人ともに考えて来たものである。だが、初めにも述べた様に、一処に留らず遊歴するやうな形をとることすらあるのを見ると、物忌みだけにするものではなかったのであろう。一方にこうした日を追う風の、早く埋没した俤を、ほのか乍ら窺はせているというものである。

〔……〕

比叡坂本側の花摘（ハナツミ）の社（ヤシロ）は、色々の伝えのあるところだが、里の女たちがここまで登って花を摘み、序にこの祠にも奉ったことは、確かである。而も山籠りして花をつむと言うことは、必しも一つの隠れどころにぢつとして居ることではなく、てんでに思い丶丶の峰谷を渉ってあるくこともあった、ただの物忌みの為ばかりでもないやうだ。女たちの馳け廻はる範囲が、野か、山の中に限られて、里つづきの野道・田の畦などを廻らぬところから、伝えなかったまでであろう。日の伴の様な自由な野行き山行きは、まだ土地が、幾つとも知らぬ郡村に地割りせられぬ以前からの風であったのである。如何ほど細かに、村境・字境がきまるようになっても、春の一日を馳け廻る女人にとっては、なかなか太古の土地を歩くと、同じ気持ちは抜けきらなかったであろう。それ故と言うより、そうした習俗だけが、時代を超えて残って居た訣なのである。此ように、幾百年とも知れぬ昔から、日を逐うて西に走せ、終に西山・西海の雲居に沈むに到って、之を礼拝して見送ったわが国の韋提希夫人が、幾万人あったやら、想像に能わぬ、永い昔である。此風が仏者の説くところに習合せられ、新しい衣を装うに到ると、其処にわが国での日想観の様式は現れて来ねばならぬ訣である。
日想観の内容が分化して、四天王寺専有の風と見なされるようになった為、日想観に最適切な西の海に入る日を拝むことになったのだが、依然として、太古のまゝの野山を馳けまはる女性にとっては、唯東に昇り、西に没する日があるばかりである。だから日想観に合理化せられる世になれば、此記憶は自ら範囲を拡げて、男性たちの想像の世界にも、入りこんで来る。そうした処に初めて、山越し像の画因は成立するのである。（同前、一八一－一八三頁）

この文章を読んでわたしが想起したのは、唐突なようだがマイケル・イグナティエフ『ニーズ・オブ・ストレンジャーズ』（添谷育志・金田耕一訳、風行社、一九九九年）のつぎのような一節だった。

リアが道化とケントだけを道連れにして嵐の真直中に突き進んでゆくとき、かれは社会的世界と理性や責務の彼岸にある無人地帯（ノーマンズ・ランド）とを分かつ境界線を踏み越える。シェイクスピアの時代には、この無人地帯はごく身近、町や村が途切れるところにあった。それは、囲い込まれた牧草地のつらなりが途切れるところ、教区治安官と治安判事の管轄権限が次第に弱まるところ、雇い主が逃亡した雇い人の追跡をあきらめるところ、そうした地点にはじまった。この荒野（ヒース）は、囲い込み農業が集権的国家の勢力権を越えたところに広がるイングランドのほぼ全域を占めるほどの広大さを有し、巡視や警備の日にさらされることもなく、王の街道(キングズ・ハイウェー)も街灯もない、野生が繁茂する闇の王国だった。荒野は、村落秩序からの逃亡者、教区定住権を剥奪された貧窮民、賃金労働の抑圧から逃げだした浮浪者、自前の土地や家業もなく仕える主人もいない住所不定の非正業者、トム・オベドラム（訳注省略）のような狂人、裁判からの脱走犯、そして家族から見捨てられ放りだされた老人たち、そういった人びとにとっての安住(ホーム)の地だった。（六一―六二頁）

いうまでもなくここにはイングランドにおける絶対王政国家の成立にともなう王権の拡大と、庶民の自由の喪失が描かれている。それと同様にわが国において「村境・字境」を定めたのは、ほかならぬ郎女の一族がもたらした律令制国家の成立だった。それこそが「野行き、山行き」や「山ごもり、野遊びの為来り」、「太古のままの野山を馳けまわる女性」を消滅させたのであり、「当麻の語部の姥」の「語り」が「書くこと」に取って代わられるのも、『古事記』『日本書紀』の編纂に代表される律令体制の進展だったのである。そのあたりを保田は「大津皇子の像」においてこのように書いている。

天武紀は変化の多い時代であった。政体の整備も行われた。大化の新政が再び修せられた。あわただしくただならぬ時代である。壬申の乱後の国家整備のために行われたことは、内治外交の上に遍く及んだ。高麗新羅との修交がある。社寺への施政がある、学問芸術にも修備が試みられた。〔……〕私は猿沢池の南の路を歩きつつ、なつかしい日本の回想の旅愁をふるさとの国で味わった。ずっと古い昔である。私は更級の作家を語って旅愁の自虐を描いた、甘いうつくしさにも似ているだろうか。

「手折らめど」ということばを私は口でくりかえした。友だちを訪い、一年に数度あわないひとたちと語りあった。その一人は七夕さまよりは少しましな、と云うのである。そうしてその間さえ私はやはり大津皇子の木彫の像を思わせられた。その名まえも知らぬ作者のために感動した。(『保田與重郎文芸論集』講談社学芸文庫、一九九九年、七六頁、八八頁)

そしてこの失われたものへのノスタルジア[4]は、たとえば佐藤春夫の「野行き、山行き、海辺行き」や宮沢賢治の詩にまでつづく日本的抒情の伝統をなしているのだ。たとえば宮沢の詩『曠原の淑女』にはこうある。

日ざしがほのかに降ってくれば
またうらぶれの風も吹く
にわとこやぶのうしろから
二人のおんながのぼって来る
けらを着　粗い縄をまとい
萱草(かんぞう)の花のようにわらいながら
ゆっくりふたりがすすんでくる
その蓋(ふた)のついた小さな手桶(ておけ)は
今日ははたけへの水を入れて来たのだ

今日でない日は青いつるつるの蓴菜（じゅんさい）を入れ
欠けた朱塗りの椀（わん）をうかべて
朝の爽（さわ）やかなうちに町へ売りにも来たりする
鍬（くわ）を二梃（にちょう）ただしくけらにしばりつけているので
曠原の淑女よ
あなたがたはウクライナの
舞い手のように見える
……風よたのしいおまえのことばを
もっとはっきり
この人たちにきこえるように言ってくれ……

このような抒情の伝統は一五世紀フランスの詩人で、モンテーニュがこよなく愛でたピエール・ド・ロンサールの「カッサンドルへのオード」（窪田般弥・高田勇訳）にもつらなっている。

恋人よ、みにゆこう、
けさ、あけぼのの陽をうけて　紅の衣をといた、ばらの花
今宵いま、赤い衣のその襞も
あなたににた色つやも　色おとろえていないかと。

ああ、ごらん恋人よ、
何とはかない、バラの花　大地にむくろをさらすとは！
おおつれない自然
この花のいのちさえ、あしたから、ゆうべとは。

だから恋人よ、
ぼくのことばを信じるならば、水々し、花の盛りのその齢に　摘め、摘め、あなたの若さを、
この花ににて、じきにくる老年にあなたの美しさも褪せるのだから。

穂苅瑞穂が「かれの抒情は、普遍の抒情である」と絶賛する、ローランサンの「絶唱」を引用しよう。

ここは森、私の清らかな天使が
夜、その歌声で命を吹き入れるところ、
これは花、あの人がひとり想いに耽って、
気晴らしに足で踏んで行くところ。

さあ、ここはうす緑の牧場、

花盗人のあの人が一足一足
若草の美しい七宝を探すとき、
触れるとその手から牧場は命を甦らせる。

ここで歌い、むこうで泣いて、ここで微笑む
あの人は私を見た、とその場で私は魅せられた、
私の命を奪うあの人の美しい眼に、

ここに坐り、向こうで踊るあの人を私は見た。
さまよう想いの機織りの上で
愛の女神は私の命の糸を織る。

（穂苅瑞穂『モンテーニュ――よく生き、よく死ぬために』講談社学術文庫、二〇一五年、二一〇―二一一頁より再引）

さらに折口は「日想観に最適切な西の海に入る日を拝むことになったのだが、依然として、太古のままの野山を馳けまわる女性にとっては、唯東に昇り、西に没する日があるばかりである」と書いている。その心象風景は村上春樹が『国境の南、太陽の西』（講談社文庫）において紹介した「ヒステリア・シベリアナ」――シベリアの農夫がまったくなにもない荒野で毎日のように畑を耕しているうちに、ある日なにか

が切れて、鍬を放りだして、西に沈む太陽に向かって憑かれたように歩きだし、そのまま死んでしまうという現象——とくらべて、どこまでが日本独自（ヴァナキュラー）なものなのだろうか。折口がいう太古の抒情と民衆の素朴な信仰心は、ユーラシア大陸全域にまでもつらなっているのではないか。

大麻寺の結界を破って大津皇子の魂を目覚めさせてしまった郎女は、大麻寺にこもって『称賛浄土仏摂受經』を千部写経することに専念する。それを知った藤原南家の身狭乳母（みさのちおも）は郎女を南家に連れもどそうとする。それにたいして郎女はこういい放つ。

「姫の咎（とが）は、姫が贖（あが）う。此寺、此二上山の下に居て、身の償（つぐな）い、心の償いしたと、姫が得心するまでは、還るものとは思（おも）いやるな。」
郎女の声、詞を聞かぬ日はない身狭乳母（みさのちおも）ではあつた。だが、いつしか此ほどに頭の髄（ずい）まで沁み入るような、さえざえとした語を聞いたことのない、乳母（ちおも）だった。（折口信夫作『死者の書・口ぶえ』安藤礼二注解・解説、岩波文庫、九五頁）

ここにはヒュパティアを想わせる凛としたひとりの少女がいる。ここで『死者の書』は、掟を破ってでも俤人を救おうとする『生者の書』へと反転するのだ。そのありさまはたとえば、蓮糸曼荼羅を織る郎女のために蓮の茎をあつめ、「山ごもり」のあとで頭に躑躅（つつじ）の花でいっぱいの笠をかぶった娘たちにも生き生きと描かれている。そこにはルクレティウス『物の本質について』の冒頭の描写やボッティチェッリの絵画『ヴィーナスの誕生』までをも彷彿とさせるものがある。そういう意味で『死者の書』は、まぎれもなく「近代人の目に映じた古代人の生活」を描いたものであり、生＝性の全面的肯定なのだ。ちなみに津田左右吉は、「田植えの季節に思う」というエッセイのなかでこう書いている。

少年時を農村で送ったわたくしは、初夏の季節のきのうきょう、にぎやかに行なわれる田植えの光景を想起し、ほねはおれても生き生きと働く農夫の行動、泥にまみれても女性らしいたしなみを失わぬ早乙女の姿、今はすたれたところも多いかと思われるが田植え歌の朗らかな声調、おりおりは何に興じてかあちこちに聞こえる高笑いのひびき、老若それぞれにあずかるところのある楽しげなその仕事ぶり、場合によっては隣里の助け合うありさま、田植えの終わった田の面の美しさ、などをおもかげに見て、田の神の恵みのあつからんことを念じ、そこから思いついて筆をとったのがこの小稿である。（佐藤春夫監修・保田與重郎編纂『規範　国語読本』新学社、平成二〇年、所収、八四頁）

またさらに郎女（人形アニメの声は宮沢りえ）のことばは、ソフォクレスの『アンティゴネ』の主人公が、妹のイスメネに向かっていうつぎのような台詞を想起させる。

私は自分のなすべきことをするだけ――それがまたあなたのなすべきことだもの、たとえどんなに嫌であろうとも――二人にとっては兄ですもの。私は不実な妹だなどと言われたくはない。（『オイディプス王・アンティゴネ』福田恆存訳、新潮文庫、一九八四年、一一二頁）

悲劇『アンティゴネ』のなかにポリスの倫理とオイコスの倫理との相克を見たのはヘーゲル（『精神現象学』）であり、ヘーゲルの読解を通して西洋文化の基底にある「悲劇」――男と女、老年と青年、社会と個人、生者と死者、人間と神（ないし神々）の間での永久的葛藤――を見いだしたのはジョージ・スタイナー（『アンティゴネーの変貌』海老根宏・山本史郎訳、みすず書房、一九八九年、三三三頁）だった。スタイナーによれば「アンティゴネーの行動は女性がなしうるもっとも神聖な行動である」（同前、四三頁）。同様に非業の死を遂げた大津皇子のために蓮糸曼荼羅を織る郎女もまた、「女性がなしうるもっとも神聖な行動」をやり遂げたのである。

また「一人の兄を葬（とむら）うために、狂信的なまでに冷たい理想主義者に見える」（福田、前掲書、一九八頁）アンティゴネを、「反体制側の敗れた英雄と見なすわけにはゆかぬ。アンティゴネは「神の掟」に殉じたのである」（同前、二〇一頁）と喝破したのは、福田恆存だった。福田と同様にエドマンド・バーク的な醒めた保守主義者でもあるアイルランド出身の批評家コナー・クルーズ・オブライエンもこのように述べている。

アンティゴネーがいなければ、われわれはもっと平穏で現実的な世界を作ることができるだろう。この世のクレオンたちは、もし不安定な理想主義がそれぞれの領域の内部で法と秩序を脅かさなくなれば、お互いの勢力圏を尊重しあうことになるかもしれない。（スタイナー、前掲書、二六八頁）

さらに郎女は『リア王』の三番目の娘コーディリアをも想わせる「女性性（フェミニニティ）」の表象と

してある。これまでわたしは『ニーズ・オブ・ストレンジャーズ』の第一章「自然的なものと社会的なもの」こそが、『リア王』論の最高傑作だと思ってきた。イグナティエフによれば、姉たち(ゴネリルとリーガン)が父親リアにたいしてくりだす「愛情の競り売り」(スタンリー・カヴェル「愛の回避――『リア王』を読む」を参照)の場面において、「なにも(ナッシング)」と応じるコーディリアは、リアにとって娘でありかつ母親、さらには恋人なのだ。本書執筆のためにテリー・イーグルトン『シェイクスピア――言語・欲望・貨幣』(大橋洋一訳、青土社、一九九二年)を読んで、イグナティエフに匹敵する『リア王』論に出会った。イーグルトンは件(くだん)の場面を「意味のインフレ」とよび、それを押し止めるはコーディリアの「なにも＝無」(ちなみにエリザベス朝の英語では、nothingには女性の性器の意味がある)の一言であると指摘し、荒野をさまようリア、すなわち「落ちないところまで落ちると、行き先は上しかない[5]」という状態に陥ったリアを「うつろなシニフィアン」と表現する。さすがアイルランド人でカトリック教徒、マルクス主義者にしてエピキュリアンである現代英文学の鬼才イーグルトンの面目躍如たるものがある。まさしく「『リア王』は悲劇である」(イーグルトン、前掲書、一九六頁)。

「西欧」へとむきあう姿勢

『死者の書』からはこのような連想の糸が紡ぎだされるはずだが、折口にはそれがない。その理由は折口における古代ギリシア・ローマ的感性への共感の欠如、あるいは端的にヨーロッパ的知性の歴史についての知識の欠如なのだろう。同じ日本主義者やアジア主義者と一括される保田や大川と、折口が決定的に異なる点は、ここにあるとわたしは思う。それは保田の「日本の橋」冒頭の一文を読めば容易に理解できるであろう。

〔……〕ヘレネが神殿構成の資質であったように、羅馬びとは橋梁建築の天才であった、とは大方古今東西の通説の如くである。著名の仏蘭西のポン・ド・ガールを私はその写真でみたことがある。遠山はほのかにかすみ、ひろびろとした原野のなか、ゆるやかな丘も、茂った木立も、すべて何の手を加えないさながらの自然を思わせるその中に、この有名な橋は横たわっていた。それから私はこのこんもりとした灌木の茂みの中の人工造営を想像してみる。羅馬人の橋は伊太利亜に仏蘭西に、あるいは西班牙の水道橋と残された。私史に伝えるそのままを信ずれば、ササン朝のシャバル一世の時、羅馬の工人を招いて造らせたというプルイカイザー橋は、羅馬の橋が近東へ入った見事な一例である。この壮麗な橋を紅毛の詩人が、羅馬人の作ゆえにと感激したことは、恐らく多くのアジア人の知ることであろう。

しかし羅馬人の橋が、主として征旅の軍隊や凱旋の獲物を車輛で運ぶに適した一面で、キリスト教伝道の殿堂延長を意味したことを考えるなら、近東とアジアにも、かつて死海附近のどこかにも、橋の原型はあったにちがいない。初めてのバビロンの文化の中に石橋の断址を発見したことを私はほのかに憶えている。プレトミーの古地図に出てくるインダス河に架けられていた橋を考えるなど、余りに楽しいことではなかろうか。

羅馬人の発見した橋は道の延長とは云えないのである。彼らの道さえも日本の道や東洋の道と異なっていた。山あい山がいの谷間をぬってあまたの峠をこしてゆく道と、平原の一すじに蜿蜒と拓かれた道の異りでもあろうか、東洋の橋が、さらにそれとも異った殊に貧弱な日本の橋も、ただそれがわれらの道の延長であるという抽象的意味だけ深奥に救われている。羅馬人の橋はまことに殿堂を平面化した建築の延長であった〔……〕。

時代と共に移って橋は彼岸への架橋だけのものでなくなった。いつか橋は防塁となっていた。橋がとりでの役をも兼ねたのは中世ゴチィク時代に於いてであった。史上に有名な僧院の鐘は、このとりでのために又その日のためにしばしば撞かれたであろう。その時代アジア的遠征に対するキリスト教の防御を彼らは文化の防衛としていた。そのアジアの遠征は、アジアの生理とも云うべき無常迅速の大衆的表現であった。だが西欧が近東に発生した文化を防衛していたころ、そのころヘラスの芸術は、しかも十九世紀のヨーロッパの美術考古学の考えによれば、天山の南北二路を通って、むしろ東洋の文化の母胎の上で開花したというのである。その経路はともあれそのころのものを云えば、これに等しい開花は、アジアの六世紀にほぼ完成していたそのかみの開花に等しい成果は、伊太利亜の第十四世紀が漸くに完成した。しかもその完成さえ、しばしばルネッサンスの名でつづく時代の先駆という。その軽快な歴史観が、ある時の私に悲しまれた。しかし今の私の乏しい空想力を暴露して回想に努めようと思うわけではない。見も知らぬ西欧の建造物を、僅かな銅版写真で限りなく楽しんでいるに過ぎないからである。（『日本の橋』角川選書、一九七〇年、三三一―三三六頁。ルビを省略）

このあまりにも有名な文章は、保田が東海道線の車窓から眺めた「小さな石の橋」「日本のどこにもある哀れっぽい橋」と「紅毛の」人の作による橋とを比較したものである。だが保田はここで西欧の橋にたいするアジア、日本の橋の優越を説いているわけではない。なにしろ西欧の橋についての保田の知識は「僅かな銅版写真」をとおしてのものでしかなく、また日本の橋のたたずまいも「いつも見落とすことの方が多い」（同前、三三頁）という程度のものでしかないからだ。つまり保田は西欧についてのみずからの知識の浅薄さを充分に自覚しつつ、なおかつ「日本的なるもの」にたいするみずからの思い入れの浅薄さをも充分に自覚しながら、この文章を書いているのだ。つまりはある事象を肯定しながら否定する、あるいは（同じことだが）否定しながら肯定する「浪漫主義的イロニー」というわけである。この点については、戦後日本における折口と保田の身の処し方について論じる際により詳細に検討したい。

最後に『死者の書』について、わたしの拙い感想を一言。「幾人の人々が、同時に見た、白日夢のたぐいかも知れぬ」（前掲書、一四七頁）『死者の書』という書物においてもっとも存在感に満ちているのは、「大師藤原恵美押勝朝臣の声は、若々しい、純な欲望の外、何の響きもまじえて居なかった」（前掲書、一一五頁）の一節である。本書全体をつうじて一番「成熟」しているのは、大師藤原恵美押勝朝臣である。

折口と『神々の死』

つぎに②について。多くの評者が指摘しているように、折口は三か所でメレシコーフスキイの『神々の死』に言及している。第一は『死者の書』の序論ともいえる「寿詞をたてまつる心々」（一九三八年）、第二は石田英一郎の司会による柳田との対談「民俗学から民族学へ――日本民俗学の足跡を顧みて」（一九四九年、『民俗学について――第二柳田國男対談集』筑摩選書、一九七〇年、所収)、第三は「神道の新しい方向」(一九四六年、ただし書名としてではなく一般的に「神々の死」として言及されている。安藤礼二編『折口信夫天皇論集』講談社文芸文庫、二〇一一年、所収)、以上三点である。

第一に「寿詞をたてまつる心々」の作意については、岡野弘彦『折口信夫伝――その思想と学問』(中央公論新社、二〇〇〇年)におけるつぎのような解釈に尽きる。岡野はこの文章が書かれた二年前の「二・二六事件」との関連でこう書いている。

[キリスト教を「国教化」した祖父コンスタンティヌス大帝の宗教政策に叛いて非業の死を遂げたユリアヌスを「古代のギリシャの神々の世界を憧憬し、その神々の世界がキリスト教によって閉塞されてゆくことを哀しみ、抵抗した」と述べながら」最近、メレジュコフスキーを読み、泡鳴を読み、何度も折口の文を読んでいるうちに、ふっと解けてくるものがあった。文の表には一切そのことを出していないが、叛いて誅殺される若き悲劇の主人公を後世に伝える古代伝承の、人心を悲しませる純一さと、殺される最後の息の下から歌や寿詞(よごと)をもって世に残す言葉の清冽さを説いたこの文章は、実は昭和十一年二月雪中に兵を率いて事を起し、叛逆の徒としてその七月に果てた、青年将校たちへの深い悼みの思いを秘めているに相違ないと思う。(一七六－一七七頁)

わたしもそう思う。ユリアヌスを大津皇子と同一視する説よりはよほど説得力がある。

第二に『民俗学について――第二柳田國男対談集』において折口と柳田はこのように語っている。

折口　〔……〕私はフォークロアのほうは、あのむつかしいゴムの Handbook of Folklore――先生の外遊の記念に買って見えましたのを、苦心してだいたい読ましていただいたという程度にしか、外国のものはよんでいませんが、その傾向のあるもので確かに影響をうけた本は、一冊読んでいる。メレジュコフスキーの『神々の死』です。普通ならば歴史のほうから影響を受けるはずなのですが、あれは不思議にフォークロア風な刺戟が働く本です。

柳田　『背教者ジューリアン』なんかと三部作になっていましたね。あれはずいぶんはやって大ぜいが読んだものだ。私も読んだのだが、割合に影響を受けなかった。（同前、六九頁）

この対談での折口は卑屈なまでに、師匠・柳田にたいして平身低頭しているように見える。上記引用のあとで、ある時期に「コカイン」を常用して「神がかりみたいなもの」になったことがあると告白する折口にたいして、柳田は「実際ひどい状態だった。あれはほんとうにあぶなかった」（同前、七二頁）と応ずる。折口が受けた「フォークロア風な刺戟」の内実よりも、まるで赤子を諭すように「学問におけるモラル」を諄々と説く柳田の偉大さがいっそう際立つのである[6]。

第三には、「神道の新しい方向」についてである。これは安藤の研究が提示する論点②にも関連するので、すこし長めに引用する。この文章は元来、一九四六（昭和二一）年六月二三日に日本放送協会（NHK）ラジオ第一放送の電波にのったものである。折口は公共電波を使いながらこう語っている。

〔……〕千年以来、神社教信仰は下火の時代が続いていたのです。例をとって言えば、ぎりしあ・ろうまにおける「神々の死」といった年代が、千年以上続いていたと思わねばならぬのです。仏教の信仰のために、日本の神は、その擁護神として存在したこと、欧洲の古代神「聖何某（セントナニガシ）」というような名で習合存続したようなものであります。

われわれは、日本の神々を、宗教の上に復活させて、千年以来の神の軛（くびき）から解放してさし上げなければならぬのです。ここに新しい信徒に向かっては、初めてそれらを呼び醒まさなければならないでしょう。とにかくそうしなければ、日本の只今のこういう風に堕落したような、あらゆる礼譲、あらゆる美しい習慣を失ってしまった世の中は救うことが出来ません。また、そればかりではありません。日本精神を云々する人々の根本の方針に誤った処が、もしあったとしたなら、この宗教を失っていた――宗教を考えることをしなかった――、宗教をば、神道の上に考えることが罪悪であり、神を汚すことだと、そういった考えを持っていたことが、根本の誤りだったろうと思われるのです。だからどうしてもわれわれは、ここにおいて神道が宗教として新しく復活して現れて来るのを、情熱を深めて仰ぎ望むべきだと思います。

ただわれわれの情熱だけで、宗教を出現させることは出来るものではありません。宗教には何よりもまず、自覚者が出現せねばなりません。神をば感じる人が出なければ、千部万部の経典や、それに相当する神学が組織せられていても、意味がありません。いくらわれわれがきびしく待ち望んだところで、そういう人がそういう状態に入るということは、必ずしも起って来ることではありません。しかし、ただわれわれはそうした心構えにおいて、百人・千人、或は万人、多数の人間が憧憬をし、憧れていたら、遂にはそういう神を感得する人が現われて来るだろう、おそらくそういう宗教が実現して来るだろうと信じます〔……〕（安藤礼二編『折口信夫天皇論集』講談社文芸文庫、二〇一一年、六九－七〇頁）

こうして書き写しているだけで折口の霊がのりうつってくるようだ。わたしは戦後日本社会の惨状にたいする折口の絶望を信じないわけではない。また折口の救世主待望論を実存主義的飛躍として理解できないわけでもない。けれどもわたしの理性はこれを「暴論」あるいは（コカイン中毒者の？）「妄言」として斥けてしまうのだ。いうところの「自覚者」が、三島由紀夫や麻原彰晃だったらどうなるのか？　折口がいう「宗教としての神道」が「人類教」であるのならば、その「自覚者」がチベットからやってきても不思議はない。

さらには『保田與重郎文芸論集』（講談社学芸文庫、一九九九年）の川村二郎による「解説」には、「『載冠詩人の御一人者』にはなお、釋超空に『死者の書』を着想させたといわれる「当麻曼荼羅」が入っているが……」と書かれているにもかかわらず、なぜ多くの論者は折口と保田との関連を論じていないのだろうか。石井公彌子が「折口の『死者の書』は保田の「当麻曼荼羅」から刺激されて書いたと、折口が発言していたという。このことは、保田も「私の文章〔大麻曼荼羅〕に折口信夫博士が興味をもたれ、自分の云ひたいことがあったのだと申されてゐた」（「月夜の美観」について、1963. 30 : 16）と記している」（『〈弱さ〉と〈抵抗〉の近代国学——戦時下の柳田國男、保田與重郎、折口信夫』講談社選書メチエ、二〇〇九年、一二〇頁。［　］は引用元の通り）と書いているのが、唯一の例外のようである。しかしそれとても折口と保田との交友関係を示す一例としてであって、それ以上の立ち入った分析がなされているわけではない。

「当麻曼荼羅」は一九三三年に発表され、一九三八年刊行の『載冠詩人の御一人者』に収録された。折口の「死者の書・初稿」が『日本評論』に発表されるのはその一年後の一九三九年だった。保田の「当麻曼荼羅」は、「この夏一日、私は當麻寺で當麻曼荼羅原本と称される天平蓮糸曼荼羅を始めてみた」(『保田與重郎文庫3　載冠詩人の御一人者』新学社、二〇〇〇年、一〇二頁)という一文から始まる。保田の論の趣旨は、『死者の書』では藤原の郎女が女人たちの協力のもとに織り上げたとされる「蓮糸曼荼羅」の起源について論じたものである。「淳仁天皇の時、横佩の大臣の娘の女、中将姫が、當麻寺に入って生身の阿彌陀を仰ぎその脇侍の観音が蓮糸で織つてくれたものといわれてゐるのがこの原本である。天平寶宇七年歳次癸卯年夏六月二十二日のことと云ふ。即ち意味するところは浄土變相の諸相である。鎌倉光明寺などの當麻曼荼羅縁起にもこの中将姫傳説が見えてゐる」(同前、一〇三頁)。これにつづけて保田は「中将姫伝説」の一ヴァリアントとして、光明皇后＝中将姫と見立てる説話を紹介し、皇后の事跡とされる「奈良の施浴」について「あのやうな羅馬の浴場をさえ思はせる如き官能享楽の機関がこの時代に考案されたことが一つの珍しい状態であらう。この元亨釋書巻九の説話によると、光明皇后の施浴は深い慈悲とわきまへない狂信に近い當代の心と考へられる。しかも皇后の尊身ながらに、自ら進んでレプラ患者の去垢吸膿など豫事であるとこの本の著者は書いているが、皇后の気持ちはそんな生温いものでない。宗教的興奮といふなら、それはさらに強い救世の熱狂さへ含んでゐたであらう。だがこれを一種の官能享楽の側から考察された方がある。それは倫理学者和辻哲郎博士であった」(同前、一〇四頁。特に難解な旧字は新字に改めた)と述べて、天平文化を「享楽主義」とみなす、和辻による見解を批判するのである。ここからは折口―和辻―保田という連想の糸が紡ぎだせるはずであり、魅力的な研究テーマを示唆しているがそれを詳細に論ずることは本書の手に余る。[7]

全般的に安藤による折口をめぐる「人脈探究」はまるでアメリカの社会学者フロイト・ハンターの「評判法」による「犯人捜し」を思わせる。折口と藤無染を中心にして四方八方にのびる赤い糸は、まるでFBI捜査のプロファイリングそっくりである。だがある人物が同一時期に、同一グループに属していたり、同一雑誌に寄稿していたりするからといって、それがなにごとかのエヴィデンスになるのであろうか？たんなる傍証、「状況証拠（サーカムスタンシャル・エヴィデンス）」にすぎぬものが多いのではないか？

このことはユリアヌスの事跡にかんする理解にも関係する。彼はけして「国教に反抗した謀反者」ではない。そもそもコンスタンティヌス大帝はみずからキリスト教に帰依しはしたが、キリスト教を「国教」としたわけではない、たんに公認しただけである。そもそも古代ギリシア・ローマに「エスタブリシュド・チャーチ」という意味での「国教」のあろうはずはない。「古代の神々」は民間信仰として存在していたのであり、まさにキース・ホプキンス『神々にあふれる世界（上・下）』（小堀馨子・中西恭子・木村遼二訳、岩波書店、二〇〇三年）が詳細に描きだしているように、「三十万の神々」（プルデンティス）がそこには生きていたのだ。

いかにユリアヌスといえども、無いものに反抗することはできぬ。（安藤がそうだというわけではないが）国文学研究者の一部には、郎女を折口自身と見立て、ユリアヌスを大津皇子と（さらには光源氏や藤無染とさえも）同一視する向きがあるが、ユリアヌスは国家に叛逆したわけではない。ユリアヌス自身が当時の最高の権力者だったのだ。彼を殺したのは時の権力者ではなく、ペルシア軍だった。たしかに死に際して彼は「ガリラヤ人よ、汝ら勝てり」という、キリスト教徒にたいする遺恨ともとれる言葉を遺したとされる。安藤説によれば、この「遺恨」を晴らすためにユリアヌスは、のちにペルシアの地に生まれる「イスラーム」と結託するということになるのだろうか？　安藤はその後、『死者の書』完結編と称する『霊獣「死者の書」完結編』（新潮社、二〇〇九年）を出版するが、一読しても違和感は増すばかりである。

『神々の死』の読み手、それぞれの最期

ともあれ「神道の宗教化」を目指した一時期の折口は、その後になって占領の終結とともに神道宗教化プロジェクトを撤回するに到る。たとえば福田和也は中西輝政との対談集『皇室の本義』（ＰＨＰ研究所、二〇〇五年）においてこう述べている。

折口は敗戦に大変なショックを受けて、戦後「日本が負けたのは物質ではなく、信仰心によるのではないか」と主張し、「これを建て直すには、神道は世界宗教化しなければならない」とも述べています。「天皇がローマ法王のような存在になって、神道をもう一度情熱をもった信仰にしなければならない」と。

ところが占領が終わると、ころっと変わってしまう。占領が終わってすぐの講演で、「占領軍が去った。われわれにとっても親しい、古い一家を遠慮なく讃美できるようになった。こんなうれしいことはない。やはり日本の歌というのは、天皇あってのものである」と。（一二六－一二七頁）

また中村生雄もこう述べている。

アメリカ軍兵士がよって立つ十字軍にも似た「宗教的情熱」というイメージが、折口をして日本神道の〈対抗宗教改革〉のプランを構想すべく駆り立てた。その目標は、ただひとつ「神道の宗教化」であった。また、その目標を達成するために必要とされるのが「系図につながる神」の否定であり、「むすび」の霊力にもとづく万物の生命の再生強化であった。そしてそこに生まれる新しい「神道の教主」となることこそが天皇に課せられた時代的な要請であると折口は考え、その期待をローマ法王に託して語り、あるいは聖書の「義人」になぞらえて熱く論じた。

だが、戦後の象徴天皇制は確実に既成事実化し、天皇が「義人」になることも「教主」になることも不可能なのは、誰の目にも明白になっていった。日に日に折口の改革プランの実現性はうすらぎ、その理想は無残についえていったのである。（『折口信夫の戦後天皇論』法蔵館、一九九五年、六九－七〇頁）

中村の見解をわたしなりに敷衍すれば、彼がいう「系図につながる神」とは血統によって正統化される神であり、「むすび」の霊力の化身たる神とはカリスマによって正統化される神のことである。こうしたふたつの類型論の背景には、「神と人間とを〈血〉を介して結びつけようとする日本神話にたいする根強い嫌悪感」（同前、三一頁）があったことは容易に理解できよう。そしてそれが「柳田的な祖霊信仰擁護論への批判」（同前、五九頁）へとつながってゆくのである。

こうして折口は柳田とも袂を分かち、天皇が「神道の教主」となることも「義人」となることも断念し、また「自覚者」の到来を待たずして一九五三年に近しい人たちからなる「親密圏」のなかで静かに息を引き取った。東京裁判で東条英機の頭をたたいて病院送りになった大川は、一九五七年に歿した。常民の公民化プロジェクトによって「公共圏」の質的向上を図った柳田は、生前に文化勲章を受章して一九六二年に満八六歳で永眠した。没後には勲一等旭日大綬章を授与された。「イロニーとしての絶対平和論」という絶対無敵の武器を手にした保田は、一九八一年に歿するまで「サロン」としての雑誌『祖國』に拠って健筆をふるう。そして「「一身に日本の「文化」や「伝統」を一人でになおうとした」三島〔由紀夫〕は市ヶ谷で鮮血にまみれて自刃し、保田は畳の上で死んだのである」（饗庭孝雄「神人一如の遥かな栄光」、前掲『保田與重郎文庫3　載冠詩人の御一人者』所収、「解説」、二六七頁）。

* * *

本節の最後に個人的感傷を一言。栃木県の田舎教師であり油絵などもたしなみ、わたしが生まれる以前に亡くなった叔父（父方）の書棚には姉崎正治訳『意志と表象としての世界』と並んで『神々の死』もあったように記憶している。だが叔父の蔵書で残っているのは、レオパルディ『大自然ト霊魂トノ對話』（柳田泉訳、春秋社、大正一〇年）のただ一冊である。おなじく田舎教師を長年務め九二歳でこの世を去った父の蔵書には、大川周明『日本精神研究』（文録社、一九三〇年）や『日本二千六百年史』（第一書房、一九三九年）、保田與重郎『文明一新論』（第一公論社、一九四三年）などもあったはずだが、三・一一の被害により行方不明。保田の『日本の橋』もあったはずだが、これまた行方不明。しかたなくアマゾンで購入した古書の前所有者は奈良女子大の学生さんだった。自分で買った柳田國男『故郷七十年』（朝日選書、一九七四年）だけは、ボロボロの状態で今もわたしの手元にある。京極純一がいうとおり、「人々の蔵書について統計的な実態調査を行なえば、日本思想史ないし日本文化史の貴重な資料がえられるにちがいない」（『文明の作法——ことわざ心景』中公新書、一五一頁）。

4　ロマン主義者、ユリアヌス？

「亜インテリ階級」と丸山眞男

わたしはさしたる根拠もなくメレシコーフスキイの読者は、わたしの父や叔父がその典型である、丸山眞男がいうところの「亜インテリ階級」だと思い込んでいた。丸山によればそれは「日本ファシズムの温床」だった。丸山いわく。

ファシズムというものはどこにおいても運動としては小ブルジョア層を地盤としております。ドイツやイタリーにおいては典型的な中間層の運動でありまして、〔……〕日本におけるファシズム運動も大ざっぱにいえば、中間層が社会的な担い手になっているということがいえます。しかしその場合に更に立ち入った分析が必要ではないかと思います。わが国の中間階級或（ある）いは小市民階級という場合に、次の二つの類型を区別しなければならないのであります。第一は、たとえば、小工場主、町工場の親方、土建請負業者、小売商店の店主、大工棟梁、小地主、乃至自作農上層、**学校教員、殊に小学校・青年学校の教員**、村役場の吏員・役員、その他一般の下級官吏、僧侶、神官、というような社会層、第二の類型としては都市におけるサラリーマン階級、いわゆる文化人乃至ジャーナリスト、その他自由知識職業者（教授とか弁護士とか）及び学生層――学生は非常に複雑でありまして第一と第二と両方に分かれますが、まず皆さん方は第二類型に入るでしょう。こういったこの二つの類型をわれわれはファシズム運動を見る場合に区別しなければならない。

わが国の場合ファシズムの社会的地盤となっているのはまさに前者であります。第二のグループを本来のインテリゲンチャというならば、第一のグループは疑似インテリゲンチャ、乃至は**亜インテリゲンチャ**とでも呼ばれるべきもので、いわゆる国民の声を作るのはこの**亜インテリ階級**です。第二のグループは、われわれがみんなそれに属するのですが、インテリは日本においてはむろん明確に反ファッショ的態度を最後まで貫徹し、積極的に表明した者は比較的少く、多くはファシズムに適応し追随しはしましたが、他方においては決して積極的なファシズム運動の主張者乃至推進者ではなかった。むしろ気分的には全体としてファシズム運動に対して嫌悪の感情をもち、消極的抵抗さえ行っていたのではないかと思います。これは日本のファシズムにみられる非常に顕著な特質であります。

（『超国家主義の論理と心理　他八篇』岩波文庫、二〇一五年、九一－九三頁。太字は引用者）

そしてわたしはこの「亜インテリ階級」の原型は、柳田が『明治大正史・世相編』においてこう書いていることと呼応すると思われた。すなわち「[板ガラスの普及とともに]もう其頃より之を障子の一枠に嵌め込んで、黙って其間から外を見て居る者が田舎にも多くなった。〔……〕家の若人等が用も無い時刻に、退いて本を読んで居たのも又その同じ片隅であった。彼らは追々にも家長も知らぬことを、知り又考えるやうになって来て、心の小座敷も亦小さく別れたのである」（東洋文庫版、七九頁。ただし現代表記に訂正）。

前述のとおり柳田自身も、折口も、大川もメレシコーフスキイを読んでいたことが確認された今は、メレシコーフスキイの読者についてのわたしの臆断を訂正しなければならない。そしてなによりも「正真正銘のインテリ」たる丸山自身がメレシコーフスキイを読んでいたことが判明した今となっては、ますますそうなのだ。周知のように丸山は、「極端な無政府状態と、極端な専制とは紙一重だということ」の一例として、「人間と政治」（『政治の世界　他十篇』岩波文庫、二〇一四年、五二頁）においてこう書いている。[8]

メレジコフスキーは、ロシア革命を例として、この弁証法を鋭く剔抉（てっけつ）している。

「革命は専制の反面にすぎない。専制は革命の裏面にすぎない。無政府状態と君主政体とは同一の第一質量（prima materia）の…二つの異った状態である。万人に対する一人の専制であり、一人に対する万人の強制——これが無政府状態である。…凍結した無政府状態——これが君主政体であって、溶解された君主政体——これが無政府状態である」（山内封介訳『露西亜（ロシア）革命の預言者——メレジコースキイ文芸論集』第一書房、一九二九年、五六－五七頁）

この引用文には「引用の作法」という観点から、いくつかの疑問点があるので、煩瑣になるが、『露西亜革命の預言者――メレジコースキイ文芸論集』から丸山が引用している部分を、省略部分もふくめて示すことにしよう。

> 革命は専制の半面に過ぎない、専制の裏面に過ぎない。専制は、革命の裏面に過ぎない。無政府状態と君主政体とは、同一のPrima materia即ち『原始体』の――権力の起源なる強制の二つの異った状態である。万人に対する一人の強制――これが君主政体で、一人に対する万人の強制――これが無政府状態である。法律で定められた恒久的な強制の恐怖、凝結した『白色テロール、氷結し、結晶した無政府状態――これが君主政体であって、溶解された君主政体――これが無政府状態である。我々は自分の経験に於いて、即ち現に我々の現前で行はれつつある事実に於いてこれを見る。専制の塊りは融けて、革命と云ふ燃える溶岩となって流れるのである。（旧字体を新字体に変更したほかは、引用元の通り）

じつは本書にはもうひとつ翻訳がある。『メレシコフスキー選集Ⅵ　来るべき賤民』（植野修司訳、雄渾社、一九七〇年）に収録された「ロシア革命の預言者（ドストイェーフスキー記念祭にちなんで）」が、それである。この本では当該部分はこのように訳されている。

> 革命とは専制政治の逆の一面であり、裏面であるに過ぎない。専制政治とは革命の裏面以外の何もの

でもない。無政府社会と君主政体とは、一つの同じPrima materia（最初のもの）の二つの相異なる状態であるに過ぎない。権力の根源としての暴圧の二つの相異なる状態であるに過ぎない。万人に対する一人の人間の暴圧が、即ち、君主政体であり、一人の人間に対する暴圧が、即ち、無政府社会であるに過ぎない。恒常的にして法制化された暴圧の恐怖、冷え固まった「白色テロ」、凍結され結晶した無政府社会――それが君主政体であり、融解した君主政体――それが無政府社会であるに過ぎない。我々は経験に照らしてこれを知っている。我々の目の前で起こりつつあることの中に、我々はこれを目撃することができる。専制政治の融解しつつある石塊は、革命という火の溶岩となって流れるのである。（二五〇―二五一頁）

丸山の「人間と政治」は一九四七年暮れに行なわれた京華学園文化講座の講演速記に改訂をほどこして『朝日評論』（朝日新聞）一九四八年二月号に掲載され、その後『現代政治の思想と行動』に収録された。初出との照合ができないので丸山の、いささか恣意的な（と思われる）引用の仕方――すなわち表記の変更はだれによるものなのか、「第一質量（prima materia）」という言葉はだれが追加したものなのか、等々――の当否を云々することはできない。また山内訳（「……『白色テロール、……』」の部分は「……『白色テロール』……」の誤植であろう）と植野訳とのいずれが優れているのかも、ロシア語を解さぬわたしには判断がつきかねる。ただ翻訳文を歴史上のひとつの事実として尊重するかぎり、丸山の「引用の作法」はいささか翻訳者にたいする敬意に欠けているように思うのは、わたしだけだろうか。

ドストエフスキーの「反西欧」

ところでメレシコーフスキイの「ロシア革命の預言者」からの引用は元来、『悪霊』の登場人物ピョートル・ステパノヴィチ・ヴェルホーヴェンスキー（ペトルーシャ）を「ロシア革命家たちのうちでも、最も天才的な革命家であった」とみなし、彼を「今までただ反動的な阻害勢力に過ぎないように思われていたロシアの専制政治の中に、最も偉大な革命的な破壊力が隠されていたことを、初めて見抜いた人物であった」（『メレシコフスキーⅣ　来るべき賤民』二五〇頁）とする文章に続くものである。ここからはメラー・ファン・デン・ブルック（Arthur Moeller van den Bruck, 1876－1974）という人物を介してドストエフスキー―メレシコーフスキイ―カール・シュミットを結びつける連想の糸が紡ぎだされるのである。舞台は一九世紀半ばから二〇世紀初頭にかけてのヨーロッパへと移る。[9]

先述した丸山の引用文は、カール・シュミットの『政治的なるものの概念』における、いかなる政治理論の根底にもなんらかの「人間像」が存在しており、「真の政治理論は必ず性悪説をとる」というシュミットの有名な言葉を引用しながら、その「人間像」は彼の独特な意味での「性善説」（人間は安全無害な存在だとする見方）と「性悪説」（人間はいつ何時、殺人者にもなりかねない「危険な存在」であり、「問題的な存在」「取扱注意品」だとする見方）とに区別されるという所説を紹介する部分の後で現われている。「性善説」に立脚する代表的思想は「リベラリズム」と「無政府主義」であり、「性悪説」に立脚する政治理論こそが、政治権力の必然性を正当化できるという具合に論を進め、メレシコーフスキイの引用文へとつづいてゆく。

そのかぎりではメレシコーフスキイとシュミットとの思想的な関連が論じられているわけではない。

だがメレシコーフスキイとドストエフスキーとの間にはメラー・ファン・デン・ブルックという人物を介してつぎのような結びつきがあった。メラー・ファン・デン・ブルックは『第三帝国』（未訳、原著出版一九二三年）という著書によって有名な保守革命思想家である。[10] メラーは一九〇二年にパリでメレシコーフスキイ夫妻に出会い、彼らをとおして知ったドストエフスキーの作品に興味を抱き、「二番目の妻でロシア系のルーツィエ・ケリック（ルシー・ケルリック）およびその妹レス・（エリーザベト）・ケリック（E・J・ラッシン）らを集めて、E・K・ラージンという翻訳集団を結成した。その成果として、メラー・ファン・デン・ブルック監修によるドイツ語版『ドストエフスキー全集』全二十二巻の刊行が、ピーパー社から始まったのは1906年のことであった」（山崎充彦「研究ノート　ドイツにおける議会制批判論議の一側面――メラー・ファン・デン・ブルックの『第三帝国』をめぐって」桃山学園大学『国際文化論集』一八巻、一九九八年、五四頁）。山崎論文によれば、メラーはその後パリからイタリアに移り、ドイツに帰国後、芸術論『イタリアの美』を刊行し、本書は詩人テオドール・ドイプラーに捧げられた。「このドイプラーこそは、メラー・ファン・デン・ブルックにとってのみならず、カール・シュミットにとっても尊敬すべき人物であった。シュミットは、一九一六年に『テオドール・ドイプラーの「北極光」』［原題 *Theodor Däublers "Nordlicht": drei Studien über die Elemente, den Geist und die Aktualität des Werkes*, Berlin: Duncker und Humbolt, Dritte Auflage, 2009］を著わすなど、その詩に強い感銘を受けた跡がうかがえる」（同前、五五頁）のであり、メラーがメレシコーフスキイを介して感受したのは、ドストエフスキーの作品の底流をなす「反西欧」の空気だった（同前、五五頁。（　）内の人名表記は、注（9）に示したフリッツ・スターンの『文化的絶望の政治』による。スターンによれば、メラーはドイツ語版『ドストエフスキー全集』の翻訳にも携わっており、一九二〇年には同全集は「135,000 冊売れ、1922年には、179,000 冊売れた」とのことである)。

先述したとおりメレシコーフスキイの「ロシア革命の預言者」はドストエフスキー没後二〇周年目の一九〇六年一月六日を記念して執筆されたものであり、彼の思想を「反動を装った革命」として理解することから始まっている。その革命とはなによりも旧来のロシアにおける「専制政治」「ギリシア正教」「民族性」の打破を目指すものだった。メレシコーフスキイは『悪霊』、『カラマーゾフの兄弟』、『作家の日記』の文章を縦横に引用しながら、ドストエフスキーの「反西欧」思想を救いだそうとしている。だが翻訳のせいか原文のせいか判然としないが、どこまでがメレシコーフスキイの主張であり、どこからがドストエフスキーの見解なのかが判別つけかねるところがある。たとえばこういう具合である。

「モスクワ（ロシア）は、いまだに第三のローマになったことがなかった。然しながら、預言は実現されなければならない。ローマなしでは世界は立ちゆかないのだから……。」

コンスタンチノーポリは、当然、第三のロシア的ローマであり、新しき全世界的君主制度の中心でなければならない。ビザンチン的双頭の鷲、ロシアの古代の紋章の権利から見ても、東ローマ帝国の遺産の権利から見ても、「コンスタンチノーポリは是非とも我々のものでなければならない」のである。ロシアの「ギリシア正教なる皇帝」は、この帝国の再興者でもあり、「神の命令がとどきわたるときには、回教徒なる野蛮さと西欧なる異端からギリシア正教を救うべき解放者」でなければならないのである。（『メレシコフスキーⅣ　来るべき賤民』二二一―二二二頁）

この文章につづいてメレシコーフスキイは「西欧なる異端」と「異教徒なる野蛮」とを混同しているドストエフスキーの「底知れないほどの矛盾」を指摘し、死の直前に日記のなかで「アジア占領が必要である」、「アジアへ！　アジアへ！」と叫ぶドストエフスキーの「底知れない矛盾」を痛烈に批判している。さらには「ロシアのキリスト」の到来を待望するドストエフスキー——（第一のローマ＝古代ローマ帝国、第二のローマ＝カトリック教会にたいして）「第三のローマは灰燼に帰し／第四のローマは既になし。」——を「〔「ロシアのキリスト」によって〕」全世界を復活させようと夢みていたときには、既にキリストは我々を離れ給うていたのである」（同前、二二二、二二六頁）として切って捨てる。それでは（ユリアヌスがそうだったように）「反キリスト」によってロシアは救われるのだろうか？　メレシコーフスキイはそれをも斥け、最終的にはこう述べている。

ロシア革命が宗教的な革命となることによって、かかる〔「国家」と「教会」からの〕脱出の端緒とならんことを、我々は乞い願うものである。

ドストイェーフスキーがそこにロシアの使命を見た、あの「人類へのつきることなき奉仕」は、ただただ、自発的なる苦悩（「苦しみを受け入れなければならない」——これがドストィェーフスキーその人の教えであった）の中だけにしか含まれていないのかも知れない。神権政体の復活のための政治的な死の中にしか含まれていないのかも知れない。この意味において、いや、この意味のみにおいて、ロシア民族は「神を背負う民族」となり得るのであろう。

「これは実現するであろう。必ず！」

ところで、もしこれが実現するとすれば、ドストイェーフスキーはみずからのあらゆる迷盲にもかかわらず、やはり真の預言者であったということになる。

そしてここのところ、即ち、歴史そのものがドストイェーフスキーの目に映じさせた、この空恐ろしくも荘厳なる地平線においてこそ、我々の弱々しい声ではなくして、偉大なるロシア革命の声が、そこには既に神の雷鳴が開かれる人間の雷のような声が、ドストイェーフスキーに永遠の栄光をうたいあげるであろう。（同前、二八三―二八四頁）

「第三帝国」

ところでヨーロッパの辺境ロシアや非西洋社会における「西洋嫌い＝オクシデンタリズム」が、じつは「西洋」自体の内部における「反啓蒙思想」や「反近代思想」に起源をもつことを、軽快な筆致で描いたのは、I・ブルマ＆A・マルガリート『反西洋思想』（堀田江里訳、新潮新書、二〇〇六年）である。ちなみに同書ではメラー・ファン・デン・ブルックが重要な位置を占めている。同書においては少なくとも三か所でメラーの「アメリカニズムへの憎悪」「リベラルな社会における凡庸さへの批判＝反英雄主義批判」「反ワイマール文化」がとりあげられている。同書が明らかにしているように「西洋嫌い」の根底にあるのは、近代文明そのものへの嫌悪であり、その典型がアダム・ミューラーやヨハン・ゴットフリート・へルダーを代表者とするドイツ浪漫派だったのだ。メラーのいう『第三帝国』もまたそうした流れのなかに位置づけられる。

一九世紀末から二〇世紀初頭にかけてのヨーロッパにはメラーに先駆けて、たとえばヘンリック・イプセン『皇帝とガリラヤ人』（一八七三年）にみられるように、古代ギリシア文明＝肉の帝国、ローマ・カトリック文明＝霊の帝国、それらを超克する理想国家＝第三の帝国という発想が広く流通していた。第一部「背教者、シーザー（副帝）」では、ガリア地方を平定して皇帝の座に就いたユリアヌスは神秘家マキシモスの予言に唆（そそのか）されて「第三帝国」の建設を目指す。第二部「皇帝ジュリアノ」では、第一部から数年が経過して「第三帝国の王者」になったユリアヌスは、「皇帝神＝神皇帝、霊の王国の皇帝、肉の王国の皇帝」の理想を一身に体現する支配者として君臨する。だがペルシア戦役において「彼を呪う基督教徒アガトンの投槍に貫かれ、落馬する、「汝勝てり、ガリラヤ人よ」とは彼の絶望の叫びであった」（中村吉蔵『イプセン　世界文学大綱10』東方出版、大正一〇年、二二五頁）。そして「第三帝国」という発想はメレシコーフスキイにも受け継がれてゆく。

ところで一般的にいって、ある対立する考え方AとBとが存在する場合、それらを調停する技法は少なくともふたつある。第一に、「妥協＝C」（もちろん「良い妥協」と「悪い妥協」があることについては、Avishai Margalit, *On Compromise and Rotten Compromises*, Princeton, New Jersey : Princeton University Press, 2009 を参照）。あるいは「重なり合う合意」（ロールズ）を基盤にして対立を緩和すること、つまりは「歩み寄り」。だがこのCに不満をもつ者は、新たにDという考え方で対抗することになり、CとDとのあいだでまたまた対立が生まれ「妥協」は延々とつづくことになる。それと同時並行的に「妥協」の産物Cを嫌悪する者はA

をさらに過激化させ、Bにも同様な事態が生じる。こうしてA′とB′は相互に敵対すると同時に、Dをつぶしにかかる。A′とB′との間に「妥協」が可能ならば、新たにD′が生まれるだろう。それは一九九〇年代以降の「第三の道」をめぐる議論の消長の経緯を見れば容易に理解できよう。第二に、「超克あるいは（ヘーゲル的意味での）止揚」がある。これはAとBとは異なるメタ・レベルにCという「より高い第三のもの」（シュミット『政治的ロマン主義』橋川訳、一九六頁。大久保訳によれば「高次の第三者」）を設定することによって、AとBとの対立を無意味化することである。詳しくはこれから検討するが、「ロマン主義的イロニー」とはこの言語戦略のことにほかならない。たとえば問答形式で書かれた『絶對平和論』における保田のつぎの発言を読めば、それは一読瞭然だろう。

絶對平和生活と近代生活の對立はアジアの精神文化と、近代の物質文明の對立といふことになるわけです。これを現在の二つの世界の現實と、その観念に對して云ふなら、反對原理といふより、超越概念といふのがふさわしいのです。つまり超越するアジアは、今やアジアの内部に於いても超越する原理です。（保田與重郎『絶對平和論／明治維新とアジアの革命』新学社、二〇〇二年、一二六頁）

そして以下の発言は、無謀にも「戦争をする日本」に向かおうとする安倍政権にたいする平和論者のものではない。

しかし重さから云へば、この憲法の中で最も重いのは、衆人の見るところ、戰争放棄と無軍備といふ点です。これは疑ひありません。信義を解する協賛者の必ず守るべき第一のものです。日本人も関係ある外國人も、必ず守るべきところです。（同前、四九頁。特に難解な旧字は新字に改めた）

日本は新憲法によって、武器を持たない、どんな戰爭もせぬ國だと定めたからであります。武器をもたないで戰爭をせぬ國が、他國の武器と兵力によって、國を守るといふこともできないといふことは、自明のことです。（同前、五一頁）

わたしが「イロニーとしての絶対平和論という無敵の武器」と述べたのは、こういう意においてである。戦後の保田はこうした立場から、自民党の親米路線と再軍備論を、社会党の非武装中立論を、そしてもちろん共産党の（一時期の）親ソビエト路線を、批判してゆくわけである。ただし「無敵」なのはあくまでも「學理」としてであって、ひとたび現実政治の次元に下降するや「絶対無力」なのである。「政治的行動が始まる時、政治的ロマン主義は終わる」（橋川訳、一九九頁）所以である。また保田の「學理」が究極的に依拠している「米作り」という伝統が消滅するにつれて、つまりは皮肉なことに絶對平和的生活の「物質的基盤」としての第一次産業の衰退・消滅とともに、「學理」としても説得力を失うのだ。[11]

絶對平和的生活の建設は「何らかの政治的行為なくして」可能なのかという質問にたいして、現に保田はこう応じている。

答　原則として政治的行為を避けるのです。だから我々はこれを一つの學説として考え、學説として提案するのです。學問は実践と合致せねばならぬと申します。まこと學理は実現した時に意義を現はします。しかし學説の中で実践の方式を指導者論として固定する必要はありません。（同前、三七頁。特に難解な旧字は新字に改めた）

戦後の保田は彼なりに「筋を通した」のだ。こうした関連においてフリッツ・スターンが『文化的絶望の政治――ゲルマン的イデオロギーの台頭に関する研究』（中道寿一訳、三嶺書房、一九八八年）において、このように書いているのは興味深い。

メラーのレトリックで、「第三」と中央は、しばしば同じ意味で用いられたが、『第三帝国』がワイマル共和国を攻撃したまさにそのとき、トーマス・マンが、彼の用意周到な共和国擁護論の中で、『第三帝国』を、「審美的孤独と個人の全体性への恥ずべき解消、神秘主義と倫理」、利己主義と国家主義との中間を意味する、あるドイツ的愛の最良の法的形式であるとして称揚したことは、意義深い一致である。だが、メラーは、同じような対立は第三帝国では和解可能であると考えたのに対し、マンは、「共和国万歳」と、共和国への敬意を表して、講演を終えたのである。（三四八頁）

もちろんわたしのいう「妥協」を肯定したのはマンであり、メラーは「超越」ないしは「止揚」を目指したのであった。そしてメラー自身がいうとおり「第三帝国という観念は、現実を越えた、イデオロギー的観念である。〔……〕しかし、その観念によって滅びることもありうる」（同前、三二二頁）のであり、そしてじっさいに「滅びた」のだった。

「政治的ロマン主義」とはなにか

一九世紀半ばのドイツにおいてユリアヌス帝をロマン主義者として描いたのが、ダーウィット・フリードリヒ・シュトラウス（David Friedrich Strauss）の『帝位にあるロマン主義者（*Romantiker auf Throne der Cäsaren*）』（一八四七年）であり、この本についての詳細な批判的分析を行なったのがカール・シュミットの『政治的ロマン主義』（初版一九一九年、第二版一九二五年）に収録された「補説『帝位にあるロマン主義者』について」である。

まず書誌的事実を確認しておこう。『政治的ロマン主義』は一九一九年に初版が出版される。この邦訳が橋川文三訳（未來社、一九八二年）であり、一九二五年に出版された第二版の邦訳が大久保和郎訳（みすず書房、一九七〇年。本書は二〇一五年に野口雅弘氏による「解説」を付して「始まりの本」シリーズとして再刊されている）である。初版と第二版との間には大きな違いが二点ある。第一に、「補説『帝位にあるロマン主義者』について」は初版では本文中に組み込まれていたが（未來社版、一八四頁以下）、第二版では独立した項目（みすず版、一八九頁以下）となっている。第二に、第二版では「むすび」（みすず版、二〇〇頁以下）が独立した項目として追加されている。さらに「むすび」では初版に無かったパラグラフが追加されており、初版の文章も大幅に修正されている。邦訳としては後発の「未來社版」において訳者の橋川は、「原著初版本は、訳者が丸山真男氏から拝借したもので、極めて稀覯本である」（二一九頁）と明言しており、「校正の進行中に訳者が病いを得たため、当初予定していた第二版との異同の明示、訳注の作成および解説論文の執筆、そして校正刷段階での原著との照合作業が不可能となった」と述べている。今では原著初版本はネット上から容易に入手可能である。橋川の口惜しい気持ちにいくばくかの共感を抱くならば、せめて「みすず版」の「解説」では、「第二版との異同の明示」をしていただきたかったし、同時にシュミットによる上記のような修正がいかなる「著述の技法」（レオ・シュトラウス）によるものなのかも言及されて然るべきだろう。[12] ともあれ上述した書誌的事実からは、少なくとも丸山がシュミットをとおしてシュトラウスの『帝位にあるロマン主義者』についての情報を得ていたことは推測できる。

そこでシュトラウスの原著を読もうとしたが、なにしろ例の「髭文字」であるうえに、デジタル化されたファイルの文字が読みにくくて、まるで暗号を眺めているようでさっぱり解読不可能。仕方がなくてシュミットによる要約と批評を参考にして、シュトラウスの見解を推測することにした。そうすればシュミットの見解もシュトラウスの見解も同時に了解できて、一挙両得ということになる。

ところでシュミットは『政治的ロマン主義』の初版と第二版との間の時期に「政治理論とロマン主義」（一九二一年）という小論文を発表している（『政治思想論集』服部平治・宮本盛太郎訳、ちくま学芸文庫、二〇一三年に収録）。ともすれば「易きに就く」わたしはこの小論文によって、シュミットの「政治的ロマン主義」概念を要約・整理しようと思う。まずシュミットはドイツ・ロマン主義の発端をなすいくつかの書を挙げることから始める。その発端は一七九八年であり、シュミットによればこの年は「一七八九年のフランス革命に反対の陣をはったさまざまな論客たちの見解に論及してみる基点として、まことにとっておきの年なのである」（『政治思想論集』三五頁）からだという。こうしてシュミットは「基点」としての一七九八年前後に出版された書物を列挙してゆく。著者名と著書名だけを列挙すれば、バーク『フランス革命についての考察』（一七九〇年）、ボナール『権力論』（一七九六年）、ドゥ・メーストル『フランスについてのいささかの考察』（一七九七年）、フィヒテ『フランス革命について世の人びとが下した判断を正さんがためのいささかの寄与』（一七九三年）、さらに一七九六年に出版されたものとしてはフィヒテ『自然法の基礎（第一部）』、フォイエルバッハ『自然法批判』、シュレーゲル『共和主義の概念に関する試論』、シェリング『自然法の新たなる証明』などがある。さらに文学関係ではヘルダーリン『ヒューペリオン』（一七九七年）、ノヴァーリスの断章「信仰と愛」（一七九八年）および論文「キリスト教界、別名ヨーロッパ」（一七九九年）などといった具合である。さらに国家論として重要なものとしてはシェリング『先験的観念論の体系』（一八〇〇年）、同『学問研究の方法に関する講義』（一八〇三年）が挙げられている。

このような著作に共通しているのは、ルソー『社会契約論』における人為的国家・社会論への反発、つまり「はじめに掟あり、しかる後に人びと立ち現われぬ」（ドイプラー『オーロラ』）ということを弁えぬ輩への反発である。それを乗り越えようとしたフィヒテも「国家を「案出」せんとしてはてしのないメカニズムだけしか創り出さないではないか、と非難されている」（『政治思想論集』四二頁）。シェリングもまた国家とは「芸術作品」だとは認めているものの、そこには「愛なき叡智」という「一つの欠陥」があった。ところが一八〇四年に始められたシェリングの講義では、「ロマン主義にとって肝要な事柄、つまり愛と忠誠の感情について詳しく述べられており、この感情は国家生活のもっとも堅固な支柱たるべきものであるとされたのである」（同前、四三頁）。このように一八世紀合理主義＝啓蒙思想への反動としてのドイツ・ロマン主義の変遷を概観したのちに、シュミットはこのように述べている。[13]

ロマン主義的な世界感情や生活感情というものはきわめて多様な政治状況や相対立する哲学的理論と結びつくことのできるものだ、ということである。革命の火が燃えている限り政治的ロマン主義は、革命的であり、革命の終熄と共に保守的となる。また、政治的ロマン主義は、断固たる反革命的な王政復古期にはそのような状況からですら積極的なロマン主義的感情の側面を引き出すことができるのである。そこで、このようにロマン主義者に政治的決定能力が欠如しているということの根拠は、どこまで偶然に基づくのか、はたまた、どこまでロマン主義的なものの本質に基づくのか、ということが問われるわけである。(同前、四七-四八頁)

その問いに応えようとしたのが、まさしく単行本『政治的ロマン主義』にほかならない。単行本の「序章」および「第一章　外的状況」では小論文における「ロマン主義の系譜」がよりいっそう詳述されるとともに、「第二章　ロマン主義の精神構造」および「第三章　政治的ロマン主義」では、この小論文においては簡略化されている「政治的ロマン主義」の概念規定と、それに基づく「政治的ロマン主義批判」が全面的に展開される。ただし本論文においても概念規定の概要は示されている。小論文の結論としてシュミットはこう書いている。

ロマン主義は他の非ロマン主義的なエネルギーの機因となり、あらゆる定義やあらゆる道徳的決定に対するロマン主義者の超然たる態度は、一転して、他者のさまざまな決定に対し隷属した伴奏を奏(かな)で

ることになるのである。（同前、七四頁）

これがかの有名なマルブランシュの「機会原因論」（橋川訳では「遇因論」）を援用した、シュミットによる政治的ロマン主義論の核心である。ところがシュミットは本論文の「原注（一）」において「私は『政治的ロマン主義』（München : Duncker und Humbolt.1919. 大久保和郎訳『政治的ロマン主義』、みすず書房）という拙著（アプハンドウルンク）においてロマン主義を機会原因論（Occasionalismus）であると定義したが、その歴史的連関を詳細に述べることは留保したいと思う。このことは、ドイツでは機会原因論が雑種の概念であり、きわめて深くかつ広範な歴史的影響力をもった著作家であるマルブランシュがほとんど知られていないということを私が同書をものしている間に関知したから、それだけ一層必要であると思われるのである」（同前、七四頁）と書いているのだ。ドイツの読者に「知られていない」マルブランシュの思想を、日本人のわたしが理解できようはずはない。仕方なくモーリス・メルロ＝ポンティの講義録『マールブランシュとビランとベルクソンにおける心身の合一』（滝浦静雄ほか訳、朝日出版社、一九八一年）を読んではみたが、ますますわけがわからなくなるばかり。そこでわたしは再度「易きに就く」べく、単行本『政治的ロマン主義』の「第二版への序文」を引用することにした。そこにはこう書いてあるからだ。

自己をすべてのものと同一化するが、他者がロマン的なものと同一化することを決して許さないのがロマン的なのである。新プラトン主義はロマン主義である、機会原因論はロマン主義である、神秘主義の、唯心論の、その他ありとあらゆる種類の非合理的な運動はロマン主義であると言いながら、その反対に、たとえば本書で提案されているように、ロマン主義をオッカジオナリスムスの一形式であるとは決して言わないのがロマン的なのである。なぜなら、そうなれば、ロマン主義そのものの中にある定義不可能性に手をつけられるからである。文法的＝論理的に言えば、このような〔ロマン主義を定義しようとする〕種類の文学は、ロマン主義を限定文の述語としかせず、決してその主語とはしないというわけなのだ。これは一つの手管(てくだ)であって、その手管によってこの種の文学はその精神史的迷宮をたくみに作り出す。（大久保訳、一一─一二頁）

機会的なもの偶然的なものが原理となるところでは、そのようなさまざまの拘束から高く抽んでた優越性というものが成立する。オッカジオネルなもののこの関係を決定的な地位に据えるが故に機会原因論と言われる形而上学説、たとえばマルブランシュの哲学においては、神は究極絶対の裁決者であり、全世界と世界のなかで起こるすべてのこととは神ひとりの活動の機因にすぎない。これは壮大な世界像であり、神の優越性を無限の信じられないほどの偉大さに高めるものである。この特徴的にオッカジオネルな態度はそのまま保たれながら、神のかわりにたとえば国家とか民族とか、あるいは個人の主観が最高の裁決者および決定的な因子となることもあり得る。この最後の場合がロマン主義である。私はそれ故次のような公式を提出したのである。ロマン主義は主観化された機会原因論(オッカジオナリスムス)である。換言すればロマン的なものにおいてロマン的主観は世界を自己のロマン的生産の機因および機会として見ている、と。（同前、二四頁）

ロマン主義が主観化されたオッカジオナリスムスであるのは、世界とのオッカジオネルな関係がロマン主義にとって重要なのだが、ただし今度は神のかわりにロマン主義的主観が中心の位置を占め、世界とそのなかで生起するすべてのことを単なる機因にしてしまうからである。究極の裁決者が神を離れて天才的な〈自我〉に移ったことによって表向きの様相は一変し、本来の意味で機会原因論的なものが純粋にあらわれて来る。（同前、二五-二六頁）

〔……〕ロマン的なものにおいてはすべてが「終りのない小説〔ロマン〕の発端」となる。〔……〕私的な司祭ということのなかにロマン主義とロマン主義的諸現象の究極の根底がある。このような観点のもとに事態を観察するならば、常に善良な牧歌詩人のみを見ているわけには行かない。ロマン主義がこころよい月夜のなかで神と世界に抒情的に陶酔していようと、世界苦（ヴェルトシュメルツ）と世紀の痼疾として悲嘆の声を上げようと、ペシミスティックに我と我身を引き裂き、あるいはまた熱狂的に本能と生の深淵に落ちこもうとも、ロマン主義運動の背後にある絶望をも見なければならない。引歪んだ顔で多彩なロマン主義のヴェールの向うからこちらをみつめている三人の人間、バイロン、ボードレール、ニーチェを人は見なければならない。私的司祭制の司祭長であると同時に犠牲でもあったこの三人を。（同前、二七-二九頁）

貧弱なわたしの思考能力によってもどうにか理解できる部分を拾い出したが、シュミットによれば、ロマン主義者はどうやら「客体」となるのがお嫌いらしい。つまり「ロマン主義者とはAである」というように、客体的記述対象となることを断固として拒否するのだ。ロマン主義的主体は、世界のありとあらゆるものを自らの（主として芸術的）生産のきっかけ（「機因」）にしてしまう「私的司祭制の司祭長」なのだ。しかもその「機因」たるや、きわめて融通無碍であり、決定能力が欠如していて、さらには恣意的な「機因」によって生みだされたものの帰結については無責任、それでいて全世界の苦悩（「世界苦」）を一身に背負い込んだような顔をするという、ずいぶんと我が儘で独りよがりな思想のようだ。どうりでわたしはバイロン、ボードレール、ニーチェが嫌いなわけだ。

ユリアヌスはロマン主義者だったのか

本書の第二版「補説　『帝位にあるロマン主義者』について」においてシュミットは、シュトラウスの『帝位にあるロマン主義者』を俎上にのせて、前述した「政治的ロマン主義」概念に基づいてシュトラウスの見解を批評・批判してゆくわけだが、当然のこと、主題は「ユリアヌス帝はロマン主義者だったのか」ということになる。以下においてわたしはシュミットの見解を参照しながらシュトラウスによる「ユリアヌス論」を検討するが、そこには困難が三点ある。第一に、先述したようにシュトラウスの原文が読めないこと、第二に、シュミットの「政治的ロマン主義」概念理解に自信がもてないこと、第三に、シュトラウスや同時代の人びとがユリアヌス帝の事跡や性格（人となり）に基づいて、「ユリアヌス帝はロマン主義者だったのか」という問いに取り組んでいる以上、わたしもわたしなりのユリアヌス像に照らしてそれらの見解を判断しなければならぬということ、以上三点である。ところがわたしは「（歴史的事実としてしてみよう。

の）ユリアヌス帝の事跡や性格」そのものにはあまり関心がないのだ。不安をかかえながらもチャレンジ

シュミットによるシュトラウスの『帝位にあるロマン主義者』にたいする批評の要点はふたつある。ひとつには、「ユリアヌスおよび紀元四世紀において異教を復興せしめようとしたその失敗に終わった試みと比較することによって、D・F・シュトラウスはフリードリヒ・ヴィルヘルム四世と彼の保守主義的反自由主義的政策を批判しようとした」（大久保訳、一八九頁）ことについての評価である。ふたつには、シュミットが「ロマン的なるものについてのしばしばくりかえされた見解の最も優れた要約」と呼ぶシュトラウスによる「ロマン主義」概念定義の当否と、注（10）で掲げた論者たちによるユリアヌスの事跡と人物をめぐる論争についての評価である。

まずはシュトラウスによる「ロマン的なるもの」についての「最も優れた要約」を引用しよう。ここでは橋川に敬意をこめて橋川訳を引用する。

ロマン主義とロマン主義者が登場しうる歴史的位置とは、旧弊な教養に対して新しい教養が対立する時期である。……世界史のそのような分岐点においては、感情と想像力が明晰な思考よりもすぐれた人々、明快さよりも温かさの方がまさった人々は、つねに後へ、古きものへと逆行するであろう。不信仰と散文がそのまわりにはびこるのを見て、彼らは豊かな形態にみちた情緒的な古き信仰の世界へ、父祖伝来の習俗へと憧れるであろうし、この世界を自分達のために、またできるなら自分達以外のためにも回復しようと努めるであろう。しかし彼ら自身、時代の子として彼らの気づく以上に彼らと背

反する原理によって浸透されているから、彼らの間にまた彼らによって再生産される古きものはもはや純粋な元来の古きものではなく、新しきものによって多様に混淆をうけ、それによって予め新しきものを顕わしているものとなるであろう。信仰はもはや知らず智らずに主観を支配する純正なものではなく、主観が恣ままに故意に固執するようなものになるであろう。この点に存する矛盾と虚偽とをかの情緒的意識はファンタジスチックな暗闇の中に隠し、その中に蔽いこむ。ロマン主義は本質的に神秘主義であり、神秘主義的情緒の持主のみがロマン主義となることができる。ただし新しきものと古きものとの矛盾は、もっとも深い暗闇の中でも部分的には明らかに触知することができる。また恣意の信仰という虚偽は最も内的な意識内ではどのみち知覚されるにちがいない。実際あらゆるロマン主義の本質には自己偽瞞と内的虚偽性が伴っているのはそのためである。（橋川訳、一八六頁）

なるほど「近代的主観が分不相応に肥大化し、偶然的な対象を起因として政治のロマンを創造してしまう、いわば近代の病理」（新潟大学名誉教授・谷喬夫氏による教示）としてのロマン主義の要約としては見事な手際ではある。ロマン主義をも含めて近代的自我の来歴についての見解としてこれに匹敵するのは、たとえばライオネル・トリリング『〈誠実〉と〈ほんもの〉――近代的自我の確立と崩壊』（野島秀勝訳、筑摩書房、一九七六年）と訳者自身による大著『近代文學の虚實――ロマンス・悲劇・道化の死』（南雲堂、一九七一年）くらいのものだろう。ただしシュミットは、シュトラウスによるこの要約の瑕疵を二点指摘している。第一に、ロマン主義がプロテスタンティズムから生まれたというヘーゲル派が固執する見解を無視していること、第二に、元来「宗教的なものの領域にのみにしか存在しない神秘主義」を「本質的に美的なものの圏に属するロマン主義」と混同していること、この二点である。それを踏まえたうえでシュミットは、シュトラウスによるユリアヌス像についてこう書いている。

ユリアヌスの道徳的および知的特性の描写には常にその時代の政治的ロマン主義への暗示が見られるが、ここではロマン的なものと感じられた外的な徴候が決定的なものとして出て来る。その際特に挙げられているのはユリアヌスの神経質な振舞、感情を流露させる傾向、気の利いた言葉に接したときの媚びるような喜び方、何かと言っては演説をしたり友人に手紙を書こうとする欲求、気取りとわざとらしさ、これらは一八四八年の人間がロマン的なるものの的確な概念を打ち立てるには充分ではないし、公正さと聡明な中庸を目指す古代の徳の理想を実際に実現しようと禁欲的な真剣さでとにかく努力したユリアヌスのような人間に適用するにはなおのこと不充分である。（大久保訳、一九一－一九二頁）

ユリアヌスの一件は一八一五年の復古とは反対に、失敗した信仰改革と異教の国内戦況の顛末であって、政治的試みの顛末ではない。この企ては皇帝からはじまったから国家の権力手段によって支えられたが、だからといってたまたま帝位に登ることになった、しかし実際的に有能だった神智論者の内心以上のものになるわけではない。それは異教のなかから出て来た運動ではなかった。（同前、一九六頁）

全体的に見れば、自由主義者シュトラウスのユリアヌス論にたいするシュミットによる評価は、けして高くはない。低評価の理由は、ひとつには一九世紀中葉のドイツの現状と四世紀中葉のユリアヌスを取り巻く時代状況とを安易に類比していることの誤謬、ふたつには「宗教的なもの」に固執するユリアヌスの改革をロマン主義と同一視することとの誤謬、この二点である。すなわちユリアヌスの改革運動は「反革命ではなく「反宗教」だったのであ」り、彼はあくまでも「異教的ロマン主義者」であり、「もしシュトラウスが、ユリアヌスの宗教政策が国家においてはいかなる宗教も許されねばならぬという自由主義思想とどれほど一致しているかをもっとはっきりと意識していたとすれば、そもそもここでロマン主義などというものを持ち出すことをO・グルッペと同じくらいきっぱりと拒んだに相違ない」(同前、一九九頁)。以下引用はしないが概略を述べれば、注(12)で列挙した一九世紀ドイツにおけるユリアヌス研究を逐一検討してゆく。その詳細は例の髭文字という難問もあるので別稿にゆずるとして、一点だけ付言すれば、すでにドイツ語訳が出版されていたメレシコーフスキイの『神々の死』への言及がまったく見られない。たんに小説だからなのか、神秘主義を強調する『神々の死』は相手にするに足らずと考えたのかは不明であるが、おそらく無視したのだろう。いずれにせよ「むすび」においてシュミットはこう述べている。

ドイツのロマン主義は最初革命をロマン主義化し、その後支配的な復古主義をロマン主義化したが、一八三〇年からはまたロマン主義は革命的になった。イロニーや逆説にもかかわらず絶えず依存性が見えている。その固有の生産性のごく狭い領域、抒情詩的および音楽的＝詞的な領域のなかでは、主観的機会原因論は自由な創造性の小さな島を見つけることができるが、しかしここですら、無意識のうちに最も身近で最も強力な勢力に服従している。そして単なるオッカジオネルなものとして見られた現在に対するその優越性はきわめて皮肉な逆転を蒙らされる。ロマン的なるもののすべては他のさまざまの非ロマン的なエネルギーに仕え、定義や決断に超然としているというその態度は一転して、他者の力、他者の決断に屈従的にかしづくことになるのである。（同前、二〇六頁）

このようなシュミットの見解のなかに「殆ど悲劇的ともいうべき峻烈さ」を見いだしたのが、ほかならぬ橋川文三『日本浪漫派批判序説――耽美的パトリオティズムの系譜』[14]であった。同書が単行本として未來社から出版されたのは一九六〇年、安保闘争の真直中だった。そしてそれからほぼ一〇年後の学生運動の真直中で連載が開始されたのが、辻邦生の『背教者ユリアヌス』だったのである。

5　辻邦生『背教者ユリアヌス』とはなんだったのか？

『背教者ユリアヌス』に対する定評と私見

本節でわたしは『背教者ユリアヌス』の作品論や小説家・辻邦生についての評論をものするつもりはない。[15]また本書に描かれたユリアヌス帝のモデル探しにも興味はない。本書については中西恭子による要を得た作品論がすでに存在している。こうした見解は本書にたいするいわば規範的とさえいえるものになっていると思われるので、少し長くなるが引用しておこう。

辻邦生は『背教者ユリアヌス』（初出＝「海」中央公論社、一九六九―七二年。初版＝中央公論社、一九七二年）の執筆体験を、パリで研究を行う「異邦人」仏文学者としての自己喪失を超克する契機とした。彼はパルテノン神殿などの古代遺跡探訪を通して〈古代の晴朗な生の体験〉を実感し、その体験を日本人と共有しうる題材としてユリアヌスの生涯に注目した。辻のユリアヌス像は、市井のキリスト教聖職者の愛徳に心打たれる純粋さや柔和さを備えた、宗教が本来与えるはずの〈晴朗な生の体験〉を求めて宗教復興に着手して世に容れられぬ青年皇帝である。辻は一九六〇年代までに接触可能な一次史料の翻訳・研究文献に依拠して叙述したが、教養小説としての語りの説得力を高めるために、史実上は存在しない友人とのユリアヌスの交友関係を物語の軸に据えるなど、史実に大胆な変更を加えることも辞さなかった。山本健吉や篠田一士ら、辻の盟友であった東京大学文学部出身の批評家はこの作品を「退屈な歴史学を越える傑作」として推奨した。

日本人のユリアヌス受容には、西洋的精神文化の象徴としてのキリスト教と多神教的な精神文化の相克に苦悩しつつ〈晴朗で濃密な生〉を求める悲劇の主人公への自己投影的共感が顕著である。現代の読者の求める物語と宗教観に寄り添って「古代人の生」を描く文学を、現象の in context の理解を可能にする歴史研究に対して圧倒的に優位に位置づける姿勢が根強い。第二次世界大戦以前から、日本人初期キリスト教研究者にとって「読書人の常識」「キリスト教徒の常識」としてのローマ史概略の紹介は責務であった。特に戦後歴史学体制下では国家神道体制下のキリスト教弾圧とローマ帝国におけるキリスト教迫害の比較史以外の宗教史に関わる主題は〈内面の問題〉として忌避され、古代地中海世界の社会構造の解明が優先された。折口・辻・山本・篠田らの指摘は故なきことではない。

（中西恭子「日本における「背教者」ユリアヌスの受容に関する考察」『宗教史研究』八四巻四編〔二〇一一年〕、所収、四一三－四一四頁）

古代末期の、それも宗教史というきわめてマイナーな世界で研究をしている中西が、西洋史学の主流が（おそらくは）マルクス主義史学によって「社会構造の解明」に特化され、「宗教史に関わる主題は〈内面の問題〉として忌避され」ざるをえなかったことを慨嘆している心情にたいして、わたしは共感を惜しまない。ただし辻の執筆動機の理解やユリアヌス像にたいしては違和感をもつ。以下においてわたしはごく個人的に、「わたしにとって『背教者ユリアヌス』とはなんだったのか？」という問いに、一応の答えをあたえたいと思うのだ。

わたしは清岡卓行の『アカシアの大連』で「抒情」の意味を知り、北杜夫の『幽霊──ある幼年と青春の物語』に描かれた「下唇をかるくかんで、爪をかんだりするくせのあるらしい」少女に恋をして、辻の『夏の砦』や『回廊にて』で「タピストリー」の意味を知り、彼らをとおして知ったトーマス・マン『トニオ・クレーゲル』に描かれたインゲボルグ・ホルスのさりげないしぐさ──「一人の女友だちと話をしているうちに、なんだかはしゃいだ様子で笑いながら、首をぐっと曲げた所と、その手を──大して細くもなく大して上品でもない小娘風の手を、一種の所作で後頭へ持って行った拍子に、白い紗の袖口が、肘から肩のほうへずり落ちる所を見た」（実吉捷郎訳）──に愛おしさ感じ、さらには福永武彦の『草の花』ではじめて「少年愛」という世界があることを知り、井上靖の『敦煌』や『蒼き狼』によってシルクロードに、はたまた加賀乙彦の『フランドルの冬』で陰鬱な北欧の風景に憧れた、どうしようもなく「活字人間」で、どうしようもなく「団塊世代」的あるいは「旧制高校」[16]的でさえある感性から脱けだすことのできない「フォニー好き」の人間である。そうした者として辻の『背教者ユリアヌス』によって喚起された、わたしの内面の恍惚感や昂揚感、そしておおきな喪失感についてはは語れるのではないかと思うのだ。

学生時代に愛読したマンの『トニオ・クレーゲル』の原書と岩波文庫の翻訳書は、ボロボロになって今もわたしの手元にある。冒頭のパラグラフ――「冬の太陽は僅かに乏しい光となって、層雲に蔽われたま ま、白々と力なく、狭い町の上にかかっていた。破風屋根の多い小路小路はじめじめとして風がひどく、時折、氷とも雪ともつかぬ、柔らかい雹のようなものが降って来た」（実吉訳）――は今でも暗唱できる。翻訳書にはこんなところに傍線が引かれている。「彼は己の行かねばならぬ道を、ややなげやりな、むらな歩調で、ぼんやり口笛を吹き吹き、首を横に曲げたなり、遠くを望みながら歩いて行った。そして道に迷うこともあったが、それはある人に取っては、もともと本道というものが存在しないからのことだった」（実吉訳）。翻訳書を包んだ丸善のカヴァーには "Every creature contains a negation : one denies that it is the other" という、だれのものかもわからぬ一節が稚拙な文字で書かれている。それでもこの頃よりもいくぶんかは成長したと思えるのは、『幽霊』の「人はなぜ追憶を語るのだろうか。どの民族にも神話があるように、どの個人にも神話があるのだ……」という文体が、「過去という泉は深い。その底は測り知れぬといってよかろう」というトーマス・マン『ヨセフとその兄弟たち』の書き出しに似ていることに気づくといった程度のことである。

以下では第一に、辻の執筆動機のひとつとして同時代の「学生運動」が存在したことを確認すること、第二に、ピーター・ゲイやフォースターの「小説論」を手がかりにして、『背教者ユリアヌス』がまぎれもなく「小説」とりわけ「歴史小説」であることを、同時代の「小説」ないしは「歴史小説」をめぐる議論というコンテクストに照らして確認すること、この二点を論じようと思う。まずは執筆動機について。以下における「ユリアヌス」はすべて辻の小説の登場人物としての「ユリアヌス」である。

ユリアヌスに託す「秩序」

『背教者ユリアヌス』にたいする批評を読んで、「学生運動」との関係が言及されていないのを、わたしはかねがねいぶかしく思っていた。辻自身が明言しているように本書は一九六〇年代末に世界中を席巻した左翼狂信主義をぬきにしては語れない。ユリアヌスの「秩序論」（歴史的事実としてはユリアヌス帝はそういう著作をものしていない）もそうした文脈のなかで意味をもつのだ。ノサックやブロッホなど現代ドイツ文学者たちの影響も無視できまい。現に辻は『モンマルトル日記』（集英社、一九七四年）や『霧の廃墟から』（新潮社、一九七六年）のなかでは、ノサックの『文学という弱い立場』（晶文社、一九七二年）や「中庸であることの急進性」を説くブロッホの『熱狂と中庸』（晶文社、一九七一年）を各所で引用しているのである。

また辻が希求した「秩序」というものを理解するには、フォースターの「わたしの信条」に引用されている一三世紀イタリアの宗教詩人であり、聖歌「スターバト・マーテル（*Stabat Mater*「悲しみの聖母」「聖母哀傷」）」の作詩者でもあったジャコポーネ・ダ・トディ（Jacopone da Todi）による「おお、愛する神よ、この愛に秩序をあたえたまえ（*Ordina questo amore, O tu che m'ami*；O Thou who lovest me— set this love in order）」という一節もまた重要であろう。フォースターがこれにつづけてこう書いているだけに、ますますそう思われるのだ。

この祈りは叶えられなかったし、これからも叶えられることはあるまい。だが、ここにこそ、これは改心によるものではないが、われわれに可能な道はあるのだ。現在より上等な人間にならなくても、ただ生まれつきの善意に秩序をあたえ、分配することによって、人類は力を箱のなかに封じこめ、その暇に宇宙を探索して、そこに立派な足跡をのこすのである。〔……〕正統派は、こういう変化を実現できるのはキリスト教だけで、それも神の定めたもうた時が来なければだめだと説く。人間はいつも失敗するだろう、人間がそんなことをするのはおこがましい、と。これはたしかに厳粛な主張だが、わたしには興味はない。〔……〕（小野寺健編訳『フォースター評論集』岩波文庫、一二二－一二三頁）

辻がユリアヌスに託した「秩序」とは、まさしくこういうものなのではないのか？　そしてこの「秩序」への希求は、『背教者ユリアヌス』執筆当時に辻を取り囲んでいた「無秩序」つまりは「学生運動」への反発があった。辻夫人の『「たえず書く人」　辻邦生と暮らして』（中央公論社、二〇〇八年）には、こう書かれている。

五月革命と大学紛争の時期に書き始められたこの作品は、その後のアンティ・ロマンや表層的な記号論の流行のなかで、とかくアナクロニックな印象を与えたかもしれない。しかし同じころ、他方では、すでにラテン・アメリカ文学の力強い底流が、本来の物語形式の復権を主張し始めていたのも事実である。今後の若い読者は、はたしてどのように『背教者ユリアヌス』を受けとるのだろうか。（四三－四四頁）

ここには六〇年代末のグローバルな学生運動が執筆動機だったという直接的な言及はない。だが「本来の物語形式の復権」という指摘はわたしの第二の論点にとって重要である。なお本書には「親友ゾナスには、最初の留学以来の仲間だったセバスティアン・フロベニウス（『のちの思いに』に登場）の面影がひそんでおり、ここぞという重要な場面にはかならず登場する軽業師ディアは、『回廊にて』の活発なアンドレの生まれ変わりであった」（同書、三九頁）との指摘もある。辻自身の『モンマルトル日記』では、さらに直接的に「学生運動」への言及や執筆に際して辻が参照した書物についての詳細な記述がある。たとえば一九六九年五月四日にはこう記載されている。

午前中『ユリアヌス』の章ごとの草案をつくり、午後はリキオッティの細部をよんだり、ベル・レットル版のユリアヌスの散文集のページをきっているところへS君夫妻が来る。（二一一頁）

ここで「リキオッティ」と書かれているのは、Abbot Giuseppe Ricciotti, *Julian The Apostate: Roman Emperor 361–363*（1960）のことである。辻が参照した書物についての詳細な記述にあるにもかかわらず、メレシコーフスキイへの言及はない[17]。おそらく読むには読んだが言及するに値しないと考えたのだろう。そしてそれは正解だった。メレシコーフスキイの『神々の死』が強調する神秘主義を大胆に切り捨てたからこそ、『背教者ユリアヌス』の読後には清冽な感動とユリアヌスという人物——「超越的な、現世否定的なものに対して、あくまでも現世的な美、官能美を肯定し、時代の流れにさからって、自分にもさからってゆく男」（『モンマルトル日記』一二三頁）——にたいする共感と、この現世を全面的肯定しようとする意思とが生まれるのである。神山圭介はこう書いている。

> 生きることへの純粋な愛、生命へのあくない喜び——現実は、そのような子供っぽい、甘い愛や喜びを黙過しない。否定し、圧し潰す。それにもかかわらず、生命への歓喜はいよいよ高まり、生きとし生けるものへの万歳を叫ぼうとする。このアイロニイこそ、『背教者ユリアヌス』という長編を貫く基調音であり、同時に、主人公ユリアヌスに捧げた頌歌の内容である。（「『背教者ユリアヌス』とその作者」菅野昭正編『作家の世界　辻邦生』番町書房、一九七八年、一三二頁）

また八月一三日には、帰国をまえにしていわゆる「学園紛争」にどう対処すべきかを考えながらこう書いている。

> 〔……〕大学問題がおそらくいままで以上に時間をとるだろう。しかしそれに流されてはならない。大学問題の要素は複雑だが、問題は、知識の伝承と伝達、創造的な批判によって、人間の精神をゆたかにしてゆく場であり、あくまでも現代の政治の偏向性に対して、つねに、自由に批判し、人間の全遺産から多くを学ぶ必要がある。つねに「自由」を保ち、一切の拘束を拒むこと。
> 　学生たちの真摯さはみとめるとしても、彼らが生産的に進めるだけのアドヴァイスなり批判なりは行うこと。学生たちに相対的真理のもつ地点を認識させること。そして謙虚であり、自己批評的であ

ることによって、絶対化、教条化を防ぐこと。そこから権威主義と体制化がはじまる故。つねに永久革命であること。

もし大学生が自由に積極的に勉強するものであれば、試験制度など必要ないし、成績もいらない。しかし人間はつねに理性的に善であり一定ではない。そこで、かかる理性の客観的存在としての制度を置き、そこにおいて我々の高い水準を支える。自由を抑圧するのではなく、低下からまもるためだ、低下への自由に対しては、我々は戦う義務がある。（『モンマルトル日記』二八四－二八五頁）

そして帰国後には予想どおりにこういう事態が待ち構えていた。

私自身も大衆団交の席で、およそ時代ばなれした「理性」の恢復について主張し、同僚の教師からはその「時代ばなれ」を揶揄されたりするなかで、第二章が書きはじめられた。教授会につぐ教授会、研究室会議、その延長での飲み屋での深夜までの討論など、昼も夜も、日本の社会は大揺れに揺れていたが、私は不思議と「ユリアヌスの世界」の中に戻ると、自分が静かなのを感じた。

日本の片隅のそうした事件ですら、何人かの人を傷つけ、人生の浮沈や悲劇やグロテスクや滑稽や狂信があるのを見るにつけても、私はそこに自分の作品世界を眺めているような気がしたものだ。

（『霧の廃墟から』二九〇頁）

これ以上なにを引用する必要があろうか。当時の辻の立場は（不思議なことに日共系学生団体「民主青年同盟

＝民青」と一緒くたにされた）いわゆる「秩序派」のそれであったように、わたしには思われる。その立場は多種多様であって、とにかくなにがなんでも事態の早期収拾を図ろうとする、当時の加藤一郎・東大総長代行に代表される立場もあれば、辻のように「「理性」の恢復」を訴えるものもあれば、永井陽之助のように政治的リアリズムによって冷静に事態に対処しようとする立場もあった。その永井の『柔構造社会と暴力』（中央公論社、一九七一年）に収録された諸論文が当初発表されたのは、辻の『背教者ユリアヌス』を連載した雑誌『海』と同じ出版社から発刊されていた『中央公論』だった。わたしが「本書は一九六〇年代末に世界中を席巻した左翼狂信主義をぬきにしては語れない」と述べたのは、こういう意味においてである。永井の評論集に収録された「ゲバルトの論理」は、現代のファナティシズムにどのように対処すべきか考えるうえでも示唆的な深い洞察に満ちている（ちなみに孔子の秩序観を見事に描いた白川静『孔子伝』（中央公論社、一九七二年）も、同様なモチーフを共有している）。永井は『海』にも多数の論文を寄稿していたと記憶している。その永井と辻とがどのように交差したのかは不明であるが、当時の文学界で流行した凡百の「アンティ・ロマンや表層的な記号論」は、今ではことごとく消え去ってしまった。当時のわたしは、『海』の常連寄稿者だった蓮實重彦や山口昌男の評論をいちはやく読もうとして、発売日には書店に駆けつけたものだった。蓮實や山口の本はほとんど古本屋に売り払ってしまったが、永井の評論集はすべて今でもわたしの書棚に収められている。

当時からわたしは「アンティ・ロマン」と称するものには違和感を抱いており、ほとんど読んでいない。けれども辻の「小説」は今でも十分に再読に耐えるし、多くの読者によって読み継がれている。こうして第二の論点に移る。

小説と物語

この作品を「叙事詩的」と形容する批評も多い。だがこれはまぎれもなく「小説」なのだ。エピグラフにホメロスの「かの人を我に語れ、ムーサよ」（『オデュッセイア（上）』松平千秋訳、岩波文庫、一一頁を参照）という一文が書かれているからといって、ただちにこの作品が叙事詩になるわけではない。また辻自身がこう書いているからといって、叙事詩になるわけでもないのだ。


依然として『ユリアヌス』文体にまよっている。しかし今はどうしても偏在的な、自由にどこにでも持ってゆけるようなカメラのような目がほしい気がする。町の石も、草も、人々も、くっきりとうつしだすような眼がほしいのだ。

あくまで外から、見おろす眼であり、偏在的に、眼自体には、何らの自意識のない、それ自体は、「詩的甘美さ」をたえずひびかすような装置のようなものだ。

今書きたいのは、こうした壮大な形の叙事詩であり、その「全体の姿」の中に徐々に動いてゆく宿命観なのだ。ホメロス的な甘美な哀愁のメロディーなのである。（『モンマルトル日記』二一九頁）

この一節は、辻がサルトルの『自由への道』に代表される「全体小説」を目指していることを示しているように見える。またこの一節からは、日本では「総合小説」と称された野間宏の『青年の環』や中村真一郎の作品などを想起することもできよう。だが辻が『背教者ユリアヌス』執筆に際してモデルとしたのは、あくまでも一九世紀のトルストイ『戦争と平和』やスタンダール『赤と黒』、二〇世紀ではトーマス・マン『ブッデンブローク』やヘルマン・ブロッホ『ウェルギリウスの死』等々なのだ。ピーター・ゲイは『小説から歴史へ――ディケンズ、フロベール、トーマス・マン』（金子幸男訳、岩波書店、二〇〇四年。原題 *Savage Reprisals : Beak House, Madam Bovary, Buddenbrooks*, New York : W. W. Norton, 2002）のなかでこのように書いている。

ブッデンブローク家の描写が、マックス・ウェーバーらの社会学者に先んじるもので、近代の市民の集団肖像を提供するものであるとのマンの主張がどれほど包括的なものであろうと、彼の最初の小説は、一見して考えられる以上に、きわめて個人的な証言であり続けるであろう。当時のドイツ中産階級の中にはブッデンブローク家ほどはっきりとした没落の運命に定められたわけではない家族もかなりあったし、ハーゲンシュトレーム家ほどの成功に恵まれたわけでもない家族も多々あった。さらに肝心な点は、トーマス・マンはこの家族を描いた大河小説を、中立的な立場から書いたわけではないということだ。

要するに、マンは、ディケンズやフロベールの導きも必要とせずに、独力で、この小説を復讐行為として生み出したのである。両先輩作家は社会に向き合い、欠点を見つけた。二人とも政治的な憎しみから偉大な小説を創作した。マンもそうであった。彼はそのようにはっきりと言った。一九〇六年、『ブッデンブローク家の人々』について記しているのだが、「情け容赦のない正確な描写は、芸術家が自分の経験に加えた崇高な復讐である」――息子は後を継げないことに失望する父に対する復讐と、今の自分よりも男らしい申し分のない人間になることを期待する、立派で高潔な社会に対する復讐なのであった。（一六八頁）

この文章にはゲイの有名な「小説／虚構には歴史があるかもしれないが、歴史には小説／虚構があってはならないのだ」（同前、一八二頁）という一節に含意されている、たとえばヘイドン・ホワイトのようなポストモダニストの歴史＝小説論にたいする批判が込められている。このゲイの見解の当否については次章で検討する。

それにしても『モンマルトル日記』に頻出する「詩的甘美さ」、「甘美な哀愁のメロディー」、「空の青さ」、「流れる雲の輝き」、「風の甘やかさ」、「草のみどり」、「木立のつづき」等々のフレーズにはいささか辟易させられる。江藤淳が「フォニー」といった所以であろう。じじつわたしが『海』の発売日を待ちかねて、毎月発売日に書店に駆けつけたのも、ユリアヌスと皇妃エウセビアとの淡い恋、ディアやゾナスとの語らい、欲望渦巻く宮廷政治の内幕といったストーリー展開に魅せられたからだった。ユリアヌスがガリアの地で兵士たちによって「推載」される場面では、不覚にも涙が流れた。つまりわたしはこの作品を上質な「通俗小説」あるいは「大衆文学」として読んだのである。当時のわたしの愛読書が半村良や横溝正史だったといえば、わたしがいわんとすることは大方理解してもらえると思う。もちろんわたしは「通俗小説」という言葉に否定的な意味合いを込めてはいない。『戦争と平和』も偉大な「通俗小説」なのだ。アンドレイ侯爵がアウステルリッツの戦場で見上げた「青い空」は、死に際してユリアヌスがユーフラティス河畔で見た「青い空」と同じだったであろう。じじつ辻はスタイナーの『トルストイとドストエフスキー』(仏訳版)の読後感をこう記している。

それからスタイナーの『トルストイとドストエフスキー』の仏訳版をよみだしたら、こんなばかげた気持ちになった自分がつくづく愚かしく思えた。トルストイのあの生命的な力は、まさに、この現世のあらゆる姿を、こころからよろこび、強烈につかんだ結果である。戦前、戦中、戦後と、生活を嫌悪し、身体もきたえなかったぼくにとって、いまになって哲学的思考の結果、ようやく健康をとりもどし、生と和解し、体をぎりぎりまで使うことをたのしくよろこびはじめたことは、一つの大収穫である。しかしこの「生のよろこび」を表現するところまではまだいたっていないのだ。ジャーナリズムにわずらわされず、自分のペースで生き書くこと――それが根底になければならぬ。いいものが書けなければ、書いたって意味がない。それ以上に「生」というものは深く美しいのだ。(『モンマルトル日記』二一六-二一七頁)

その後の日本では純文学と大衆文学との垣根は取り払われてしまった。それは芥川賞と直木賞との区別が、ほとんど無くなってしまったことに象徴される。辻のこの作品はそうした傾向への端緒だったのかもしれない。こうした傾向のなかで、その後たとえば五木寛之や村上春樹などの偉大な「語り手(ストーリー・テラー)」が生まれてくるわけである。だが辻自身は自分の作品を「小説」だと、一瞬たりとも疑ってはいない。辻の「小説」論としては『小説への序章――神々の死の後に』(河出書房新社、一九六八年)、講演集『詩と永遠』（岩波書店、一九八八年）、『言葉が輝くとき』（文藝春秋、一九九四年）および死後に出版された『言葉の箱——小説を書くということ』（メタローグ、二〇〇〇年）、そして、雑誌『思想』に掲載された論文を集成した『情緒論の試み』（岩波書店、二〇〇〇年）がある。『小説への序章——神々の死の後に』の冒頭近くではこう書かれている。

また小説の解体を身をもって体験しつつ、その解体の根拠を作品（『ウェルギリウスの死』）に定着したヘルマン・ブロッホや、意識の原質まで深化しつつ小説形式を解体させたムジールなどをその傍にならべると、二十世紀の前半に小説形式をゆさぶった動揺の深刻さをわれわれは知りうるような気がする。（二一頁）

こうした「小説の解体」を「神々の死」として感受した辻は、その後「小説」における「物語の復権」へと論を進め、結論的にこう書いている。

トーマス・マン自身『魔の山』の冒頭において物語の時制は過去時制であると書いているが、あらゆる事象を過去的なものとなし、未来までも過去に属せしめる主体とは、あらゆる未来にさきがけて未来である主体、つまり最終末に立つ主体に他ならない。このような主体を物語的主体といいうるとすれば、物語的主体の生まれる深奥には、この時間の反転が何らかの形において行われねばならないはずだ。

まさにこのような「反転」によってのみ、「祝祭としての時間」をとりもどすことができるのであり、われわれが主観の窮極的意味をあえて擁護しうるのは「嘆き」のはてに現われる「反転」を通して、かかる物語的主体の出現に立ちあうからである。そして空間的にも時間的にも窮極的な「終り」を包みこむ物語的主体が、われわれの相互主観性を根拠づける意味の実体となるのは、まさにこの「嘆き」こそが、「ドゥイノ悲歌」にうたわれたごとく、世々をこえた人間の、「担いの流れ」(tragender Storm)である「生のよろこばしさ」へ導くことができるからである。(同書、二五三頁)

このように見てくると辻がいう「あくまで外から、見おろす眼であり、偏在的に、眼自体には、何らの自意識のない、それ自体は、「詩的甘美さ」をたえずひびかすような装置」とは、じつは「物語的主体」だったことが了解できる。それにしても「相互主観性」といい、「窮極」といい、この勿体ぶった表現は、いかにも一九六〇年代末を彷彿とさせるものがある。ともあれ辻にとって「小説」は、ほぼ「物語」と等置されていることが確認できる。付言すればボルヘスは「唯名論」と「実在論」との争いをふまえながら、「アレゴリーから小説へ」というエッセイにおいてこう述べている。

小説が個物の寓話であるように、アレゴリーは抽象観念の寓話である。抽象観念は擬人化され、それゆえ全てのアレゴリーには小説的要素がある。反対に、小説家が提示する個物は一般性を志向する(デュパンは《理性》であり、ドン・セグンド・ソンブラは《ガウチョ》である)。(『続審問』中村健二訳、岩波文庫、二七一－二七二頁)

つまりは辻の『背教者ユリアヌス』に登場する「ユリアヌス」は「背教者」という抽象観念のたんなる擬人化ではなく、「ディア」や「ゾナス」そして「皇妃エウセビア」も「ハーレクイン・ロマンス」の登場人物などではなく、れっきとした代替不可能な「個物」なのだ（すくなくともわたしにとってはそう思われる）。それでは「小説＝物語」と「叙事詩」やその他の「語り（ナラティヴ）」とはどのように区別されるのだろうか。たとえばシェルドン・ウォーリン（Sheldon S. Wolin）は、『ホッブズと政治理論の叙事詩的伝統』（市川太一訳、未來社、一九七九年。原題 *Hobbes and the Epic Tradition of Political Theory*, William Andrews Clark Memorial Library, Los Angeles : University of California, 1970）にこう書いている。

> ホーマーの叙事詩においては、アキレスは「偉大な行為の行為者であるとともに、偉大な言葉の話し手［a doer of great deeds and a speaker of great words］」として描かれている。政治理論の英雄たちには、偉大な行為は偉大な言葉で**ある**。トゥキュディデスは、ペロポネソス人とアテナイ人がたがいに争った戦いの原因を記録した理由を、『歴史』第一巻のなかで、「どんな原因から、大戦争がギリシア人の間に起きたかを今まで誰も調べなかったからである」、と言っている。（一五頁）

四世紀末以降ヨーロッパ全域に広がるキリスト教世界においてユリアヌスは、「偉大な行為の行為者」ではありようもなかった。なぜなら彼の行為や言葉を後世に遺した彼の盟友アンミアヌス・マルケリヌスは、異教徒の最後の「歴史家」[18]だったからである。第I章で述べたように、彼の「偉大な行為」や言葉を甦らせるためには千数百年あまりの時間を要したのだ。こうしてわたしの旅は「歴史」という迷宮、人間が創りだしたひとつの「語り」の世界へと向かうことになる。次章では注(17)で述べたように、ゴア・ヴィダルの小説と辻の小説とを比較検討し、さらにユリアヌスが為した「偉大な行為」とは、歴史という「語り」のジャンルを生みだしたことに存するという論点について考察したいと思う。

第Ⅲ章　歴史を生みだすユリアヌス

歴史とは、不完全な記憶が文書の不備と出会うところに生まれる確信である。

——ジュリアン・バーンズ『終わりの感覚』（土屋政雄訳）

「歴史とは「勝者の嘘の塊」でも「敗者の自己欺瞞の塊」でもなく」生き残った者の記憶の塊だ。そのほとんどは勝者でもなく、敗者でもない。

——同前

或ることに就いて話をする方が、そのことをするよりも遥かに難しいんだ。實生活ではそれは自明なことで、誰にでも歴史を作ることが出来るが、優れた人間にしか歴史は書けない。

——オスカー・ワイルド『藝術論——藝術家としての批評家』（吉田健一訳）

1　歴史・物語・小説

歴史叙述と物語

まずは前章で引用したピーター・ゲイの「小説／虚構には歴史があるかもしれないが、歴史には小説／虚構があってはならないのだ」という一節の含意を検討しよう。ここでは「小説＝虚構」にたいする「歴史＝事実」ということが当然の前提になっている。こうした単純な同一視を批判したのが、ヘイドン・ホワイトの『メタヒストリー（*Metahistory*）』（原著出版一九七三年、未訳）を代表とするポストモダニストの歴史論だった。素朴実証主義的歴史論にたいするホワイトによる批判とは一線を画しつつ、「すべての歴史は現代史である」（クローチェ）とか、E・H・カーの『歴史とは何か』（清水幾太郎訳、岩波新書、一九六三年）における「歴史家が歴史を作る」とかのような人口に膾炙した名言や、H・バターフィールドの『ウィッグ史観批判――現代歴史学の反省』（越智武臣ほか訳、未來社、一九六七年。原著出版一九五一年）や

W・H・ウォルシュの『歴史哲学』(神山四郎訳、創文社、一九七八年)における歴史観を批判して独自の歴史論を展開したのが、英国の政治思想家マイケル・オークショットだった。とくに『ウィッグ史観批判――現代歴史学の反省』はルイース・ネイミア(Lewis Bernstein Namier)の再評価へと導いた(1)。その辺の事情についてはオークショット『歴史について、およびその他のエッセイ』(添谷育志・中金聡訳、風行社、二〇一三年)における中金聡による委曲を尽くした「訳者解説」がある。そこでオークショットの歴史論の概略を中金の「解説」を引用しながら確認しておこう。

中金は「歴史叙述と物語(ナラティヴ)の関係についてのオークショットの考えをヘイドン・ホワイトの所説との比較によって確認しておきたい」として、ホワイトが関心をもつ「史学史(ヒストリオグラフィー)」や「一九世紀における歴史的意識(geschichtliches Bebußtsein)の成立」そして「歴史叙述に携わる歴史家という専門家共同体の存在」といった「ホワイト的問題にオークショットはさしたる関心を示さず、すべてを自明視しているようにみえる」と述べたうえで、オークショットの歴史論の核心に切り込んでゆく。

オークショットにとって歴史は、詩や科学にやや遅れて「人類の会話」に新たに加わったひとつの「声」であり、科学や詩とともに実践の「声」の専制支配に抗するものとして歓迎されるのであった(RiP, p.488)。世界を語る「声」の多様性に悦びをおぼえ、その分化・共有に文明化の度合いを見るオークショットからすれば、歴史主義とは実践に代わって歴史が最も根源的な「声」を僭称するいまひとつの野蛮にほかならない。ホワイトのいう「存在の混沌」が前言語的に形象化される「歴史場(historical field)」のようなものの存在も認められないはずである。(中金聡「訳者解説」、二四九―二五〇

頁。なおRiPは『政治における合理主義』の原書を示す）

そして最終的にオークショットの歴史論をこのように総括する。

オークショットの「歴史的過去」は、かつて誰ひとりそれを生きた者がいない過去のことであった。そしておそらくその物語は、かつていかなる歴史家によっても書かれたことのない物語なのである。（同前、二五〇頁）

オークショットのいわゆる過激な「歴史の整合理論」ないしは「構成主義理論」の見事な総括であり、わたしも全面的に同意する。[2] ただしこの見解は当然のことながら、「歴史叙述に携わる歴史家という専門家共同体」からは総スカンをくった。オークショットにたいする批判は歴史家のみならず理論家からも到来した。たとえばＭ・Ｍ・ポスタンは『史実と問題意識――歴史的方法に関する論文集』（小松芳喬訳、岩波書店、一九七四年、一四頁。原著 *Fact and Relevance: Essays on Historical Method*, Cambridge: Cambridge University Press, 1971, p.9）において、マルクス主義史学批判の文脈でこう書いている。

マルクスの主知主義を包む硬く光った外皮は、あらゆる人の注目を集めずにはいない。「科学的」という語の彼の気前よい、しかもうぬぼれた用語法と、彼の理性主義の確実性と究極性とは、宣伝をこととするマルクシストたち――エンゲルス、ベーベル、および多数の小物たち――の著作のなかに後に繰り返されることになった。実際、ヨーロッパの思想でこれほど攻撃的な理性主義の学派はなかった。そして、彼らほど、あらゆる知的アプローチを、オウクショット氏が「技術（technique）」（訳注一八）という言葉で言おうとしているらしいものに還元するまでに及んだ学派は、ほかにはなかった。

この文章の「技術（technique）」には（訳注一八）が付されている。この訳注において翻訳者が引用しているのは、『ケンブリッジ・ジャーナル』誌に掲載された論説「政治における合理主義」の以下のような部分である。

理性主義者にとって、事態の処理は問題解決の問題である。しかしそれにあっては、その理性が習慣への屈服によって硬直したり、伝統の煙幕によって曇らせられたりしたものは、成功を望めない。そうした活動において、理性主義者が自己のものと主張する性格は、技師の性格である。技師の心は終始適切な技術（technique）により支配されている（と考えられている）のであり、技師の第一歩は、当面の問題に直接関連のないあらゆるものへの注目を棄てることである。（Oakeshott, "Rationalism in Politics," *The Cambridge Journal*, vol.I, no.2, 1947, p.83）

また原書の「注5」の「英文（A）」は以下のとおりであるが、翻訳書では「翻訳文（B）」のように訳されている。参考のために「筆者による試訳（C）」を掲げておく。

英文（A）：The rationalist in this brief survey have not been classified in accordance with Mr Oakeshott's definitions（ideology, technique, etc.）. The latter are part of Mr Oakeshott's private vocabulary and cannot safely be employed by an outsider. I have used the more commonly accepted criteria. Hence the occasional in the two collections.（Postan, *op. cit.*, p.9）

翻訳文（B）：この短い概観のなかでは、理性主義者は、オウクショット氏の定義（イデオロギー、技術、その他）に従っては分類されてはいない。後者はオウクショット氏個人の用語法の一部であって、第三者が用いるのは安全でない。わたくしは、もっと一般的に受け入れられている基準を用いてきた。このことから両者の分類には時おり相違が生じている。（ポスタン、前掲書、一二五頁）

筆者による試訳（C）：この小論で合理主義者というのはオークショット氏の定義（イデオロギー、技術等々）に即応して類別されてはいない。後者はあくまでもオークショット氏の私的な語彙の一部であって、よそ者が安易に援用できるものではない。わたしはより一般的に受け容れられた規準をもちいてきた。このことから両者の分類には時おり相違が生じている。

さらには原書四頁の本文には、つぎのような「原注1」が付されている。「原注1」の「英文（A）」は以下のとおりであるが、翻訳書では「翻訳文（B）」のように訳されている。

英文（A）：Mr Oakeshott's rationalist is a composite monster ; but ideology is one of his hallmarks ; this presumably is the reason why Mr Oakeshott insists on treating the Nazis as rationalists. If so, there must be something wrong either with his definition of rationalism or this definition of ideology, or with both.（Postan, *op. cit.*, p.4）

翻訳文（B）：オウクショット氏が描く理性主義者はいろいろな要素を含む奇怪な人間であるが、イデオロギーはそうした人間の証明書の一つなのである。おそらくこのことは、オウクショット氏がナチスを理性主義者として扱うのに固執する理由であろう。もしそうだとすれば、理性主義についての氏の定義かイデオロギーについての氏の定義かのどちらかに、あるいはその両方に、何か間違いがあるにちがいない。（ポスタン、前掲書、二五頁）

以上の対比からいえるのは、第一に、原文の「private vocabulary」が「個人的用語」と訳されることによって、オークショットがウィトゲンシュタインの「私的言語はありえない」という考え方に多大の影響を受けたことが不分明になっていることである。第二に、一九七〇年代においてさえもオークショットという政治思想家の知名度はかなり低かったことである。いずれにせよオークショットは「私的な語彙」を徹底的に排除した。そして彼の理論に忠実であろうとすれば、端的に「歴史」を書くことができなくなるのだ。じじつオークショットは中世修道院の寄進という事実やニュー・フォレストのドングリの成長にともなう景観の変化などの歴史的事実には言及するものの、自らは「歴史」を書いてはいない。おそらく彼が書こうとしたのは、『リヴァイアサン』の現代版である『人間営為論』というひとつの「神話」だったのである。

それにもかかわらず「歴史叙述」は営々と、かつ連綿として営まれてきた。それが歴史家の自省力の欠如のせいなのか、はたまた惰性のせいなのかは判然としない。歴史家のなかにも、卓越した自省力の持ち主もいれば、漫然と「勝者の歴史」を書きつづける、たとえばカーのような者もいた。前者の代表者はトニー・ジャットだった、とわたしは思う。彼の遺著『20世紀を考える』（河野真太郎訳、みすず書房、二〇一五年）において、聞き手のティモシー・スナイダーは「まえがき」にこう書いている。

> わたしたちは探究するのではなく、逆にわたしたちを追いかけてくるひとつの真実があり、それは完全な真実である。すなわち、わたしたちはみな死すべき存在だという真実だ。ほかのさまざまな真実は、ブラックホールのまわりの星々のように、この真実のまわりをより輝かしく、瑞々しく、しかし重みを失いながらまわっているのである。（一四頁。傍点は引用者。傍点箇所は原文では "each of us comes to an end" である。けだし名訳というべきであろう）

ここではエピキュリアンにとっての精髄である、「可死性（mortality）」という語彙は使われていない。けれどもこの論点には、エピキュリアンにとって「歴史とはなにか」を考察する際にもう一度立ち戻ろう。

「言行録」としての「歴史」

当初の論点、すなわちユリアヌスが為した「偉大な行為」とは、歴史という「語り」のジャンルを生みだしたことに存するという論点について考察しよう。ジョン・バロウの書物はこのことを考える際に、最良のガイドブックである。彼の『諸歴史の歴史（John Burrow, *A History of Histories : Epic, Chronicles, Romance & Inquiries From Herodotus & Thucydides to The Twentieth Century*, First published by London : Allen Lane, 2007. Paperback Edition, London : Penguin Books, 2009）』では、古代ギリシアにおける叙事詩、古代ローマにおける年代史、中世キリスト教世界における教会史あるいは聖なる歴史から世俗的歴史の復活を経て、近代歴史学へと到る歴史叙述の歴史が丹念にたどられている。そして古代ローマからキリスト教世界への転換点に位置づけられるのが、ほかならぬアンミアヌス・マルケリヌスの『歴史（*res gestae*）（英訳版 *The Roman History of Ammianus Marcellinus*）』なのである。いうまでもなく、ラテン語表題 "*res gestae*" とは「為されたこと＝things done」を意味している。すなわちユリアヌスによって「為されたこと」、つまりは彼の「事跡」を記録したのがアンミアヌスの書物なのだ。アンミアヌスはユリアヌスを「偉大な行為の行為者であるとともに、偉大な言葉の話し手（a doer of great deeds and a speaker of great words）」としても、後世に遺そうとして『歴史』を書いたのである。もちろん『歴史』はユリアヌスだけを扱っているわけではないが、Loeb Classical Library版『著作集』全三巻（*Ammianus Marcellinus*, 3vols., translated by J. C. Rolf, Harvard University Press, 1939）のうち、じつに三分の二がコンスタンティヌス帝と副帝時代のユリアヌス、そして帝位に就いたのちのユリアヌス帝についての記述に当てられている。アンミアヌスの『歴史』については、第I章でも言及した小坂俊介の論説「アンミアヌス・マルケリヌス『歴史』に関する近年の研究動向」(Studia Classica 3, 2012）の注（2）において詳細に論じられている。

小坂論文はアンミアヌスという著者とその著作との二面から一九九〇年代以降の研究動向を丹念にたどった優れた論文である。小坂は著者と著作についてこう紹介している。[3]

アンミアヌス・マルケリヌスは4世紀前半に帝国東部で生まれ、武官として勤務したのち、全31巻からなる著作『歴史』を記した。この著作は4世紀末にローマ市にて執筆され、紀元後94年のネルウァ帝即位から、378年にアドリアノーブルの戦いで戦死したウァレンス帝に至るまでのローマ帝国史を叙述していたと考えられている。しかし現存するのは、353年から378年までのほぼ26年間を扱った、著者アンミアヌスの同時代史を扱う14巻までの後半部のみである。（一六五頁）

こう述べたのちに小坂は「『歴史』は古代末期地中海世界に関する重要史料の一つ」であり、「『歴史』は、古代末期地中海世界研究において不可欠の史料である」と述べる（同前、一六五頁）。ついで小坂は一九九〇年以降の研究動向を概観するのだが、その際の視点は以下の三点である。第一に、「著者アンミアヌスの経歴をめぐる議論」、第二に、「『歴史』のテクストと内容、構成に関する研究」、第三に、「『歴史』に対する史料批判の進展」、以上の三点である。

小坂論文は、研究動向の紹介としては優れてはいるが、わたしにとってもっとも関心のある「『歴史』

のテクスト」については情報が少ないのだ。本人も述べているように『歴史』「全体の邦訳はまだ存在しない」（同前、一八六頁）のである。わずかに若干の部分訳があるだけなのだ。すなわち『西洋古代史資料集〔第2版〕』（東京大学出版会、二〇〇二年、二四〇頁、二四六頁）および歴史学研究会編『世界史史料1　古代オリエントと地中海世界』（岩波書店、二〇一二年）に部分訳が掲載されており、前者は「ユリアヌスの事跡」にかんする部分であり、後者は「ゲルマン民族大移動の開始」にかんする部分である。小坂論文には挙げられていないが、林健太郎・澤田昭夫編『原典による歴史学の歩み』（講談社、一九七四年、一六七－一七四頁）にも、国原吉之助訳による『歴史』の概要説明と部分訳（コンスタンティウス二世のローマ入場の場面）が、すでに存在している。『原典による歴史学の歩み』は優れた資料集であり、わたしにとってもずいぶんと有益だった。本章の注（3）でも述べているように、西洋古代史研究者はまずもって「『歴史』全体」を翻訳するべきではないのか、とわたしには思われるのだ。『西洋古典叢書』（京都大学学術出版会）の出版予定ラインナップにもアンミアヌスは見当たらない。もうひとつ「1990年以降の研究動向を概観」する小坂論文について疑問なのは、初版が二〇〇七年に出版されたジョン・バロウの書物『諸歴史の歴史』がどこにも言及されていないことである。二〇一二年に執筆された小坂論文がバロウの書物を引用するための時間は充分にあったはずだ。もちろんすべての書物に目をとおすことなどできはしない。だが前述したようにバロウは、「古代ローマからキリスト教世界への転換点に位置づけられるのが、ほかならぬアンミアヌス・マルケリヌスの『歴史』」だという趣旨のことを述べているのである。バロウを引用しよう。

アンミアヌス・マルケリヌスは「孤独な歴史家（a lonely historian）」だといわれてきた。彼は当時公式的にはキリスト教世界だった、紀元後四世紀末にラテン語で著作をした、異教徒のギリシア人だった。

（Burrow, *op. cit.*, p.157）

そしてバロウはこうつづけるのだ。「彼は自分が『ローマ帝国衰亡史』のある章のための史料を執筆しているとは、まったく知らなかったのだ」（*ibid*, p.166）。

一人称代名詞と「語り」の様式

つまりはアンミアヌス・マルケリヌスの『歴史』こそが、ユリアヌス帝の事跡を後世に遺すうえで決定的な役割を果たしたのであり、千数百年の時を越えてギボンの『ローマ帝国衰亡史』を生みだしたのである。じじつバロウはギボンが『衰亡史』執筆に際してさまざまな歴史書を渉猟したあげくに「確固たる基盤」（*ibid*, p.158）としたのが、アンミアヌス・マルケリヌスの『歴史』だったと述べている。ジョン・ルカーチ（John Lukacs）がいうように「どんなものにも歴史があるように、歴史にも歴史がある」（『歴史学の将来』村井章子訳、近藤和彦監修、みすず書房、二〇一三年、五頁）のだ。それではアンミアヌスの『歴史』という「歴史叙述」にはどのような特色があるのだろうか。「ユリアヌスの事跡」についてはこう書かれている。

彼［ユリアヌス］は少年時代の最初期より神々礼拝の方に一層心惹かれていたが、次第に成長するにつれ、その行いへの欲求に燃えた。が、多くの事を恐れて、或る種のそれに関係する事々をできる限り秘密裡に行っていた。しかし、恐れられていた諸事が消失した時、欲する所を行える自由な時が自らに到来したことを看取し、胸に秘めていた事を顕した。そして簡明にして絶対的な布告により、神殿を開き、犠牲獣を引いて行き、神々礼拝を再興すべき旨を定めた。そしてこれらの命令の効果を高めるために、意見を異にするキリスト教司祭たちを分裂している民衆と共に宮廷に招き、反目を終熄させ、各人が何物にも妨げられず安心して自己の宗教に仕えるようにと丁重に諭した。彼が断固としてかく為したのは、かかる自由が反目を増幅させ、以後は民衆が心を一にすることを心配せずともよいからであった。いかなる獣も大半のキリスト教徒が互いに相食むほどには人間に対して敵対的ではないことを、彼は経験から知っていたのである。（原文は［Ammianus Marcellinus XXII, 5, 1-4.］『西洋古代史資料集［第2版］』二四〇頁。［　］は引用元の通り）

英訳文：1. Although Julian from the earliest days of his childhood had been more inclined towards the worship of pagan gods, and as he gradually grew up burned with the longing to practise it, yet because of his many reasons for anxiety he observed certain of its rite with the greatest possible secrecy. 2. But when his fears were ended and he saw that the time had come when he could do as he wished, he revealed the secrets of his heart and by plan and formal decrees ordered the temple to be opened, victims brought to the altars, and the worship of gods restored. 3. And in order to add to the effectiveness of these ordinances, he summoned to palace the bishops of the Christians, who were conflicting opinions, and the people, who were also at variance, and politely advised them to lay aside their differences, and each fearlessly and without opposition to observe his own beliefs. 4. On this he took a firm stand, to the end that, as this freedom increased their dissensions, he might afterwards have no fear of a united populace, knowing as he did from experience that no wild beasts are such enemies to mankind as are most of the Christians in deadly hatred of one another. (*op. cit.*, p.203)

比較のためにユリアヌスによるアタルビウス（Atarbius）宛「書簡（Epistulae）」から引用しよう。

> 神々にかけて余は、ガリラヤ人たちが殺されることも、不当に打たれることも、他の何らかの災厄を受けることを望まぬ。が、神々を畏れ敬う人々が彼らより優先されねばならぬことを断言するものである、何となれば、ガリラヤ人たちの愚かさによりほとんど何もかもが混乱させられたが、なお神々の恩恵により我々はみな救われているのである。それゆえ、神々および神々を畏敬する人々と諸都市を敬うべきである。（原文は［Julianus, Epistulae（J. Didez), no. 83, 376c–d］同前、二四〇頁。英訳文は下記の通り）

英訳：I affirm by the gods that I do not wish the Galilaens to be either put to death or unjustly beaten, or to suffer any other injury ; but nevertheless I do assert absolutely that the god-fearing must be preferred them. For though the folly of Galilaens almost everything has been overturned whereas through the grace of the gods are we all preserved. Wherefore we ought to honour the gods and the god-fearing, both men and cities.（Loeb Classical Library, Julian, III, p.123）

アンミアヌスの文章では、当然のことながら、一人称代名詞がいっさい使われていない。そのことに見られるように冷徹に事実を伝えようとする「歴史家」の意思とともに、ユリアヌスへの共感がにじみでているとはいえないだろうか。じじつアンミアヌスは『歴史』の最後では「私」を使用してこう記しているのだ。

退役軍人でギリシア人である私は、ネルウァ帝の君主政時代からウォレンス帝の没年に至るまでの諸事件を述べるにあたり、可能な限り最善をつくして、故意に史実を黙殺したり、偽ったりはしなかったつもりである。他の、私より有能な若い学者たちが残された部分を書きついでくれるかもしれない。しかし、この仕事に意欲をもって当たろうとする者があるならば、より気品高い文体になるように彼らの言語を用いられんことを私は忠告したい。（M・L・W・レイスナー『ローマの歴史家』長友栄三郎・朝倉文市訳、みすず書房、一九七八年、一九四頁より再引）

またレイスナーは「歴史における想像力の未熟な利用には重大な危険がある」ことを承認しながらも、それがなければ「アンミアヌスにより述べられたユリアヌスの生涯の最後の光景をも放棄することになろう」（レイスナー、前掲書、二八頁）と述べている。歴史とても「議事録の顔つきをした私小説である」（ジュリアン・バーンズ）ことを免れはしないのだ。さらにレイスナーはこうつづけている。

近代的な言葉で言えば、われわれは歴史と歴史小説との間を区分する線が時には、それも或る時にかぎり、不鮮明にされることを知るべきである。（レイスナー、前掲書、二九頁）

それに反しユリアヌスの「書簡」では、これまた当然のことながら、書簡の相手（アタルビウス）にたいする一人称代名詞「余」が使われている。そして人称代名詞をどのように使用するかは、「歴史」や「小説」という「語り」の様式のあり方を決定的に規定している。たとえば先述したジョン・ルカーチは「専門的な歴史家の誕生」についてこう書いている。

「歴史」をそれと意識した最初の、それも卓越した書き手は、おそらくギリシア人だった。「歴史」という言葉の元になった「ヒストリア」というギリシア語は「調べる」を意味していた。偉大なギリシア人、ローマ人、新約聖書にいたる書き手は、伝説上の出来事や人々ではなく、現実の出来事や現実に生きた人々を記録し記述しようとし、とりわけ何人かは熱心にそれを試みた。それでも「歴史家」あるいは「伝記作家」という概念は、書き手にも読み手にも思い浮かばなかったようである。こうして数世紀が過ぎた頃、「年代記編者（Chronicler）」と呼ばれる人々の中にかすかながらも職業意識が芽生えてくる。年代記編者とは、何らかの出来事や人物について記録するように任命され登用された人たちである。とはいえこの人たちもまだ、ギリシアやローマの先達とそうちがうわけではなかった。私が歴史意識の発生と呼ぶ現象が主に西ヨーロッパとイングランドで起こり、多くの人々の考え方と語彙とに変化をもたらしたのは、ルネサンスがほぼ終わった頃である。その一つの表れが歴史に対する興味の高まりであり、それは自己の発見にもつながった。この急変を分析することに私は教育と執筆のかなりの部分を費やしてきた。そして一七世紀頃に出現した歴史意識は、歴史の科学的方法の出現に匹敵するほど、いやそれ以上に重要な出来事だったと確信するにいたった。(『歴史学の将来』、六頁)

ルカーチのいう「年代記(Chronicle)」とは、わが国でいえば『古事記』(和銅五(七一二)年)、および『日本書紀』(養老四(七二〇)年)に始まる「六国史」のことだと考えればよい。そしてそれらを編纂することは国家的事業であった。『古事記』の編纂者である太朝臣安萬侶(おほのあそみやすまろ)にとって、私情の入り込む余地のあろうはずはない。しかしそこには大和朝廷の正統性を知らしめるという、「国家としての私情」は確実に込められていた。また『日本書紀』の編纂者(舎人親王たち)には、白村江の大敗による国家としてのアイデンティティ喪失に対応すべき任務が託されていたともいわれる。こうして「国史(National History)」が成立するのである。もちろんそれらは司馬遷の『史記』を代表とする、中華帝国の「史書」がモデルになっていた。(4)

歴史と小説

著者ルカーチの他の著作や研究スタイル、政治的スタンスや現代教育界への辛口の批評については、近藤和彦による軽妙・洒脱な「解説」を、是非とも読んでいただきたい。[5] 今でこそ映画監督のジョージ・ルーカス（George Lucas）と混同されなくなったが、わたしが監訳者を務めたティモシー・ガートン・アッシュ『フリーワールド――なぜ西洋の危機が世界にとってのチャンスとなるのか』（風行社、二〇一一年）を訳すころは、立花隆ですら混同していたのだ（同書、一三頁を参照）。ともあれルカーチは「歴史（家）」と「小説（家）」との違いについて、『歴史学の将来』第5章「歴史と小説」においてこのように書いている。

歴史家は小説家と同じく物語を綴る――過去の一部の物語を（定義するのではなく）叙述する。この仕事は、小説家にとってはやさしい。存在しなかった人間を発明し、起きなかったことを発明できるからだ。歴史家は存在しなかった人や出来事を語るわけにはいかない。歴史家は、実在した人のことしか語れないし、実在した人の行動や言葉に依拠しなければならない。（一〇六頁）

歴史には二つの定義があるが、小説には一つしかない。歴史は歴史家が存在する前から存在しただろうか、記録や語り部がいなくても存在しうるだろうか。答えはイエスだ。そうした人間がいなくても歴史は存在したし、今も存在する。だが小説は、書き手がいなければ存在し得ない。この区別は常識的に頷けるが、不完全である。歴史家と小説家は絶対に相容れない反対概念ではない。「事実」と「虚構」もそうだ。虚構とはつくりごとを意味し、どんな「事実」であっても、その言明には、いやその知覚にさえ、いくらかは虚構が入り込む。(一〇八頁)

ルカーチのこのような言明とゲイの「小説／虚構には歴史があるかもしれないが、歴史には小説／虚構があってはならないのだ」という言明とを比較すれば、ルカーチの言明のほうがゲイよりもはるかに柔軟であることが分かる。そして「存在しなかった人間を発明し、起きなかったことを発明」している点で、辻の『背教者ユリアヌス』は紛れもなく「小説」なのだ。それでは「歴史小説」とはいかなるものだろうか？　この問いにたいするルカーチの応答はこうである。

小説は歴史とともに歩んできた。近代小説が登場したのは一七八五年以降であり、歴史家の手になる歴史が出現したのは一七七七年以降である。一七八〇年には小説がベストセラーになっている。そして一八〇〇年頃から、歴史小説という新種の小説が登場する。歴史小説とは、歴史がはなやかで劇的な背景となって、物語の展開や登場人物を一段と魅力的にしているような小説を意味する。かくして一九世紀は小説の黄金時代となり、歴史意識に充満した世紀となった。(『歴史学の将来』一一五－一一六頁)

このように述べたうえでルカーチは歴史小説の書名を順次挙げてゆく。そのリストは以下のとおりである。①『古老』（スコット）、②『ふくろう党』（バルザック）、③『二都物語』（ディケンズ）、④『パルムの僧院』（スタンダール）、⑤『戦争と平和』（トルストイ）、⑥『人間喜劇』の中の「セザール・ピロトー」、⑦『マーティン・チャルズルウィット』（ディケンズ）、⑧『リュシアン・ルーヴェン』（スタンダール）、⑨『感情教育』（フロベール）……等々。

明示的に挙げられているのは以上であるが、ルカーチによれば『戦争と平和』と『感情教育』とを比較すると、後者のほうが「より歴史的」だという。なぜならば『戦争と平和』は現実に起こった歴史的事実を「科学的」に描こうとはしているが、結果的に「ある種のイデオロギーを反映した作品」になってしまったからであり、『感情教育』のほうは同時代の「感性の変化、世論の急変、価値観の転換」などに多くのページが費やされているからなのだ（同前、一一六頁）。そしてフロベール以後「小説は次第に歴史社会誌学の色合いが濃くなり、この傾向は一九〇〇年頃にピークに達する。アーノルド・ベネットはローレンス・スターンに劣り、トーマス・マンはゲーテに、ロジェ・マルタン・デュガールはヴィクトル・ユゴーに劣った。ただし前者の小説はどっぷり歴史に浸っている。ベネットの『二人の女の物語』、マンの『ブッデンブローク家の人々』、マルタン・デュガールの『チボー家の人々』は壮大なブルジョワ小説であり、どうかすると比較対象に挙げた小説家の作品よりも歴史色が「濃い」のだ（同前、一一六‐一一七頁）。そしてルカーチは最後に「すべての小説は、何らかの意味で歴史小説である」（同前、一一八頁）と断言するのである。

2 辻『背教者ユリアヌス』とヴィダル『ユリアヌス――ある小説』との比較

これまでの考察から辻の『背教者ユリアヌス』もまた、紛れもなく「小説」であり、かつ「歴史小説」である所以は明らかにすることができたであろう。ところで先述したように、辻が『背教者ユリアヌス』を執筆するに際しては、ユリアヌスにかんする膨大な史料や研究書、関連する文芸作品を渉猟したはずである。ところが一九六二年に初版が出版されているゴア・ヴィダルの『ユリアヌス――ある小説』には、辻はまったく言及していないのだ。以下においては、辻の『背教者ユリアヌス』とヴィダルの『ユリアヌス――ある小説』との共通点と差異とを検討しよう。両者は、「小説」であるという点では共通しているものの、その「語り口」や「事実」と「虚構」との按配などの点では大きな差異がある。まずは両者の「語り口」の違いについて考察しよう。

「語り口」の違い

以下の文章は、辻が『背教者ユリアヌス』を執筆する際にどのような文体を模索していたかを示している。第Ⅱ章5でもあげたが、再度引用しよう。

依然として『ユリアヌス』文体にまよっている。しかし今はどうしても偏在的な、自由にどこにでも持ってゆけるようなカメラのような目がほしい気がする。町の石も、草も、人々も、くっきりとうつしだすような眼がほしいのだ。

あくまで外から、見おろす眼であり、偏在的に、眼自体には、何らの自意識のない、それ自体は、「詩的甘美さ」をたえずひびかすような装置のようなものだ。（『モンマルトル日記』二一九頁）

辻が『背教者ユリアヌス』の文体模索の果てに到達したのは、上記のような「町の石も、草も、人々も、くっきりとうつしだすような眼」によって描き出される人間社会の転変恆なきあり様であり、変わることのない自然のあり方なのだ。たしかに『背教者ユリアヌス』における語り手として辻は、「あくまで外から、見おろす眼であり、偏在的に、眼自体には、何らの自意識のない、それ自体は、「詩的甘美さ」をたえずひびかすような装置」になることに成功している。

「語り手」が非人称的なひとつの装置だった『背教者ユリアヌス』とは違って、『春の戴冠（上・下）』（新潮社、一九七七年）では、「語り手」として明確に「私＝フェデリゴ」が措定されている。『春の戴冠』は古典学者「私」が同時代のフィレンツェについて執筆する回想録である。そうした「語り手」のあり方の違いが、文章が醸し出す情感にいかなる違いをもたらしているのか、双方の末尾の文章を比較してみよう。

すでに夕映えは消えていた。ただ風だけが、空虚な砂漠を吹き、砂丘の斜面にごうごうと音をたてていた。砂はまるで生物のように動いて、兵隊たちの踏んでいった足跡の乱れを、濃くなる闇のなかで、消しつづけていた。（『背教者ユリアヌス（下巻）』中公文庫版、一九七五年、四二七頁）

［『回想録』を擱筆するにあたって「私」は娘アンナからの手紙を引用する］いま尼僧院のなかを静かな午後の時間が過ぎてゆきます。しかしこの静けさのなかの何という静かさでしょうか――サンドロが私たちに贈ってくれたもののことを考えるとき、私は、刻々この時の流れが、美しい花びらを浮かべて、ひたすらに回帰してくるように思えてなりません。（『春の戴冠（下）』新潮社、一九七七年、四九〇頁。文中の「サンドロ」は画家であり本作の主人公「フェデリゴ」の幼友達、「私」は「フェデリゴ」の娘アンナで、ジロラモ・サヴォナローラに共鳴して〈少年巡邏隊〉に加わった経験がある）

両者に共通しているのは大きな憂愁であり、空虚感であり、寂寥感である。ただし前者には未来への希望はまったく感じられない。それにたいして後者には過去が現在へと回帰するという仄かな希望が感じられる。こうした違いが何に由来するのかは判然としないが、憶測でいえば、前者の舞台が古代末期であり、後者の舞台がルネサンスであるという時代背景の違いが反映していると、そうわたしには思えるのだ。

つぎに辻の『背教者ユリアヌス』とヴィダルの『ユリアヌス――ある小説』との「語り口」の違いを分

析しよう。前者については先述したとおりである。つまり『背教者ユリアヌス』における語り手は「非人称的なひとつの装置」だった。それにたいしてヴィダルの『ユリアヌス——ある小説』は、第I章でも述べたように、リバニオスと五世紀の歴史家・外交官・修辞学者プリスコス（Priscus）との往復書簡というかたちで始まり、ついでユリアヌス自身の『回想録』が提示され、その合間にリバニオスとプリスコスのコメントが入るという複雑な構成をとっている。そのことによってわたしたち読者は、ユリアヌスにも、リバニオスにも、プリスコスにも感情移入することができなくなるのだ。「事実」と「虚構」との按配についてはヴィダル自身、「注記（A Note）」においてこう書いている。

わたしはひとつの小説を書いたのであって、歴史を書いたのではないけれども、あくまでも事実に拘(こだわ)ろうとしたのであり、物事を移動させたのはほんの時おりでしかなかった。たとえばプリスコスがガリア地方にいるユリアヌスの軍隊に加わるということはありえないことだが、彼をそこに居させることは、語り(ナラティヴ)にとって有益なのだ。（Vidal, *Julian : A Novel*, p.vii）

さらにロバート・グレーヴス（Robert Graves）の『この私、クラウディウス（*I, Claudius*）』（多田智満子・赤井敏夫訳、みすず書房、二〇〇一年。原著出版一九三四年）にふれながら、概略このように書いている。すなわち彼が三部作（『神、クラウディウスとその妻メッサリーナ』および『ベルサリウス伯』）の劈頭を飾る本書を出版した際に、多くの批評家たちが、グレーヴスはたんにスエトニウス（Suetonius）のゴシップ（『皇帝伝』）から一篇の小説を紡ぎだしたと考えていたように思われると、いささか苛立たしげな序文（この序文は邦訳書では削除されている）で指摘した。批評家たちに反論してグレーヴスは次作『神、クラウディウスとその妻メッサリーナ』（未訳、原著出版一九三四年）において、古代世界を生き延びたほとんどあらゆるテクストをリストアップした長大なビブリオグラフィーを掲げた。このようなグレーヴスの反論にたいしてヴィダルはこのように書いている。

> 不本意ながらわたしはそれらのテクストのすべてを読んではいない。けれども唯一の典拠がアンミアヌス・マルケリヌスの『歴史』（あるいはエドワード・ギボンのそれ）だと考えるかもしれない人びとを予測して、わたしは本書の最後に部分的なビブリオグラフィーを含めた。（Vidal, *op.cit.*, p.vii）

この間の事情については『この私、クラウディウス』の「訳者あとがき」でこのように説明されている。

> この小説はローマ史の専門家からも史的考証の確かさの点で高い評価を得た。小説の資料としてタキトゥスとスエトニウスに頼りすぎている、との友人の評に対して、自分はこの二大資料のほかに、ヨセフス、ディオ・カッシウス、セネカ、アロシウスその他を読み、ラテン研究事典、古典古代大事典なども参照した、とグレーヴスは答えている。クラウディウスの語り口の感じをつかむために、（この皇帝の著作はすべて隠滅しているので）残存するアエドゥイ族関連のラテン語の演説や、近年発見されたアレクサンドリアの人びとに与えるギリシア語の書翰の文体を研究したりもしているのである。（同前邦訳、四五一頁）

このように見てくるとグレーヴスもヴィダルも小説とはいえども史実を踏まえていなければならぬと考えてはいるが、小説と史実との関係についてはグレーヴスのほうがヴィダルよりも厳密に考えているように思われる。それはグレーヴスの母方の祖先がレオポルド・フォン・ランケであるという、歴史家の精神に由来するのかもしれない。じじつグレーヴスは第四代ローマ皇帝クラウディウス（在位四一－五四年）の自伝というかたちで、当時の政治や社会のあり方を復元する歴史家になろうとしたのであった。この卓越した歴史小説のなかでグレーヴスはクラウディウスにこう語らせているのだ。

偉大な歴史家たちの柱像――ヘロドトス、ポリュビオス、トゥキュディデスそしてアシニウス・ポッリオが私の眼前にあった。かれらの不動の表情はこう告げているかのようだった、真の歴史家たるもの、当代の政治的紛争には超然とあるべきだ、と。自分もまた真の歴史家として身を処さんと、私は決意したのであった。（同前、四四三頁）

皇帝の身分になれば、非公開の文書庫にあたって、あれこれの歴史的事件のさいに実際何が起こったのかを解明することも可能だ。いかに多くの謎がいまだ解かれぬままに残されていることか。歴史家にとってこれは何と夢のような幸運であろう。そして、いずれお分かりのように、私はこの幸運を充分に活用した。単に概略しか知らぬことから推測して臨場感あふれる会話は熟練した歴史家の特権とされているが、私にはその必要すらなかったのである。（同前、四四八頁）

つまり『この私、クラウディウス』という小説においては、語り手であるクラウディウス自身が歴史上の人物である第四代ローマ皇帝クラウディウス自身になって、後世の歴史家によっては知りえない「歴史的事件」の真相を語るのである。またそうであればこそ、「熟練した歴史家の特権」である「臨場感あふれる会話」をも易々と再現できるわけだ。なぜなら小説のなかの会話はクラウディウス自身によって語られているからだ。もちろんこの小説全体を統括しているのは、作者であるロバート・グレーヴスにほかならない。そしてグレーヴスが小説の主人公である「クラウディウス」を創作する際の史料となるのが、上述した古代ローマの歴史書だった。そうすることによってグレーヴスは第四代ローマ皇帝クラウディウスと一体化して古代ローマ世界の一時期をみずから生きることができたのである。そして皇帝となった（小説のなかの）クラウディウスの脳裏を過ぎったのは、こういう思いだった。

私が皇帝だと？　ばかばかしい！　しかしこれでわが著作を人々の前で披露することができるぞ。大勢の聴衆のための公的な朗読会だ。あの著作は優れたものだ。何しろ三十五年にもおよぶ努力の結晶だからな。そうやっても悪くはなかろう。ポッリオは豪勢な宴会を開いて聴衆を集めていた。かれは立派な歴史家で最後のローマ人だった。わが『カルタゴ史』には興味深い逸話が多数収録してある。皆喜ぶに違いない。（同前、四四八頁）

このような二重、三重の仕掛けを設（しつら）えることによって、カリグラとネロの間にはさまって、「同時代の人にとっても、後世の歴史家にとっても、謎の人物であった」（同前、四五〇頁）歴史上のクラウディウスは、グレーヴスの小説のなかでは「歴史家」になるという夢を実現することができたのだった。またグレーヴス自身も、先述した友人たちの批評にたいして実作をもって応答することができたのである。

二冊の小説の交叉

これまでわたしは辻の『背教者ユリアヌス』（一九七二年）とヴィダルの『ユリアヌス――ある小説』（一九六二年）とを比較しようとして、両者の「語り口」の違いを明らかにしようとしてきた。残された課題は、ほぼ同時期に出版されたこれらの二冊の書物がどのように交叉するのかを考察することである。辻の執筆動機や時代背景、さらには他の作品との関係については、不充分ながらもわたしなりの考えを述べることができた。それではヴィダルの執筆動機や時代背景、さらには他の作品との関係について考察しよう。

一九六二年といえばアルジェリアのフランスからの独立やキューバ危機などで世界が揺れた年だった。そうした時代背景のなかでヴィダルは『ユリアヌス――ある小説』を執筆したわけだが、その動機を推測すればおおよそつぎのようにいえるのではなかろうか。前述したようにヴィダルは社会的には上層に属していたが、『都市と柱』がアメリカで最初に同性愛を描いた小説であることから明らかなように、彼はアメリカの社会的コモンセンスからは逸脱していた。それどころか同書出版によってヴィダルの社会的威信は、回復不可能なまでに失墜したのだ[6]。辻もまた、ヴィダルとは別の意味で、同時代の文芸的コモンセンスからは逸脱していた。つまり（すでに意味を失っていたとはいえ）文学界の正統、つまりは「純文学」から逸脱した「大衆小説」とみなされていたのである。そのことは江藤淳が彼の小説を目して「フォニー」と呼んだことからも明らかであろう。奇しくも一九六四年にはNHKの「大河ドラマ」の放映が開始されており、辻の「歴史小説」も多くの読者に受け容れられる環境が整っていたのである。そのことはヴィダルについてもいいえる。じじつ一九六四年夏のベストセラーリストでは『ユリアヌス――ある小説』が、ジョン・ル・カレの『寒い国からきたスパイ』を抑えて、第一位にランクされているのだ（Cf. *Palimpsest : A Memoir*, London : Abacus, 1965, p.404）。

それにしても一〇年という歳月を隔てて、また広大な太平洋を隔ててユリアヌスを主人公とする二冊の小説が、なぜアメリカと日本とで出版されたのだろうか？　おそらくそれを理解するためのキーワードは「逸脱」である。そういえば南川高志のユリアヌス研究書の副題も「逸脱のローマ皇帝」だった。南川はつぎのように書いて、本書を閉じている。

ユリアヌスはコンスタンティヌス大帝、コンスタンティウス二世という先帝たちとは異なる政治方針をとり、当時のローマ皇帝らしく振る舞うことをしなかった。そもそもギリシア人を自称した彼がはたしてどの程度「ローマ人」、そしてその国の皇帝であると認識していたかは、あらためて問題にされなければならないであろう。

ただ、彼がローマ人の皇帝らしく振る舞ったことが一度だけある。それはペルシア遠征であり、それで勝利をえようとしたことだ。四世紀にあっても、ローマ皇帝にとり、対外戦争で勝利をえることは、帝国民に自らを認知させ、統治を円滑に展開するうえで、非常に重要な行為であった。皇帝ユリアヌスの悲劇は、唯一の逸脱行為ではない遠征において、勝利をあげられなかったことだった。（『ユリアヌス――逸脱のローマ皇帝』山川出版社、二〇一五年、一〇一―一〇二頁）

ユリアヌスが犯した最大の逸脱は「異教復興」だった。辻とヴィダルの小説において、キリスト教および異教の神々にたいするユリアヌスの態度はどのように描かれているであろうか？ それを比較・対照してみよう。まずは年代順にヴィダルから始めよう。ユリアヌスがマクシモス（Maximus）とキリスト教徒について会話する場面である。

キリスト教徒たちはわたしたちの美しい伝説を、改宗したユダヤ教徒のラビの警察記録によって置き換えようとしている。彼らはこのありそうもない資料から、これまでに知られてきたありとあらゆる宗教の最終的な習合を捏造しようと願っているのだ。今や彼らはわたしたちの祝祭日を是認している。彼らは地元の神々（local deities）を聖人（saints）に変貌させている。彼らはわたしたちの密儀、とりわけミトラ教の密儀を模倣している。ミトラ教の司祭は「父親（fathers）」と呼ばれている。だからキリスト教徒たちは、彼らの司祭を「父親」と呼ぶのだ。〔……〕

キリスト教徒たちがミトラ教から自分たちに都合のよい部分を取りだして、異教徒たちを改宗させようとするのにたいしてユリアヌスは、「ミトラ教にはキリスト教徒の神秘に匹敵するものなどは、いっさいありません」と論じ、さらに悪魔を擁護する論陣を張る。「キリストが「わが肉体を食し、わが血を飲まんものは、永遠なる命に預かるであろう」と語ったとき、パンを食べてワインを飲む聖餐（Eucharist）などにいったいどんな意味があるのだろうか」。

それにたいしてマクシモスは微笑みながらこう応える。「ペルシア人の預言者ツァラツゥストラの言葉を思い出しながら、わしらもまたあの象徴的な食事に与かると、わしがおまえに語るとき、わしはミトラ教の秘密をいっさい裏切ってはいない。ツァラツゥストラは、唯一の神――そしてミトラ神を崇拝する者たちに向かってこう語ったのだ。「わが肉を食し、わが血を飲む者は、われと一心同体にはなれども、救いに与かることはなかろう」。これはナザレ人が生まれる六世紀前に語られたのだぞ」。

わたしは唖然とした。「ツァラツゥストラは人間だったのですか…？」

「預言者だ。彼は寺院のなかで敵によって殴り倒されたのだ。倒れながら彼はこういった。「神よ、汝を許され給え」。ともかくガリラヤ人たちが盗んだものには、わしらにとって神聖なものなぞ、いっさいありはしない。あいつらの数えきれない宗教会議の主たる任務は、あいつらが盗んだものを理解することなのだ。わしはあいつらを羨んだりはしない」。（Vidal, *op. cit.*, pp.86–87）

それにたいして辻の小説では、ユリアヌスがゾナスと連れだってカストリアの泉を訪れた際に、豪雨に遭遇して羊飼いの岩小屋に逃げ込んだ場面で、ユリアヌスのキリスト教徒にたいする態度が語られている。ゾナスはユリアヌスにこう語りかける。

「地震が襲い、波が逆巻き、太陽も暗くなった――そうガリラヤ人の弟子たちが書いている。ま、そんなこともありうるかもしれん。人が言うように必ずしもそれが荒唐無稽であるとは思わない。ただ、おれが腹立たしく思うのは、いいかね、彼らが、人間の暴力で殺された男を、神だと言いはっていることなのだ。キリスト教徒はしきりと、あの十字架のうえで殺された男を、神だ、救世主だと言いたてる。まあ、冷静に考えてくれたまえ。いったい神聖な存在に暴力が手を加えられるものだろうか。神が人間の手で殺されるとしたら、それでもそれは神だろうか。神と言わなければならないのだろうか。おれにはそうは思えない。あの男が、そこいらにいる魔術師の一人だったといっても、かまわないわけだ。〔……〕。君が前に言ったように、キリスト教徒は地上のものをすべて棄てているという。そういうこともあるだろうさ。君が言うように、そういう修道僧もいるだろう。それは認める。ともかく一切を投げすてて、ただひたすら神の恩寵に生きる。人間の意志さえ傲慢として投げすてる。生命も、財産も、地位も、家族も……。これは結構だ。立派でさえある。それだけ自分を空しくして神を渇望すれば、何かは生まれてくる。たとえ神とは呼ばなくても、だ」。

さらにゾナスはキリスト教徒が宮廷をかかえこもうとする悪辣なやり方や、異教を排斥してまで自分たちの勢力を拡大しようとする世俗的な野心を辛辣に批判する。そういうゾナスの傍らでだまっていたユリアヌスは、最後に一言こう述べる。

「それは……その話は本当のことだったのか」（辻『背教者ユリアヌス（上）』、二三二－二三五頁）

こうして両者を比較するとヴィダルが描くユリアヌスのほうが、辻が描くユリアメスよりも、異教への執着が強いことが分かる。後者のユリアヌスは、ゾナスがたたみかけるように繰り出す悪口雑言にくらべて、「本当のことだったのか」と一言発するだけなのだ。このような違いはどこから来るのだろうか?

おそらくは『大預言者カルキ』(日夏響訳、サンリオ、一九八〇年、原著出版一九七八年)において、ヒンドゥ教の神話を換骨奪胎して、世界に破滅をもたらすカルキ神を現代によみがえらせたヴィダルの、時代と社会にたいする悪意のほうが、辻のそれよりもはるかに強烈だったのであろう。あるいは「不死であるためには人生はあまりにも貧しい」(ボルヘス『ボルヘス・エッセイ集』木村栄一訳、平凡社ライブラリー、二〇一三年、一二八頁)[7]と思いながら、ヴィダルは人生に倦んで二〇一二年七月三一日に瞑目したのであろうか。実人生と作品とを切り離すことは現代批評の常識とはいえ、やはりここでは自由奔放に生きてそして死んだヴィダルの人生と、静謐さと温和さにかこまれながら一九九九年七月二九日に逝った辻の人生との鮮やかな対照を思わざるをえない。

3 ユリアヌス帝の遺産
——ギボンという男、『ローマ帝国衰亡史』という書物、啓蒙という精神風土

『ローマ帝国衰亡史』

わたし自身にとってのユリアヌスは、あくまでも辻の小説に描かれた「哲学者、ローマ皇帝」であった。だがおそらくユリアヌスが人類にもたらした最大の遺産は、アンミアヌス・マルケリヌスの『歴史』を介してエドワード・ギボンの『ローマ帝国衰亡史』(以下、『衰亡史』と略記)を遺してくれたことである。じじつヴィダルは『ユリアヌス——ある小説』の末尾に部分的なビブリオグラフィーを掲載しているが、そこにはアンミアヌス・マルケリヌスの『歴史』とならんでエドワード・ギボンの『衰亡史』が挙げられているのだ。おそらく辻も『背教者ユリアヌス』の執筆に際してはアンミアヌスとギボンとを参照したことであろう。このように考えるとユリアヌスと現代をつなぐ媒介項は、ギボンだということになろう。先述したようにギボンは『衰亡史』の「三章」を気前よくユリアヌスに割いたのだった。以下においては啓蒙

期における歴史叙述の最高峰である『衰亡史』を、その作者、テクスト、コンテクストという三つの側面から考察しよう。この試みにはロイ・ポーター『ギボン――歴史を創る』（中野好之ほか訳、法政大学出版局、一九九五年）という偉大な先達がいる。以下の考察はその多くを本書に負うている。

わたしはエドワード・ギボンという人物の性格や生涯自体には興味がない。わたしが問題にするのはあくまでも『衰亡史』の作者としてのギボン、つまりは「唯一無二の帝国史家」ギボンである。ヴォルテールやヒューム、それにドルバックたちと交友があり、初期キリスト教に辛く当たったギボン――「ギボンは、初期キリスト教徒のことを、社会の平和がどうなろうともかまわずに勢力を拡大しようとする冷酷な狂信者集団として描いた」（ロイ・ポーター『啓蒙主義』見市雅俊訳、岩波書店、二〇〇四年、五七頁。なお同書一七頁には「彼（ギボン）のような無神論者が当然のように希望しうる唯一の種類の不滅さ」という記述がある）――には「無神論者」の嫌疑がかけられたこともあった。じじつレスリー・スティーヴンはヒューム、ロバートソン、そしてギボンを「無神論者たち」という表題のもとで論じているのだ（『十八世紀イギリス思想史（中）』中野好之訳、筑摩書房、一九六九年、一四八頁以下を参照）。後述するテリー・イーグルトンが目の敵にするクリスファー・ヒッチンスはその無神論者リストにヒュームやホッブズを挙げてはいるが、ギボン自身を無神論者だとは断じていない（Cf. Christopher Hichens, *The Portable Atheist: Essential Readings for the Nonbeliever*, Philadelphia: Da Capo Press, 2007, p.26）。じっさい彼は一時カトリックに改宗したことはあったが、プロテスタントに再度改宗して、義勇軍の兵士として軍務に就き、庶民院議員を務め、そしてなによりも遊び人だった。そして「ギボンの宗教的懐疑主義に狂信的に反対する人々をのぞけば、『ローマ帝国衰亡史』は、いまもって西方人によって作りだされたもっとも偉大な歴史書の一つである」（J・B・プリーストリ

『文学と人間像』阿部知二ほか訳、筑摩書房、一九六三年、九六‐九七頁）ことは、まぎれもない事実である。以下、簡単に彼の経歴をたどってみよう。

エドワード・ギボンの経歴

エドワード・ギボン（Edward Gibbon）は、一七三七年（旧暦）四月二七日、（新暦）五月二七日にロンドン近郊のサリー州パットニー（Putney）で生まれた。生家は比較的に裕福で、ハンプシアに領地を持っていた。エドワードはギボン家唯一の男子で、九歳にして母親（Judith）を失い、その後は「キティ叔母さん」（Catherine Porten）に育てられた。その後彼は地元のグラマー・スクールやウェストミンスター校に入学したが、病弱だったために定期的な出席は不可能になった。つまり「ラテン語およびラテン文学に関する標準的な訓練を逸する結果となった」（ポーター『ギボン――歴史を創る』六二‐六三頁）。保養先のバースではローレンス・イーチャード（Laurence Eachard）の『ローマ史続篇（*The Roman History*）』を耽読した。一七五一年にギボンは、一四歳という若さでオックスフォード大学モードリン・カレッジに送り込まれた。在学中に各種の「証拠」を比較検討した結果、彼はカトリックに改宗した。これに仰天して激怒した父親は、いまだ一六歳の彼を「追放と不名誉の状態で」スイスのローザンヌに送った。カルヴァン派の牧師であるダニエル・パヴィリアード（Daniel Pavilliard）のもとで学ばせ、プロテスタントに再度改宗させようというわけだった。一七五四年のクリスマスに彼は叔母に宛てて「私は善良なプロテスタントです」としたためた手紙を送った。それにもかかわらず父の怒りは解けず、「ギボンがイギリスに戻るのは成人に達した二十一歳のときであるが、それは無気力と無責任が原因で財政危機に陥った父親を救うため、必要な法律上の書類にサインするためだった」（ポーター、前掲書、六七頁）。ローザンヌ滞在中にギボンは、近郊にあるクラシー村の貧しいプロテスタントの牧師の娘シュザンヌ・キュルショ（Suzanne Curchod）と一生に一度の恋におちる。ギボンは父に結婚の許しを乞うが、かえって父の逆鱗にふれて「結婚して地獄に落ちろ、と父親は怒号した」（ポーター、前掲書、七五頁）。

それとも独身のまま学究生活を送るかだ。二者択一を迫られたギボンは、父親の言い分に理のあることを認め、屈服した。「私は恋人として嘆息し、息子として従った［I sighed as a lover: I obeyed as a son…］。」（ポーター、前掲書、七五頁）

その後「キュルショ嬢はフランス国王の宰相にして立法者たるネッケル氏の夫人」になった（『ギボン自伝』中野好之訳、ちくま学芸文庫、一九九九年、一三五頁参照。以下『自伝』と略記）。ギボンは一七五八年四月にローザンヌを出発し、満二一歳の誕生日の直前に父の家に戻った。限嗣相続の解除を父と合意して、父親への一万ポンドの財産譲渡の見返りに年額三百ポンドの生活費を受け取ることになった。一七六〇年五月、国民軍（ミリシア）の編成が決定され、ハンプシア南部大隊の大尉として二年半イングランド南部各地を移動して部隊の連絡や指揮に当たった。一七六二年一二月、七年戦争の終結によって国民軍が解散され、翌年には除隊して大陸周遊旅行（グランドツアー）に発った。パリ滞在中にいわゆるフィロゾーフ（啓蒙思想家）たちと交友し、一七六五年六月に大陸旅行を終えて故郷ベリトンの父親の家に戻り、それ以後五年間をベリトンとロンドンで半分ずつ過ごした。一七七〇年の父の没後、翌年には家産の整理に着手してバッキンガムシアの土地の譲渡契約を交わし、一七七二年にはベリトンの農場と邸宅を人に貸して叔母と別れ、一〇月にロンドンのペティンク・ストリートに家屋を購入し居住した。翌年には庶民院議員となった。それからほどなくしてついに一七七六年二月一七日、奇跡のような書物『衰亡史』第一巻が刊行された。そしてアメリカ合衆国独立宣言が発布され、同年にはアダム・スミス『国富論』が刊行された（以上の記述は、『自伝』三六五頁以下の「年譜」を参照した）。

ところで上述した「限嗣相続の解除…云々」という部分については若干の説明が必要だろう。そもそも「限嗣不動産権（fee tail）」あるいは「限嗣封土権」とは、その承継にかんして相続人を被相続人の直系卑属にのみ限定する不動産権（estate）のことである（編集代表・田中秀夫『英米法辞典』東京大学出版、一九九一年、三四二頁）。すなわち世襲財産は相続権のある一族全体の財産であり、現所有者はその使用権を有しているだけだ（つまり地代や利子は消費、譲渡できるが土地や元金は処分できない）というもので、当主は相続した財産をそのまま直系卑属に残すことが求められた。したがって、財産の処分においては、一族の同意が必要であり、勝手な処分はしばしば争いにつながった。限嗣相続はその相続のための条件（売却、分割の禁止や相続順の設定など）を明確に指定することで、勝手な処分や相続争いを避けることを目的としており、主として不動産（農地、屋敷）で指定された。欧米では女系の相続権もあったため、ある人間のもとに複数の財産が集まることがあるが、限嗣相続のためそれらはひとつにまとめられることはなく、それぞれの条件にしたがって、別の人間たちに相続されることもあった。連続テレビドラマ『ダウントン・アビー〜貴族とメイドと相続人〜（原題 Downton Abbey）』の背景となっているのもこの制度である（以上の記述は

reasonable.sakura.ne.jp/history/bl/gensisouzoku.html を参考にした）。

大土地所有に基礎をおくジョージ王朝期イングランド、つまりウィッグ寡頭制と呼ばれた政治・経済体制においては、大貴族の財産保護のための独自の制度が発達した。

またイギリスの貴族といえども納税の義務を免除されていたわけではない。しかし、法律とその運用は倦まず結託して高位者の地所を保持し、長子相続制を認可し、また王政復興後には譲渡抵当権設定、厳格継承的財産設定、限嗣相続不動産権設定といった貴重な証書を生み出した。地所を抵当に入れることで、土地所有者は、何エーカーもの土地を手離す必要もなしに、土地改良や子孫の結婚や借金返済のための資金を集めることができた。限嗣相続不動産権設定によって地所占有者は土地を売らずに済み、その相続人は事実上生涯借地人となって子々孫々に利をもたらすことになった。（ロイ・ポーター『イングランド18世紀の社会』目羅公和訳、法政大学出版局、一九九六年、八九頁）

ギボン誕生後に男児五人、女児ひとりが生まれるが、「彼らは嬰児のうちに残らず拉し去られた」（『自伝』四五頁）。大げさにいえばギボンがいわば遊民として暮らせたのは、「長男子相続制（primogeniture）」と「限嗣相続不動産権設定」という制度のおかげだった。彼は弟、妹、あげくの果てに恋人まで失ったが「鎖を失うことで自由を獲得し、過去を失うことで将来を獲得したのである」（ポーター『ギボン――歴史を創る』一五頁）。けれども万事順調だったわけではない。そもそもギボンがローザンヌから戻ったのは、投機や政治活動で財政危機に陥った父親を救済するためだった。その後もバッキンガムシアにおける政争のあおりを食って「ギボンはハンプシャー州の屋敷での優雅な生活が父親の財布に焼け焦げ穴をあけることになって、ひどく当惑した」(同前、九七頁)。彼は一歩間違えば、チャールズ・ディケンズのように「債務者監獄」に投獄された父親を訪ねることになったかもしれないのだ。ギボンが『自伝』の冒頭で家系や財産について長々と書いているのには、ジョージ王朝期イングランドという歴史的背景があったことを忘れてはならない。このような制度的条件があったればこそ、ギボンをはじめいわゆる「文人共和国(republic of letters)」の人びとは、定職に就くこともなく文筆活動に専念できたのだった。たとえばディヴィッド・ヒュームは、いったい何によって暮らしてゆけたのだろうか? この点については『衰亡史』の内容を検討する際に、もう一度立ち戻ろう。

ベストセラーとなった『衰亡史』

ところでギボンが『衰亡史』を執筆しようと思い立ったのは、大陸旅行の途次、ローマを訪れた際につぎのような風景を見たことがきっかけになっている。『自伝』のなかで、もっとも引用される頻度が高い文章である。

それは一七六四年十月十日の夕暮れ時に、私はゾコランティつまりフランシスコ修道士の教会に坐して黙想していた折しも、彼らがカピトリーノの廃墟のユピテル神殿で晩禱を誦する声を聞いた時だった。(『自伝』二〇六頁)

「黙想」は往々にして偉大なアイディアを生みだすきっかけになるらしい。アイザック・ニュートン(Isaac Newton)が万有引力というアイディアに思い到ったのは、リンゴが頭に当たったときではなくリンゴの樹の下で「黙想」していたときだった。

一八世紀に歴史は文学として花開き、人気を博したのである。この傾向はとくにフランスとイギリスで顕著で、楽しみのために読書する人が激増した。ヴォルテールもこれに気づき、最も多くの読者を獲得するのはどの国でも歴史書だと記している。というわけで、ヴォルテールはカール一二世とルイ一四世の史伝などを次々に著した。ギボンも「歴史は最も人気ある読み物だ」として歴史書を書き続けた。(ジョン・ルカーチ『歴史学の将来』八頁)

さらにルカーチは「近代」という時代に関連してこうも述べている。

ギボンは、地球上のどこでも未開人が驚異的なスピードで姿を消すのを見て、この新しい時代はずっと続く、おそらくは未来永劫続くと考えた。(同前、一五六頁)

ルカーチはこうしたギボンの楽観的な見方に懐疑的だが、『衰亡史』という書物についてはギボンの楽観主義は当たっていた。とにかく『衰亡史』という書物のもっとも顕著な特徴は、それが「最も人気ある読み物だ」ったことにある。一七七六年に出版された『衰亡史』の「初版は数日にして売り尽くし、再版も三版もほとんど需要を賄うに足りなかった。書店の版権はダブリンの海賊たちの手で二度も侵害された。私の書物はすべての家の食卓に、否、ほとんどすべての化粧台に置かれた」(『自伝』二三五頁)。

『ローマ帝国衰亡史』の一つの顕著な特性は、彼が読者と語る技術を完全に会得している事実である。

(ポーター『ギボン――歴史を創る』五五頁)

要するにギボンは公衆のために書いた。彼は学者であろうと欲したが、同時に世間で読まれることを欲した。ヒュームは彼に「貴兄の書物は読者公衆に読まれるためのものです」と伝えた。実際に彼は、従来のジョージ朝イングランドでかくも典型的に分離されてきた、深遠な研究と文学的才能なる二つの品質を巧みに結合することでこれを達成し、それはギボンに九千ポンドもの金銭をもたらした。それゆえ食卓や化粧台に置かれた彼の書物の部数は、彼を批難したオックスフォードの聖職者たちの悪罵を浴びたそれよりは格段に大きな意味を持った。ギボンは孤独な人間ながら、同時にすぐれた意味での時代の人であった絶妙の事例と言える。(同前、五九頁)

「公衆が進んで買い求める学術書」としては、ウィリアム・ロバートソンの『スコットランドの歴史』(一七五九年)、『カール五世の歴史』(一七六九年)および『アメリカ史』(一七七七年)があった。ヒュームの『人間本性論(人性論)』は「印刷機から死産した」が、『イングランド史』は「非常によく売れて彼に財政上豊かな果実をもたらし、さらに彼の文章の優雅さについての名声を得た」（ポーター、前掲書、五六頁）。そして読まれることを自覚した作者が書いた『衰亡史』を読むことによって、なによりも読者は「読むことの快楽」を知ったのである。

すぐれた現代史家だったトニー・ジャットも「一八世紀的で何が悪いのです? 一八世紀といえば最上の詩、最上の哲学者、最上の建築家の時代ですよ……」と述べたうえで、このようにつづけている。

一八世紀の歴史書を、二一世紀のよく書かれた歴史書とくらべてみると、驚くほどに変化が少ないことが分かるでしょう。ギボンの『ローマ帝国衰亡史』は現代の歴史家でも――もしくは現代の生徒でさえも――完全に読みうるものです。（『20世紀を考える』河野真太郎訳、みすず書房、二〇一五年、三九〇頁）

さらに「歴史を知ることを是とする論拠」について尋ねる聞き手のスナイダーにたいして、ジャットはこう応じる。

あいにく、わたしたちのもっとも大きな危険は過去を等閑視することではありません。現代の特徴的なまちがいは、過去を無知なままに引用することです。コンドリーザ・ライスといえば政治学の博士号をもっており、スタンフォード大学の副学長代理でもあった人ですが、イラク戦争を正当化するために戦後のドイツ占領をひきあいに出しました。（同前、三九一頁）

さらにいえばヴィクトリア朝期のジャーナリスト、ウォルター・バジョットも公衆によって読まれるものを書こうと心がけた(8)。そのバジョットがギボン論を書いているのだ。そこにはこう書かれている。

> ローザンヌで五年間暮らしたのちにギボンはイングランドに戻った。大陸滞在は多くのイングランド人に、大きな変貌をもたらした。が、エドワード・ギボンほどに完璧な変容（metamorphosis）を経験した者はほとんどいない。（"Edward Gibbon," in : *The Works of Walter Bagehot*, Vol.II, Hartford : The Travelers Insurance Company, 1891, p.26）

神学と歴史学

いずれにせよ「大陸滞在」をとおして大化けしたギボンは『衰亡史』の大成功によって、著作活動だけで食べることが可能になってきた。だが「無神論者」というレッテルは、この時代の売文業者にとっては致命的だった。じじつアダム・スミスは「無神論者の出版にかかわりたくないという理由」で、死に際してのヒュームの切なる依頼――『自然宗教に関する対話』（一七七九年）の出版に助力すること――を断わったのだ（マイケル・イグナティエフ『ニーズ・オブ・ストレンジャー』添谷育志・金田耕一訳、第三章「形而上学と市場」、一二三頁を参照）。果たしてギボンは「無神論者」だったのだろうか？「ポスト世俗社会」における宗教の復活をめぐる論争との関連でその点を考えてみよう。

たとえばテリー・イーグルトンによれば「科学と神学とのちがいは、わたしが理解するかぎりでは、あなたが世界を贈り物としてみるかどうかにかかっている」（テリー・イーグルトン『宗教とは何か――無神論を超えて』大橋洋一・小林久美子訳、青土社、二〇一〇年、五五頁）。こういう前提にたって、彼はリチャード・ドーキンスやクリストファー・ヒッチンスの無神論を批判する。とりわけ「神」の非在を「科学的」に証明しようとするドーキンスや哲学者ダニエル・C・デネットの哲学（『解明される宗教――進化論的アプローチ』阿部文彦訳、青土社、二〇一〇年。原著 *Breaking the Spell: Religion as a Natural Phenomenon*, London: Penguin Books, 2006）を「範疇錯誤」として批判する。

［ドーキンスやデネットとは違って］トマス・アクィナスにとって〈造物主としての神〉は、世界がいかに誕生したかについての仮説ではない。それは、たとえば宇宙が、量子真空のランダムなゆらぎから帰結したという理論と競いあうものではない。じっさい、アクィナスは、世界に起源などないという可能性だって、喜んでうけいれたであろう。ドーキンスは、キリスト教の信仰のなんたるかについて、ジャンルのまちがいというか、範疇の錯誤を犯している。彼はキリスト教をなんらかの疑似科学か、もしそうでなければご都合主義的に証拠の必要性を認めない空論というふうに想像している。（イーグルトン、前掲書、二〇頁）

『神は妄想である』はそういう書物ではないと、わたしは思う。じじつイーグルトンはヒッチンスにくらべてドーキンスには一定の敬意をはらっている。またイーグルトンのキリスト教論とりわけアクィナス論はきわめて示唆に富んでいる。同じくドーキンスを批判するロナルド・ドゥオーキンの『神なき宗教――「自由」と「平等」をいかに守るか』（森村進訳、筑摩書房、二〇一四年）よりはよほどましである。ドゥオーキンは本書の冒頭でこのように述べたうえで、『神は妄想である』を正統的宗教の「価値の部門」と「科学の部門」とを混同しているとして批判している。

> アメリカのようにそれほど暴力的でない地域では、人びとは主として国政選挙から地域の教育委員会に至るあらゆるレベルの政治で争っている。そこで一番熾烈な戦いは、有神論宗教の異なった宗派間の争いではなく、熱狂的な信仰者たちと一部の無神論者たちとの間の争いだ。後者は、前者から見れば不道徳な野蛮人で信頼できないのだが、その人数は増大しつつあり、政治共同体の道徳的健全性と一体性を脅かしているのだ。（ドゥオーキン、前掲書、一七頁。傍点は引用者）

それにたいしてたとえばイーグルトンの以下のような部分に、わたしはどうしても惹かれてしまう。これはほとんど「エピキュリアン」宣言に等しいと、わたしには思われるのだ。

> 神はわたしたちを必要としていない。それゆえ神は、わたしたちを放置できる。そしてこの放置をあらわす単語が自由であり、キリスト教神学では、まさにこの自由において、わたしたちは神にもっとも深いかたちで属するのである。（イーグルトン、前掲書、三〇頁）

また「自由の核心には、ある種の強制が潜んでいるのだ。ちょうど理性がつねにその対立物に汚染されているように」（同前、一二七頁）と述べ、さらに「宗教テロに対する解決策は、世俗の正義なのである」（同前、一三九頁）と断言し、トーマス・マンについてこのように論じるイーグルトンが、わたしはけっして嫌いではない。

作品〔『魔の山』〕の主人公であるハンス・カストープが学ぶのは、生のなかの死という形式が存在するということだ。そうしたものはナフタにもゼテムブリーニにもない生き方である。つまり、それは、人間が、はかなく死ぬ運命にあるということを念頭に置いて、あくまでも謙虚に人間的なるものを肯定するということだ。〔……〕自分がいつか死ぬということを謙虚にうけいれることによってのみ、わたしたちは人生を存分に生きることができるのだ。あの偉大な雪の場面で描かれる、愛と同胞意識に彩られた感動的なカストープのユートピア的展望の中心には、子供を八つ裂きにするという戦慄のイメージがひそんでいる。それは文明そのものをささえる血の犠牲のしるしにほかならない。このような啓示に打たれたハンスは、今後みずからの思考が死に支配されることを拒むだろう。ハンスはもう——死に打ち勝つのは理性ではなく愛であり、愛のみが文明の甘美をもたらす、と。（同前、二〇六—二〇七頁）

けれどもわたしは——そしておそらくはギボンも——「世界を贈り物として」は見ない。またマルクス主義の最後の延命先を「神学」に見いだす連中には嫌悪感をいだく（同前、二一一頁を参照）。つまりわたしは〈アナウィム〉（「地の屑」）の救済を、イーグルトン的な「解放の神学」にはゆだねようとは思わない。だからわたしは自然界の説明を「神学」にではなく「科学」（究極的には物理学と生物学）にゆだね、人間世界の説明も「神学」にではなく「歴史（学）」にゆだねるのだ。要するにロイ・ポーターが述べているように「歴史を「社会学」によって解釈するモンテスキューや、心理的原因を強調するヒューム（「人間性という普遍原則」を持ち出す）とは対照的に、ギボンはさまざまな出来事の全体的な相互連関を詳細に叙述することにより、歴史を歴史によって説明したのである」（『ギボン――歴史を創る』一〇四頁。傍点は引用者）。スティーヴンがいうように「たとえどのような欠陥を有するにせよ、ギボンのこの大著は真の歴史的方法の最初の偉大な記念として残るものである」（スティーヴン『十八世紀イギリス思想史（中）』一四九頁）。またつぎのように述べて、ギボンを「保守的懐疑主義者のもっとも典型的な例」とみなすスティーヴンの評価は適切であろう。ギボンもまた辻と同様に、ローマ帝国史をとおして「秩序」の重要性を唱えたのだった。

> 社会の死せる枠組みの練達な解剖学者であったとしても、社会の生々しい発展の観察者としてはギボンは不適任であった。歴史上の人物の長い列がギボンの雄大な叙述のページを通って進むけれど、それらはいわば葬式行列の仮面に似ている。〔……〕彼は人間の情熱の烈しい沸騰が社会の凍てついた殻を破砕して、宗教、芸術、哲学の新しい形態を生み出し、当然そこから闘争、興奮、無秩序を生みだすような時代ではなくて、むしろ誰一人として強い信仰や熱い感情や精力的行動に興味を有しない平穏な沈滞の時代に同情を寄せる。すべての人間的本能をもって完全に充足させようとする英雄的闘

争ではなくして、既成秩序への穏やかな服従が彼の理想である。どのような犠牲を払って得られたにせよ、均衡は一つの政治的善であり、従って豊富な実りを手に入れる人よりもむしろ働くのをやめる人によってこそ彼の千年王国は実現されるのである。もちろんこの種の主張はギボンが彼の時代の階級の代弁者であることを示す。（同前、一五〇頁。傍点は引用者）

なぜ『衰亡史』なのか？

ギボンという男についてはこれくらいにとどめ、つぎには『衰亡史』という書物について検討しよう。イングランドでは「私の書物はすべての家の食卓に、否、ほとんどすべての化粧台に置かれた」と自慢するほど売れた書物であり、ポーコックの大著をはじめ本書についての研究書も大量に書かれている。ところがわが国におけるギボン研究は、お世辞にもけっして豊かといえない。研究論文もごくわずかである。驚くべきことに、日本人が書いたBook-lengthの「ギボン研究」は存在していないのだ。外国の研究書には本書の随所でふれているので、以下にはギボンによる著作の翻訳の書誌を掲げる。

『衰亡史』の翻訳

①『羅馬衰亡史』（世界大思想全集、第二期六－一〇巻、野々村戒三訳、春秋社、一九二九－一九三一年）
②『羅馬帝國衰亡史（全七巻）』（村山勇三訳、春秋社、一九三九－一九四〇年）

③『ローマ帝國衰亡史（全一〇巻）』（村山勇三訳、岩波文庫、一九五一－一九五九年、復刻版一九八八－一九九二年）

④『ローマ法学の理念』（戸倉廣訳、有信堂、一九七二年。原著「第四四章：Idea of the Roman Law」の全訳。ちくま学芸文庫版の「第6巻、第44章」に相当する）。

⑤『ローマ帝国衰亡史（全一一巻＋別冊）』（中野好夫・朱牟田夏雄・中野好之訳、筑摩書房、一九七六－一九九三年）

⑥『ローマ帝国衰亡史（全一〇巻）』（中野好夫・朱牟田夏雄・中野好之訳、ちくま学芸文庫、一九九五－一九九六年）。

⑦『新訳　ローマ帝国衰亡史』（中倉玄喜編訳、PHP研究所、二〇〇〇年、抄訳版）

⑧『図説ローマ帝国衰亡史』（吉村忠典・後藤篤子編訳、東京書籍、二〇〇四年、抄訳版）

⑨『「新訳」ローマ帝国衰亡史（普及版：上・下）』（中倉玄喜編訳、PHP研究所、二〇〇八年。⑦の新書版）

＊概説書としては、『30ポイントで読み解く「ローマ帝国衰亡史」――E・ギボンの歴史的名著が手にとるようにわかる』（金森誠也監修、PHP文庫、二〇〇四年）がある。

『自伝』の翻訳

①『ギボン自叙傳――わが生涯と著作との思ひ出』（村上至孝訳、岩波文庫、一九四三年、復刻版一九九七年）

②『ギボン自伝』（中野好之訳、筑摩書房、一九九四年、文庫版一九九九年）

ところでわが国ではギボンの著作以外で『ローマ帝国衰亡史』と題する書物が、もう一冊出版されている。F・W・ウォールバンク（F. W. Walbank）『ローマ帝国衰亡史』（吉村忠典訳、岩波書店、一九六三年、原著 *The Awful Revolution: The Decline of the Roman Empire in the West*, Liverpool: Liverpool University Press, 1968. 邦訳は原著第二版の翻訳である）が、それである。本書も売れ行き好調だったらしく、わたしが所有するものは一九七七年刊行の第一〇刷である。叙述範囲も部厚さも方法（マルクス主義）もまったく異なるこの書物に、かの世界的名著と同名のタイトルをつけることについて、翻訳者も版元もいっさい説明していない。副題から推測できるように、本書は「西ローマ帝国衰亡史」である。原著のタイトルは、帝国へのキリスト教の浸透を「あの恐るべき大変革（The Awful Revolution）」（『衰亡史』第五巻、「西ローマ帝国衰亡の総括」、ちくま学芸文庫、一九九六年、五一〇頁）と、ギボンが呼んだことにちなんでいる。そのことについても「解説」ではふれられていない。だが本書には、たとえばユリアヌス帝が崇拝した「ミトラの神は（以前からローマであがめられた）「不敗の太陽神」と同一視されるようになり、国境を防衛する軍隊の間で崇拝された。またキリスト教は都市無産階級の間にひろまった。後者こそ、幾多の理由から、最後の勝利を得るものであった」（ウォールバンク、前掲書、一六四頁）、というような卓抜な指摘もある。

さらに「時の経過と偶発事の続出とが人工的な土台を取除いてしまうや否や、その途方もなく膨らんだ機構は自らの重みに抗しかねた。その滅亡の顛末は簡単明瞭である。何故にローマ帝国が潰滅したかを探るよりも、われらはこの国があれだけ長命を保ったことにむしろ驚くべきである」（『衰亡史』第五巻、ちくま学芸文庫、五〇七頁）というギボンの「衰亡原因論」にたいして、ウォールバンクは「第八章　没落の原因――現代への教訓」において、「それ自身の重みのためについえてゆく巨大な構造物というのは、畢竟一つの比喩にすぎない。ローマ帝国は建物ではなくて国家である」（ウォールバンク、前掲書、一七八頁）と明快に指摘している。そして、ギボンの原因論が「循環論的解釈、神秘的、生物学的解釈および形而上学的解釈と袂を別ち、明瞭に「自然主義的」な解釈を表明した」（同前）として、つぎのように書いている。

ギボンにとって衰頽の原因は何かしら内在的なもの、自然なもの、そして生じた結果と釣り合うものであった。この見方の正しさは、われわれ自身の分析によって十二分に確かめられてきた。すなわち、上の分析で明らかなとおり、ローマ帝国は、気候の変化とか、土壌の性質とか、住民の健康とか、また没落の実際の過程であのように重要な役割を果たした社会的、政治的要因のような、個々の理由で衰頽したのではなかった。むしろ帝国が或る点においては、自己に加えられる圧迫に対する抵抗する力を持たず――古代社会の全体的構造がこのような抵抗を不可能にした――、それに屈したから衰頽したのである。（同前、一七九頁）

ウォールバンクのいう「自然主義的な解釈」とはマルクス主義的な解釈、すなわち「畢竟一つの決定論」にすぎないのだ。それではギボン自身は「ローマ帝国の衰退と没落の原因」をどこに見いだしていたのだろうか？　そもそもなぜ「興隆と衰退（rise and decline）」ではなく「衰亡（decline and fall）」なのだろうか？　『衰亡史』に着想を得たとされるアイザック・アシモフ（Isaac Asimov）のファウンデーション・シリーズの邦訳題名は、当初は『銀河帝国衰亡史』（中上守訳、ハヤカワ・ポケットブック、一九六八年）だった。その後『銀河帝国興亡史』に変更され、現在は、たとえば第一巻は『銀河帝国興亡史（1）――ファウンデーション』、第二巻は『銀河帝国興亡史(2)――ファウンデーションと帝国』、第三巻は『銀河帝国興亡史(3)――第二ファウンデーション』のように表記されている。[9] いまわたしの手もとにある中西輝政による大英帝国の歴史にかんする書物も、『大英帝国衰亡史』(PHP研究所、一九九七年)と名づけられている。

わたしが知るかぎり「なぜ『衰亡史』なのか?」という問いを明言しているのは、金森誠也だけである。金森はこう述べている。

では、なぜ「衰亡史」としたのだろうか。それは、アウグストゥスより十二代後のトラヤヌス帝の時代にローマ帝国は最大の版図(はんと)に達し、それからの約千三百五十年間は、ほぼ滅亡への道をたどり続けたからだ。つまり、「絶頂から奈落へ」のプロセスを語ることこそがギボンにとって最大のテーマであったのだろう。

しかし実際に『ローマ帝国衰亡史』を読んだ人が、口をそろえて言うのは、「ローマの発展途上の動きについても知りたい」ということである。(金森誠也監修『30ポイントで読み解く「ローマ帝国衰亡史」――E・ギボンの歴史的名著が手にとるようにわかる』PHP文庫、二〇〇四年、九頁)

このように述べたうえで金森は本書の前半において、ローマ帝国の興隆について懇切に解説している。けれども、「「絶頂から奈落へ」のプロセスを語ることこそがギボンにとって最大のテーマであった」ということについての説明は、本書のどこにもないのだ。

この問いにたいするもっとも明晰な解説は、中野好之による『自伝』の「解題――「ギボン自伝」の成立について」である。中野は『衰亡史』の各種草稿や研究史を比較検討しながら、『衰亡史』の構想が「カピトリーノの丘」で「懐妊」した所以をこのように述べている。

> 彼はローマの英雄つまりロムルス、カエサルらの足跡に、そして宗教という名の迷信ではなく古代異教の帝国の遺跡へ参詣する北方からの巡礼者として二十数年前に脳裏に宿した自己の使命の達成を、一七八七年六月の擱筆に際して改めて確認して安堵したのである。
>
> 二十世紀になってギボン文書をもとに改めて「衰亡史」の特徴を分析し論証した少なからぬ学者研究者が、ここに懐妊した彼の「衰亡史」の構想自体が実は彼のオクスフォード大学時代の不幸な一時的なカトリックへの回心に続く第二の一層決定的なローマへの回心である、と指摘するに至ったのも決して不自然ではない。まさしく彼のこの時のモチーフが「衰亡史」第一五、第一六章の記述へ直結している事実も、かくて今では容易に看取されよう。彼はキリスト教の導入による、これまで古代異教に培われたローマ市民の道徳風儀の破壊が、ローマ帝国の衰微と滅亡の少なくとも主要な原因の一つであることを倦むことなく強調した。そして彼は学術的典拠にもとづく八千三百余の原註によって、キリスト教の興起を奇蹟による神意の介入や摂理を抜きにした地上的な事象の因果によって学証したと信じた。〔……〕この事態［アラリックによるローマ占領］に直面したヒッポの司教［アウグスティヌス］は、これに対抗して「神の国」の原初と過程と最終的予定という歴史を弁証するいわば捨て身の論証にもとづく神学による新しい宗教の必死の擁護を企てた。ギボンが企てて達成したのは、他ならぬこ

のキリスト教聖人の神学的な歴史に対して向けられた「地上の国」の歴史家による異教の側からの信仰告白である。（『自伝』四〇七–四〇九頁）

『衰亡史』の執筆動機とその含意についての、これ以上に明晰な叙述を、わたしは知らない。引用者が咀嚼して語るべき余地もない。ポーコックによる大著の主題――「近代的異教精神の台頭」（ピーター・ゲイ）としての啓蒙のなかにギボンをどのように位置づけるのか――を理解するうえでも、あるいはローマ帝国衰亡の原因である「野蛮と宗教」、つまりは「外からの蛮族侵入と内部へのキリスト教の浸透」をテーマとする数多くの現代的研究を理解するうえでも、中野による上述した文章は多大の示唆をあたえてくれる。[10] ただ一点追加すれば、『自伝』という作品は「エドワード・ギボン回想録（The Memoirs of Edward Gibbon）」ではなく、文字どおり「唯一無二のローマ帝国史家の物語（ヒストリー）（The History of the Historian of the Roman Empire）」だということである（同前、四一三–四一四頁）。まぎれもなくギボンは「歴史家」だったのである。

「歴史家であるということ」

ところでイーグルトンとは別な意味で、「歴史（学）」「科学」「実践あるいは実際＝実用」「芸術」さらには「神学」「哲学」などという言説の世界＝宇宙（the universe of discourse）に厳格な境界を設定するオークショットは、「歴史家であるということ（being a historian）」をどのようにみなしていたのだろうか。その基準（クライテリア）に照らしてギボンは「歴史家」だったのだろうか？　そもそも「わたしたちは歴史家のなかになにをもとめているのだろうか？（What Do We Look for in an Historian?）」まさしくこれらの問いに正面から取り組んだのが、オークショットがケンブリッジ大学奨学生用入試問題用紙の裏側に、一九二七年から二八年ころにかけて書いたとおぼしきエッセイである（"What Do We Look for in an Historian ?," in : *What is History and Other Essays*, edited by Luke O'Sullivan, Exeter : Imprint Academic, 2004, pp.117–147）。このエッセイはほどなくして出版される『経験とその諸様態』（一九三三年）や、『政治における合理主義』（一九六二年）に収録されたエッセイ「歴史家であるという活動」（一九五五年）において展開される、（「科学」や「実践あるいは実際＝実用」と区別される）「歴史」という活動についての成熟した議論の萌芽ともなっている。そしてその基準にしたがえばギボンは、そしてオークショットもまたまぎれもなく「歴史家」だったのである。

一九二八年のエッセイのテーマは、歴史家にはさまざまな性格（特質＝キャラクター）があり、その性格によって歴史叙述の文体（スタイル）がどのように変化してゆくかを検討することである。大まかにいえばその性格には①「懐疑派（sceptics）」、②「想像力派（imagination）」、③「判断力派（judgement）」、④「理論派（theory）」、⑤「熱狂派（fanatic）」等々があり、それぞれを代表する歴史家は、①アンソニー・フルード（Anthony Froude）、②ギボン、③マコーレーやメイトランド、④バックルやバンクロフト（Bancroft）、そして⑤ランケやアクトン卿（Lord Acton）である。アクトン卿に到っては歴史的探究が「教皇も誤りうる」という哲学上の結論になってしまう。

オークショットはこれらの歴史家のなかでとくにギボンとマコーレーをとりあげ、その文体とその背後にある性格とを詳細に比較・検討している。その際にオークショットがギボンの性格と文体とを明瞭に示しているものとして引用するのが、①『衰亡史』におけるユリアヌス帝にかんする部分、そして②『衰亡史』におけるユスティニアヌス帝の将軍ベリサリウス(Belisarius)、すなわち『リア王』におけるケント公を思わせる軍人にかんする部分である。

①ユリアヌス帝のライン地方からコンスタンティノポリスへの進軍の場面(『衰亡史』第三巻第二二章)

ユリアヌス副帝賛嘆の声が、コンスタンティウス帝皇宮内だけを除いて、あとは帝国全土にわたり油然と湧き起っていた。〔……〕ガリア地方の表面的静穏と、それにひきかえ東方諸属州における焦眉の危機とが、閹僚どもの企む巧みな策謀にとり、まことに通りのよい口実を提供する結果となった。〔……〕ユリアヌスからその兵力を奪い〔……〕けれども金目当ての補助軍団兵は〔……〕ひたすらユリアヌスを愛し、かつ崇敬しているだけであり、〔……〕彼ら［猛り狂った兵たち］は剣と、大杯と、そして炬火とをかざしながら、城下へと殺到した。まず宮殿を包囲すると、将来の危険などはもはや忘れて、駟(し)も舌に及ばぬ運命の一言、「正帝(アウグストウス)ユリアヌス万歳!」を叫んでしまったのだ。〔……〕そして結局はコンスタンティウス帝との会見になったが、そのときすでに帝は部下将校たちからの通報があったのであろう、ユリアヌスおよびガリア軍の行動について、明らかに深い不快感を示した。〔……〕ユリアヌス帝の未来は、その兵力数よりもむしろ機動力の敏速如何にかかっていた。〔……〕すなわち精悍気鋭の志願兵三千をことさらに簡抜し、そこはその統率者らしく、いわば決死の背水行を決意したのだ。つまり、これら忠実な精鋭の陣頭に立ち、大胆不敵にもドナウ河の源流地たるマルキアヌス大森林〔今日のシュヴァルツヴァルト〕の奥深く突入して行ったのである。〔……〕だが、この隠密行、強行軍、そして士気はあらゆる障害を克服しのけて、山岳を越え沼沢をわたり、橋があればこれを占拠し、なければ泳いで渡河、ローマ領だろうと蛮族領だろうと構わず一路直進したのだ。そして最後にはラティスポンとウィーンとの中間、かねてドナウ河下航の乗船場所に予定していた地点に突如としてその姿を現した。(『衰亡史』第三巻、三八九、三九一、三九三、三九八、四〇六、四一〇、四一二頁。傍点は引用者)

②ベリサリウスの性格描写(『衰亡史』第六巻、第四一章および第四三章)

この新しいローマのアフリカヌスはトラキア地方の農民の家に生まれたらしいが、〔……〕ユスティニアヌスの私的護衛兵の職務を雄々しく立派に果たしたらしく、彼の主人が皇帝の位に昇るとこの奉公人も軍の指揮官に昇進した。〔……〕〔かくてコンスタンティノポリス出発以来〕三カ月後に〔……〕アフリカ征服を達成した〔……〕彼は直ちに翌年の執政官と宣言され、この彼の就任の日もさながら第二の凱旋式と見紛う華麗さであった。〔……〕ベリサリウスはコンスタンティノポリスの街頭や広場に姿を現わす度ごとに、民衆の目を引きつけて喜ばせた。〔……〕しかし彼が宮殿に入った時には廷臣は沈黙し、皇帝も冷淡な形だけの抱擁の後に彼が奴隷の従者たちと立ち混じるのに委ねた。〔……〕彼の財産は没収され〔……〕彼は自分の邸宅に囚人として軟禁された。最後には彼の無罪が承認され彼の自由と名誉も回復されたが、釈放後八カ月にして憤怒と悲嘆によって早められたに違いない死が、彼をこの世から運び去った。(『衰亡史』第六巻、一四〇、一四一、一四九、一六八、二一八、三三七、

三三九頁）

オークショットは①について、ユリアヌスの進軍の速度に呼応する「息をもつかせぬ描写力（the breathlessness）」を強調する。それまで断片的だったものが、最後に到って一転して一パラグラフをまるごと引用している。疾走するギボンの原文を見事に日本語に写しかえた中野の訳文（地口も含めて）もあいまって、わたしたちは「読むことの快楽」を堪能するのだ。またガリア地方で軍隊によって「正帝（アウグストウス）ユリアヌス万歳！」の叫び声によって「正帝」に推載される場面や兵隊たちにむかって演説する場面は、辻＝ユリアヌスによっても見事に描かれている。わたしの友人は電車のなかでこの場面を読んで、滂沱の涙を流したそうだ。以下は辻の文章である。

ユリアヌスは群衆にとりかこまれて、濁流の押し流されてゆくように広間を押しだされた。右にも左にも顔を歪め、絶叫する群衆がひしめいていた。彼らは湧きたつ波のようにゆれ、渦をまき、「ユリアヌス皇帝（アウグスツス）、ユリアヌス皇帝（アウグスツス）、ユリアヌス皇帝（アウグスツス）」と叫びつづけた。（『背教者ユリアヌス（下）』新潮文庫、一〇一頁）

「兵隊たちは真に私を愛しているのだ。真に私の身を心配しているのだ」ユリアヌスはそう心に叫んで、思わず兵隊たちのほうに両手と差し出した。

ユリアヌスがルテティアに集合した全ガリア軍団の前で、彼らが迎えた新しい事態について演説したのは、翌朝、日がのぼってから間もなくであった。〔……〕兵隊たちはユリアヌスの提案を歓呼して承認した。彼らは楯を鳴らし、槍を振りあげてユリアヌスの言葉にこたえた。

「ローマに秩序と平和を。ガリアに独立と平和を」

兵隊たちの叫びはマルス練兵場をこえ、セクァーナ河の対岸に迫っている丘陵にぶつかって、はねかえった……（同前、一一四―一一五頁）

オークショットは②について、ギボンのドラマティックな描写力、悲劇を語る能力を称賛する。そしてこの部分におけるギボンによる描写のテーマが「頽落（decay）」であることを強調しながらこう述べている。

ユスティニアヌスはよく仕えられていることに気づかぬ王であり、もっともよく仕えている者たちに嫌疑をかける王である。ベリサリウスは〔『リア王』における〕ケント公、すなわち忠実だが信頼を失墜した従者である。劇作家であるがごとくギボンは、彼の性格〔キャラクター〕を個人性のうえにまで引き上げ、類型〔タイプ〕にまで仕立て上げようとしている。〔……〕ユスティニアヌスの嫉妬と死に到るまでのベリサリウスの運命の漸進的な衰頽〔the gradual decline〕――卑しい生まれ、出世、成功、人格の真実の偉大さ――は、彼が出発したのと同じレベルにまで引き戻すのだ。〔……〕ギボンの文体のこれら以外の数多くの特徴を例示する余裕はない。彼には同時代の偏見や彼独自の偏見があった。彼にはアイロニーへの素晴らしい趣向があった。(Oakeshott, *op. cit.*, pp.143-144)

ところでギボンを「古代の政治家にまじった近代の皮肉屋(a cynic among ancient politicians)」と呼んだのはピーター・ゲイである。『歴史の文体』(鈴木利章訳、ミネルヴァ書房、二〇〇〇年)に収録されているギボン論は、ギボンが歴史を語る際の作法について論じた傑作である。たとえばスーザン・キュルシューの言葉を引用しながら「タキトゥスこそ『衰亡史』に結集した多くのものの「モデルであり、多分源泉」であった」(『歴史の文体』三一頁)との指摘は重要である。またこの論考の結論として、ゲイがこう述べているのも卓見である。

この学識豊かな小男にとって、過去の中には、かれのみが、誰よりもよく見えるものも多いが、反面、かれゆえに見るすべを持たないものもまた多いと。このような疑問が、いやしくも出てくること自体、ギボンの歴史学の最後の皮肉[アイロニー]といえよう。(同前、七二頁)

ギボンからの引用についてのオークショットによる議論はここまでにして、マコーレーについてのオークショットによる議論に移ろう。オークショットが引用しているマコーレーの文章は下記のとおりである。

三日目にバークが登壇した。〔……〕偉大な弁論家の精力と情熱(ペイソス)は、敵対する厳格な大法官(チャンセラー)も尋常ならざる賞賛を表わさざるをえず、被告人の頑なな心をすら一時貫くかに見えた。傍聴席の淑女たちは、かくもの雄弁を見せつけられるのには慣れておらず、場の厳粛さに気も動顛し、またおそらくは自分たちの趣味と感受性をさらけだすのも悪くないという気になって、感情を自制できない有様だった。ハンカチが引っぱりだされ、気つけ薬の壜が手から手にわたり、ヒステリックなむせび泣きや金切り声が聞こえ、シェリダン夫人がひきつけを起こして運びだされた。ようやく雄弁家の話は終わった。アイリッシュ・オークの古びたアーチも轟くほどに声を張り上げ、「それゆえに」と、彼はいった。「ゲレート・ブリテン庶民院の命により、わたしはここに確信をもってウォーレン・ヘイスティングスを重大な罪および軽罪の廉により弾劾するものであります」。(Oakeshott, *op. cit.*, p.145. オークショットの手稿によれば、引用文の出典は T. B. Macaulay, *Critical and Historical Essays*, 1843, pp.636-637 となっているが、注釈者によれば当該頁には上記引用文は見当たらないとのことである。Cf. *ibid.*, p.147. なお訳文は、中金聡の協力を得て添谷が訳した。*Critical and Historical Essays* の邦訳は『マコーレイ論文集』戸川秋骨訳、春秋社思想選書、一九三三(昭和八)年として出版されている)

ちなみに戸川訳では、このようになっている。

三日目にはバークが起つた。〔……〕・偉大な辯舌家の有する熱と動情力(ペイソス)とは反目の仲にある頑固な裁判長にすら、稀に見る感極まつた表情を誘はずには措かなかつた。そして暫時は辯護人達の固い決心をした心の中にさへ喰ひ入る様に見えた。斯うした熱辯を聞き馴れない傍聴席の婦人達は、その場の荘厳な有様に打たれ、恐らく自分達の風趣と感受性とを外に現すのが嫌でも無かったのであらう、抑え難い感激の情態に陥つた。手巾を引出す者もあつた。香壜(かおりびん)を手渡しする者もあつた。ヒステリカルな嘘唏と叫びとが聞えて來た。シエリダン夫人は發作を起してしまつた。辯者は漸く彼の演説を結んだ。アイルランド桝の年を經た穹窿が反響する程、聲を大きくして彼は云つた。「されば予は衆議院の全信任を荷つて、ウヲーレン・ヘイスチングスの重罪と過罪とを弾劾せよと云ふ命を受けたのである。」(「ウヲーレン・ヘイスチングス」『マコーレイ論文集』一〇七–一〇八頁)

オークショットはマコーレーのなかにギボンとはまったく対照的な性格と文体とを見いだす。マコーレーには「まったく想像力が欠如しており、その代わりに驚くべき記憶力があった。これこそがギボンと彼とを分つ主要な違いなのだ」(*op cit.*, p.144)。このように述べたうえで、マコーレーのように「記憶過剰」のひとは――まるでテレビドラマ『アンフォーゲッタブル――完全記憶捜査』の主人公キャリー・ウェルズのように――かつて目にした風景、路上で出会った顔、耳にした音をすべて関連性もないままに、まるごと覚え込んでしまうと、オークショットは述べる。そして上記引用文は、まるで「情報に通じた新聞記者(well-informed newspaper reporter)」が書いた文章のようだと、オークショットは切って捨てる。たしかに第I章で引用した『英国史』の叙述も凡庸で退屈な代物だった。しかしオークショットはマコーレーを全否定するわけではない。すなわち、

マコーレーにはウォーレン・ヘイスティングスやバークが目にした光景を描くのに十分な想像力が無かった。だから彼は記憶のおもむくままにまかせ、雑多な知識の断片を提示するだけなのだ。そのよ

うな知識はたとえ知っていたとしても、ギボンのような本当の芸術家ならだれでも、自分の語り（ナラティヴ）から排除したであろうものなのである。〔……〕したがってわたしたちにとってマコーレーは、ギボンののちにかつスタッブス（Stubbs）ののちに著作した一九世紀の歴史家ではない。だが彼はある種の精神の特徴と彼なりの思考方法および歴史叙述の方法とを備えた歴史家ではあったのである。（Oakeshott, *op cit.*, pp.145–146）

ところである種の「経験」ないしは「言説の宇宙」を「歴史的経験」ないしは「歴史」として同定するためには、いったいどのような条件が必要なのだろうか？　この問いをめぐるオークショットの探究は前記『歴史とはなにか、およびその他のエッセイ』（二〇〇四年）に収録された一九二〇年代のエッセイと『経験とその諸様態』（一九三三年）に始まり、『政治における合理主義』（一九六二年）所収の歴史論を経て、『歴史について、およびその他のエッセイ』（一九八三年）に到るまで順次深められていった。その経緯を詳細に分析したのがルーク・オサリヴァンの『オークショットの歴史論』（Luke O'Sullivan, *Oakeshott on History*, Exeter : Imprint Academic, 2003）である。オサリヴァンは一九二〇年代におけるオークショットのギボンへの傾倒は、『経験とその諸様態』に到って放棄されると論じている。

しかしながら一九三〇年代に到るまでオークショットが、『衰亡史』の統括的原理としてギボンが頽廃という理念〔the idea of decay〕を使用することを、本来的に歴史的だと依然として承認していたことは、ありそうにもない。〔なぜなら〕頽廃とは実践の世界〔the world of practice〕に属するものであるのに反して、「歴史は〔……〕［「邪悪」、「不道徳」、「不首尾」、「非論理」等々のような］消極的概念［negative concepts］が〔……〕存在する余地のない、そうした実定的出来事［positive events］の世界を含意しているからである」。（O'Sullivan, *op. cit.*, p.81）

オサリヴァンが引用しているオークショットの文章は『経験とその諸様態』からのものである（Oakeshott, *Experience and its Modes*, Cambridge : Cambridge University Press, 1933, paperback edition, 1985. p.142. オサリヴァンは引用頁数をp.12としているが、これは誤記ないしは誤植であろう）。この文章の趣旨を理解するためには、オークショットの一九二八年エッセイ（"What do we look for in an historian?"）と『経験とその諸様態』における当該箇所とを比較・検討する必要がある。オークショットは前者において、端的にこのように述べている。

彼［ギボン］は理論をもたない歴史家の偉大な実例である。ギボンは哲学者ではなかった。彼にとって歴史とはひとつのドラマのことであり、ひとつの問題なのではなかった。そしてどのような劇作家とも同じように彼は、彼なりの事実を選択し、彼なりの物語を語る。その物語を生きいきとして、またドラマティックにするような仕方によってである。〔……〕みなさんがお分かりのように彼の主題［テーマ］は頽廃［decay］だった。彼は音楽家のように、不調和な音［discordant note］を導入するのを拒否した。そして単一の指導的計画ないしは理念——頽廃という理念——に強く傾倒していたればこそ彼は、自らの語りをひとつの方向へと着々と、ギリシア演劇のように運命の不可避性をもって行進させるように、諸々の事実を配列させせることができたのだった。(Oakeshott, *op. cit.*, p.141)

後者においてオークショットは、「コンスタンティヌス帝の寄進状」の事例を引き合いに出しながらつぎのように述べている。(11)

「コンスタンティヌス帝の寄進状」は真正な「寄進」を記録していたという信念は誤りだった。文書は偽造されたものだった。だが歴史家にとってその信念は実定的な事実(positive fact)であり、中世についてのわたしたちの知識に積極的な貢献(positive contribution)をした出来事であり、たんなる誤謬ではなかったのだ。〔……〕歴史とは貸借対照表(balance of debit and credit)などではけっしてない。それは実定的な統一体(positive unity)なのだ。端的にいえば歴史という統一体は、「邪悪」、「不道徳」、「不首尾」、「非論理」等々のような消極的概念(negative concepts)がまったく存在する余地のない、そうした実定的出来事(positive events)の世界を含意しているのである。したがって歴史的説明は非難も言い訳もふくんではいない。(Oakeshott, *Experience and its Modes*, Cambridge: Cambridge University Press, 1933, paperback edition, 1985, p.142)

このように見てくると一九二〇年代のエッセイでオークショットはあきらかにギボンを真正な歴史家として、しかも「歴史家の偉大な実例」とみなしていた。オサリヴァンがいわんとしているのは、『経験とその諸様態』におけるオークショットの定義によれば「頽廃」という価値判断は、「邪悪」、「不道徳」、

「不首尾」、「非論理」等々と同様に「実践的経験」のカテゴリーであり、「歴史的経験」とは相容れないということであろう。しかしながらオークショットによれば、ギボンにとって「頽廃」という理念があればこそ『衰亡史』という物語が可能になったことには疑問の余地はない。つまりローマ帝国の「興隆」ではなく、ローマ帝国が西暦二世紀に広大な版図を領し、「もっとも人類が幸福であり、繁栄した時期とはいつか、という選定を求められるならば、おそらくなんの躊躇いもなく、ドミティアヌス帝の死からコンモドゥス帝の即位までに至るこの一時期」(『衰亡史』第一巻、一五六頁)を頂点として、東ローマ帝国の終焉に到るまでの帝国の「衰亡」の叙述を可能にしたのは、ほかならぬ「頽廃」という理念だったのだ。じじつオークショットにとって『衰亡史』は、若いころからの愛読書だっただけではなく、終生の愛読書でもあった。たとえば晩年の著作『歴史について、およびその他のエッセイ』(添谷育志・中金聡訳、風行社、二〇一五年)において、一九二八年エッセイの趣旨を繰り返しながらオークショットはこのように述べている。

マルクス・アウレリウス帝やテオドリック帝に関するギボンの理解は、彼の時代の仁慈的専制君主が「モデル」になっており、古代ローマのキリスト教に関する彼の解釈は「啓蒙」の批判的態度の反映だとされている。ヒュームとランケはともに、人間本性に関して彼らがそれぞれ自分の若干の同時代人と共有していた普遍的信念という条件の下に過去を理解しているとみなされる。そしてこれは避けられないことであると同時に、歴史的に価値のあることだとされている。歴史的過去はつねに、少なくともいくぶんかは歴史家の同時代世界の反映にならざるを得ない。〔……〕要するに、ギボンやその他の歴史家たちに帰せられるのは、不可避の欠点でも美点でもなく、真の歴史家なら誰でも自覚的に回避しようとするありがちな欠点なのだ。だがそのことは、過去のであれ現在のであれ、観察のゆきとどいた状況がもつ小さいとはいえ無意味ならざる価値を減じるものではない。すなわち、諸々の歴史的出来事をひとつに合成する際に、つまり歴史家の想像力を教育する際に、何を目途とすべきかに関する暗示の源泉としての価値である。（第一部「歴史についての三篇のエッセイ」のうちの「Ⅱ　歴史的出来事」、前掲書、八四－八五頁）

「啓蒙」の内実

それでは「古代ローマのキリスト教に関する彼の解釈は「啓蒙」の批判的態度の反映だとされている」とオークショットがいうとき、「啓蒙」とはいったいなにを意味していたのであろうか？　カントにとってそれは、人類が「未熟な段階を克服して理性の公的使用」（『啓蒙とは何か』）をすることができるようになることだった。[12]ヘーゲルにとってそれは、人類が「聖餅はただの捏粉だし、遺物はただの骨だ」（『歴史哲学』）とみなすことができるようになることだった。そして啓蒙の精神に共通しているのは、あらゆる種類の「熱狂主義」や「狂信」への嫌悪感だった。たとえばカール・ベッカーは『一八世紀哲学者の楽園』（小林彰夫訳、上智大学出版、二〇〇六年）のなかでこう述べている。

哲学者たちの熱狂主義［enthusiasm］に対する嫌悪は、彼らを無関心という高みに引き上げることはなかった。熱狂主義への嫌悪とはそれ自体が一つの熱狂主義であって、感覚的にはっきりしないものはすべて断固拒否する姿勢、精神という閉めきられてかび臭い小部屋を開いて消毒しようという賞賛すべき情熱の現れだった。この点でもっとも優れた例、優れていると同時に皮肉な例は、ヒュームを置いて他にはない。（三二頁）

さらにロイ・ポーターもまたこう述べている。

『ローマ帝国衰亡史』のなかでエドワード・ギボンも次のようにいう。かの壮大な文明の体系を滅ぼし、そうして一千年におよぶ暗黒時代を到来させた責任は、蛮族の侵入もさることながら、キリスト教の側にもあった。〔……〕ギボンは、初期キリスト教徒のことを、社会の平和がどうなろうともかまわずに勢力を拡大しようとする冷酷な狂信者軍団として描いた。（『啓蒙主義』見市雅俊訳、岩波書店、二〇〇四年、四八頁および五七頁）

こうした精神は「新しい歴史」を必要とした。ベッカーによればそれは「例によって教えられる哲学となるような歴史だった」（ベッカー、前掲書、七七頁）。そしてベッカーはギボンを、このような意味での最高の歴史家として称賛するのだ。

『ローマ帝国衰亡史』が歴史であることは事実だ。しかし歴史以上のもの、記念碑的な演説でもある。ギボンは古代文明の死を追悼している。彼は「未来の時代の教訓」のため、「野蛮と宗教の勝利」のために、これを書いたのだった。

　野蛮と宗教の勝利！　この言葉は哲学の世紀が想像した過去を、見事に蘇らせるものだ。人類はあたかも野蛮と宗教に裏切られて、自然がつくりあげたエデンの園を追放された。キリスト教が支配した中世は不幸な時代であって、これは堕罪と追放、人類が失敗によって腐敗堕落し、盲目的に圧制のくびきのもとでさまよった実りのない、完全に贖（あがな）ってはいない時代のあとにやってきたものだった。しかし人間はついに過去の暗い荒野を抜け出て、あるいは抜け出しつつあって、このあと一八世紀の明るい秩序ある世界へと入るのである。一八世紀というこうした頂上から、哲学者たちは過去を眺め、未来を予想した。成熟した人間が若い時代の困難や愚行を思い起こすように、哲学者たちは過去の悲惨や過ちを思い返すのだが、そこには苦い記憶が含まれているとしても、結局は寛容のほほえみがあり、満足感と確信に満ちたため息とが含まれている。現在は過去よりも遥かにいい時代なのだ。だが未来はどうか？　現在が過去よりも遥かに優れているのならば、未来は現在よりもさらによくはならないのか？　こうして哲学者たちは未来に、ちょうど約束の地を求めるように、新たな千年紀を期待するのである。（同前、一〇二－一〇三頁。傍点は引用者）

　たしかにこうした啓蒙期の「成熟した精神」はその後、ロマン主義という「未熟な精神」によって取って代わられ、過剰な理性中心主義は非理性を排除する非寛容に変貌する（アドルノ／ホルクハイマー『啓蒙の弁証法』)。そして二〇世紀になると啓蒙は、「新しいリヴァイアサン」(コリングウッド)としての全体主義を生みだすことになる。けれどもわたしたちは、現代というこの非寛容で無秩序きわまりない世界にあって、もう一度一八世紀という「明るい秩序ある世界」を見直す必要があるのだ。[13]その際に重要なのは、啓蒙思想の底流にあるエピクロス哲学や無神論、はたまた反神学的思考に着目することである。再度ベッカーとポーターを引用しよう。

無神論者! 当時の思想風土のもとでは、この言葉はまさに不吉でみだら、反社会的に聞こえたであろう。啓蒙? 確かに哲学者たちは啓蒙されていた。しかし啓蒙の本質は知性の安定であり、哲学者がもっとも大事にしたのは確固たる知識だった。無知の告白でないとすれば、無神論とは何だったのか? ヒュームの机にしまい込まれていたのはその証拠だった。すなわち、キリスト教神秘主義者のデミアと懐疑主義者のフィロは理性に最後まで迫っていった結果、二人が同じ場所にいることを発見し、理性が神、あるいは道徳性、あるいは人生の意味についての根本問題に関しては、答えを出せない点だけでは一致したのである。(ベッカー、前掲書、七二頁)

他の多くの解釈上の問題も、啓蒙主義を、四面楚歌のなかで活動する「過激派集団」(皮肉にもギボンが『ローマ帝国衰亡史』(一七七六―八八年)のなかで描く初期キリスト教徒の活動に似通ってくる)としてみるのか、それとも、もっと広く浸透したイデオロギー、ないし「心性(マンタリテ)」としてみるのかにかかわってくる。〔……〕キリスト教徒としてのジェイムズ・ボズウェルは死に恐怖していたが、癌の死の床にあって不信心者のデイヴィッド・ヒュームを見舞ったさいに上機嫌で冷静であるのをみて驚愕し、憤った。啓蒙主義の思想家は、死ぬことは眠りに落ちるのと同じくらいに自然のものとしてとらえていたのである。〔……〕キリスト教的な歴史からすれば、人間にとってあるべき研究対象は神の摂理であった。それとは対照的に、ヴォルテールが先鞭をつけた哲学的な歴史からすれば、自然と社会における人間の行動が研究対象となる。さらにギボンの『ローマ帝国衰亡史』になると、キリスト教というものの「自然」史が描かれることになる。この地上で純粋に自然の、もしくは世俗世界の諸原因によって展開すると理解された歴史のことである。「哲学」的な歴史が、そう、人間一般についてのその展望、それまでの人間についての聖なる枠組みに取って代わったのだ。（ポーター、前掲書、一〇頁、九八頁、一〇四頁）

ゲイが正しくも強調するように、フィロゾーフは、空想に耽る夢想家を軽蔑した。後世のマルクス主義者が「理論にもとづく実践活動」と呼ぶものを信奉していたからである。女帝エカテリーナ二世（在位一七六二-九六年）のたっての願いでロシアを訪問したディドロは、この国でいちばん必要とするのは職人や技術者であるとひたすら説いた。ヴォルテールも、その道徳的寓話である『カンディド』の締めくくりとして、物語の主人公に次のように言わせている。「私たちは庭を耕さなければなりません。」最後までやり抜こう、ということだ。（同前、一〇頁）

エピクロスの徒、ギボン

ギボンがエピクロス哲学に言及しているのは、『衰亡史』第一巻第三章「両アントニウス帝時代におけるローマ帝国法体制について」（ちくま学芸文庫、一二六－一二七頁。傍点は引用者）においてである。

ローマ的自由体制の防壁は、巨大な独裁者の野心によって、すべて打ち倒され、防柵もまた三頭政治家の暴手によって、残らず撤去されてしまっていた。〔……〕ローマの平民層もまた、貴族階級の屈辱を内心快哉をもって眺めながら、ひたすら求めたものは、これまたほかならぬアウグストゥス個人だった。ほとんど残らずエピクロス哲学を奉じていた富裕上層のイタリア人は、これら目前に見る安逸泰平の幸福を歓迎し、仮にもこの快適な夢が、かつてのような騒々しい自由抗争で破られることなど、絶対許したくなかったのだ。

この文章をピーター・ゲイは「整然たる、まるっきり軍隊の行進に似た」と評している（『歴史の文体』二八頁）。その他ユリアヌスの宗教寛容政策との関連でギボンがエピクロス哲学に言及していることはすでに述べた（第Ⅰ章参照）。ギボン自身がエピクロス哲学にどれほどの理解と共感を抱いたのかは不明である。ただつぎのような文章は彼がエピキュリアンだったことの、ひとつの証左ではあろう。

現在は流れ過ぎる一瞬であり、過去はもはや存在せず、そして我々の将来への展望は暗く不透明である。（『ギボン自伝』ちくま学芸文庫、二六三頁）

また前掲『衰亡史』からの引用文はエピクロス自身のつぎのような言葉を想起させる。

その他のすべてにたいしては、損なわれることのない安全を獲得することが可能である。しかし、死にかんしては、われわれ人間はすべて、防壁のない都市に住んでいる。（『エピクロス——教説と手紙』出隆・岩崎允胤訳、岩波文庫、九二頁）

ポーコックは「ギボンの『ローマ帝国衰亡史』と啓蒙後期の世界観」（『徳・商業・歴史』田中秀夫訳、みすず書房、一九九三年、所収）において、古典古代の伝統へのギボンの深い関心が『衰亡史』の執筆を可能にした所以を詳細に論じている。すなわち「ピーター・ゲイは啓蒙を「近代的異教の台頭」と呼んだのであるが、またギボンを動かしてかれの歴史を書かせた古代世界へのあの深い関心なしには、啓蒙は維持できなかったであろう」（二七〇頁）。そしてこうつづけるのだ。

フランスとトリエント公会議のカトリシズム、カルヴァン派と分派のプロティスタンティズムを拒否するためには、古代都市にその所在を見いだされる世俗的理想の確立が是非とも必要であった。ギボン同様、ヴォルテールとヒュームは、ギリシャ-ローマの多神教を明らかに好ましいと認めた。それは哲学が神々から独立に発展することを許したからであり、それに対して唯一神の主張は——プラトン的な神であれ、セム族の神であれ——哲学に有罪宣告をして神学に服従させたからである。したがって、固有の意味での古代哲学がギボンにとって問題であった。かれが「哲学」によって意味するのは、精神を解き放ち、その本来の関心事へと向ける方法的懐疑主義に他ならなかった。そのためかれは哲学をルクレティウス〔訳注省略〕かキケロにのみに見いだささるをえないのであり、アテネとアレクサンドリアのすべての営為を形而上学および体系精神として一蹴しなければならないのである。プラトン主義の復興は古代文明を破壊した力の一つであり、時には、啓示と迷信の結合であるキリスト教以上に破壊的な作用を及ぼしたように思われる。ギボンはユリアヌス帝〔訳注省略〕に対しては愛惜の念を抱いてはいたが、にもかかわらずかれを断罪せざるをえなくなって、ほとんど悲劇に近い気持ちを感じているのであるが、ユリアヌス帝は新プラトン主義的形而上学者・呪術師として哲学的異教を復興しようと努めたものの、それを裏切ったからであり、また政治的資源と公共的道徳心においてアタナシウスより劣っていたからである。（二七〇－二七一頁）

これ以上なにをつけくわえればいいというのだろうか。ポーコックによればギボンは明らかにルクレティウス＝エピクロスの徒だったのだ。ポーコックは本論説においてギボンが『衰亡史』を書くに到った動機やギボンの「ローマ帝国」衰亡の原因——たとえば古代的徳の衰頽、初期キリスト教徒の狂信、修道院制度の確立による財政負担の増大、蛮族の侵入等々——を縷々論じている。その詳細については、読者自身がこの卓抜な論説を読むに如くはない。一点だけつけくわえれば、ポーコックが「ギボンには原始的な徳へのノスタルジアは存在しない」(ポーコック、前掲書、二八〇頁)と断言していることである。だからこそ『衰亡史』は、いつ、いかなる場所においてもわたしたちが参照できる「テクスト」としてあるのだ。『衰亡史』が今日なお有意義な書物であることをトニー・ジャットは指摘していた。そのジャットが『20世紀を考える』(河野真太郎訳、みすず書房、二〇一五年)において、「アメリカでの社会民主主義に反対する論点で、本当に力をもっている議論は、自由をめぐるものであるはずです」と問いかける聞き手のティモシー・スナイダーにたいしてこう応じている。

ヨーロッパ人がもっていて、アメリカ人に長いこと欠けてきたのは、安全ですね。経済的な安全、物理的・身体的な安全、文化的な安全です。〔……〕かくして、わたしたちが今生きている不安の時代とは、やってきて爆弾を投げるかもしれない、見知らぬ他者に対する不安であると同時に、見知らぬ未来に対する不安でもあるのです。それは、わたしたちの政府がもはやわたしたちの生活の状況を支配できないかもしれないという不安です。政府はゲイティッド・コミュニティを作ってわたしたちを世界から守ることはできないのです。それはもう制御がきかなくなってしまったのです。このような不安による麻痺状態は、アメリカ人が非常に深いところで経験しているものだと思いますが、それはかつて持っていたと彼らが思っていた物理的・身体的な安全を、もはや持っていないという認識によって強められました。ですからアメリカ人は八年間にわたってブッシュ大統領と進んで運命を共にしたのです。不安の動員とその扇動的な利用によってのみアピールする政府を支持して。(五五六－五五八頁)

エピクロスの教え

エピクロスの時代はまさに「不安の時代」だった。ギリシア・ポリスは崩壊し、いまだ共和政ローマも帝政ローマも現われず、人びとは寄る辺ない人生を送っていた。それは「ヘレニズム」と呼ばれる時代だった。そうした時代にあってエピクロスは、アテナイ近郊の地に「エピクロスの園」と呼ばれる庭園学校を営み、「心の平安（アタラクシア）」を教え、「隠れて、生きよ」（「断片（その二）86」）と諭したのだった。[14] その後ローマにわたったエピクロスの教えはつぎのような経緯をたどった。この経緯については、わが国におけるもっとも優れたエピクロス研究者である中金聡の論文を以下に引用しよう。

紀元前二七〇年にエピクロスが没したのちの学園の消息については、ヘルマルコスが後継者となり、さらにそのあとをポリュストラトス、ディオニュシオス、バシレイデスなる人物たちが継承していったことをのぞけば、ほとんどなにも伝わっていない。しかしその後の切れぎれの情報をつなぎ合わせると、ローマ支配下のギリシアにおいてなお四〇〇年以上にわたり帰依者をあつめつづける学派の健在ぶりが浮かびあがってくる。ハドリアヌス帝は先帝トラヤヌスの未亡人プロティナのもとめに応じて、エピクロス派の学頭が非ローマ市民を後継者に指名できるよう一二一年に法を改正しており、マルクス・アウレリウス帝はアカデメイア派、ペリパトス派、ストア派と並びエピクロス派の哲学者を宮廷に召しかかえ、各派にたいして平等に年間一万ドラクマを下賜したという。そして三世紀当時のディオゲネス・ラエルティオスの証言を信じるなら、ほかの学派が絶えたのちもエピクロスの学派は存続し、依然としてすぐれた学頭を輩出しつづけていたのである〔……〕。

〔トルコ内陸部リュキアのかつてオイノアンダと呼ばれた地で一八八三年に発掘されたハドリアヌス帝時代の碑は〕…全長八〇メートルにおよぶ巨大な壁状の石碑にエピクロスの著作の抜粋や書簡をギリシア語で刻ませ、来たる将来世代と道行く異邦人に人類をとらえた死の恐怖という病の治療薬としてPRしようとしたのである〔……〕。

他のエピクロス主義文書にはみられないこのユートピア思想は、「完全なる救済をもたらす使者（*keryx*）」のようなことば使いとともに、エピクロス主義にやや先だってローマ帝国の領土内に燎原の火のごとくに広まった原始キリスト教との関連をうかがわせる。ただし、「城壁」も「法」もない「神々の生活」に人びとを誘うディオゲネスの碑文が、国家の退場を論じるマルクス主義者のようにそれが訪れる日を歴史の彼方に遠望してみせたのだとしたら、やや誇大広告の気味があるというべきだろう。

エピクロスが自分のおしえをまなぶ者に約束したのは、神と同じ不死の存在になることではなく、「人間たちのあいだで神のごとく（*hos deos en anthropois*）生きる」ことであった。この表現は、エピクロスの哲学によって死の恐怖を克服した者にあってもなお死そのものは避けがたく、可死の存在という人類永遠の境涯は乗り越えられないこと、またエピクロスを知るおそらくは少数の賢者の周囲にいまだエピクロスを知らない多数の人びとがいることを暗示している。「その他すべてにたいしては、安全を確保することができる。しかし死にかんしては、われわれ人間はすべて城壁のない都市（*polis ateichistos*）の住人である」。それを理解しない大多数の人間は、「城壁」を築いて可死性の侵入を防ぐことができると信じて疑わない。それゆえ彼らは、ヘラクレイトスのいうように「城壁をまもって戦うがごとくに、法をまもるために戦わねばならない」。エピクロスの熱烈な信奉者であったオイノアンダのディオゲネスがそのことを理解していなかったはずはないだろう。つまり公共の場に立つ石碑に刻まれたメッセージはアイロニカルに読まれなければならないのである――もしすべてのひとがエピクロス的賢者になれば、法を含むいっさいの強制装置はたしかに不要になるだろう。だがそのときが到来するまで、われわれ人間は「城壁」を必要とするのだ、と。（中金聡「城砦の哲学――ローマのエピクロス主義について」『国士舘大学政治研究』（三）、二九－七〇、二〇一二年三月、三〇－三二頁。傍点は引用者。出典、注記および表記などを一部変更した）

エピキュリアン・モーメント

じつに見事なエピクロス的伝統の要約である。その後この伝統はモンテーニュ、パスカルを経て、ギボンおよびジェファーソンに到る欧米における「エピキュリアン・モーメント」ともいうべき思想の系譜を形成することになる。その際に「死にたいする「城壁」あるいは「防壁」としての文明」というエピクロスのメタファーは、その後さまざまな思想家に受け継がれてゆく。たとえば発端としてのルクレティウス

『物の本質について』（樋口勝彦訳、岩波文庫、一九六一年）第五巻においては「城壁（urbis arx：城塞都市）」について言及がなされ、その後、正義、法、宗教、技芸の発達が語られ、第六巻の末尾ではアテナイを襲った疫病の惨禍が描かれる。死をまえにしては、文明は無にひとしくエピクロス哲学だけが真の救いだと語られるのである。

ついでモンテーニュは『エセー』第三巻第一三章（原二郎訳、岩波文庫、第六巻、一三四頁）において、プロペルティウス（ホラティウスの同時代人でエピクロス派詩人）の「いつかこの世界の城（ローマ）が崩れるときがあるのか（*Sit ventura dies mundi quæ subruat arces*）」（『エレギア詩集』）という一節を引用している。また『エセー』第一巻第一九章（前掲、一四六頁）においてはこのように語られている。

> 死以外のあらゆる事柄には仮面（masque）がありうる。たとえば、あの哲学の立派な理屈もわれわれにあっては見せかけにすぎないこともあろうし、また、いろいろの災難がわれわれの急所を襲わないうちはわれわれにつねに平静な顔を保つゆとりを与えていることもあろう。だが、死とわれわれの間に演ぜられる最後の芝居では、もはや見せかけるものは何もない。そこでは、フランス語をしゃべらねばならぬ。壺の底にある掛値のないところをはっきり見せねばならぬ。
>
> なぜなら、このときこそ真実の声が心の奥底からほとばしり、仮面（persona）が落ち、本物が残るから。

ここで最後に引用されているのは『物の本質について』第三巻の一節である。樋口訳ではこうなっている。

即ち、かような時にこそ始めて真実の声が心の底から出るものであり、又仮面ははがれ、真価のみが残るからである。（ルクレティウス、前掲書、一一五頁）

冒頭の「死以外のあらゆる事柄には仮面（masque）がありうる（En tout le reste il y peut avoir du masque）」という表現も、エピクロスの「その他すべてにたいしては、安全を確保することができる。しかし死にかんしては、われわれ人間はすべて城壁のない都市である」の前半部分のいわば本歌取りになっていると思われる。

さらにパスカルにとって文明生活とは、可死性から目を背けるための「気を紛らすこと」に尽きる。


かりにあらゆる方面に対して十分保護されているように見えたところで（quand on se verrait même assez à l'abride toutes parts）、倦怠が自分かってに、それが自然に根を張っている心の底から出てきて、その毒で精神を満たさずにはおかないだろう。（ブランシュヴィック版断章一三九、『パンセ』前田陽一・柚木康訳、中公文庫、一九七三年、九八頁）

気を紛らすこと。

死というものは、それについて考えないで、それをうけるほうが、その危険なしにそれを考えるより

も、容易である。（ブランシュヴィック版断章一六六、同前、一一三頁）

われわれの惨めなことを慰めてくれるただ一つのものは、気を紛らすことである。しかしそれこそ、われわれの惨めさの最大なものである。なぜなら、われわれ自身について考えるのを妨げ、われわれを知らず知らずのうちに滅びに至らせるものは、まさにそれだからである。それがなかったら、われわれは倦怠（けんたい）に陥り、この倦怠から脱出するためにもっとしっかりした方法を求めるように促されることであろう。ところが気を紛らすことは、われわれを楽しませ、知らず知らずのうちに、われわれを死に至らせるのである。（ブランシュヴィック版断章一七一、同前、一一四頁）

われわれは絶壁が見えないようにするために、何か目をさえぎるものを前方においた後、安心して絶壁のほうへ走っているのである。（ブランシュヴィック版断章一八三、同前、一二〇頁）

おそらくここには、パスカルがそれと知らずにモンテーニュから継受した「エピキュリアン・モーメント」が現われているのだと、わたしには思われるのだ。

またパスカルの『プロヴァンシアル』（全一八通、未刊断片一通、一六五六－一六五七年。別名：『田舎の友への手紙』）は、ローザンヌ時代のギボンにとっての愛読書のひとつだった。『自伝』においてギボンはこう書いている。

しかし私は、後年のローマ帝国の史家の誕生に間接的に貢献したかもしれない三冊の書物を特別に挙げずにはいられない。(一)私はパスカルの「プロヴァンシアル」をほとんど毎日欠かさず熟読して新しい喜びを覚え、教会についての厳粛な主題を荘重かつ適度な皮肉の武器で扱う秘訣を心得た。(二)ラ・ブレトリ神父の著作「ユリアヌス伝」が私を最初にこの人物とその時代に案内した。エルサレム神殿の再建を中断させた奇蹟の真正さを論じた私の最初の論文を、今日発見できれば私は嬉しく思うだろう。私はジャンノネの「ナポリ社会史」の中で、聖職者支配の進展と弊害そして暗黒時代のイタリアの種々の革命を批判的な目で考察した。(『自伝』一二五頁)

『プロヴァンシアル』は、当時のフランス宗教界を牛耳っていたイエズス会を諷刺したものである。正確にはイエズス会の神学的権威であったスペインのルイス・モリナの教義を標的にして、それがいかに欺瞞的であるかを暴露したものである。パスカルもカトリックだったが、ジャンセニズム、すなわちほとんどプロテスタントに近い、アウグスティヌス主義の徹底した恩寵主義の立場から、俗流トミズムともいえるモリニズムを批判したものだった。執筆の動機は、イエズス会がジャンセニズムを異端視して、その拠点であったポール・ロワイヤル修道院を迫害したことにあった。パスカルは一介の在俗信徒でしかなかったが、一肌脱いでこの迫害がいかに不当であるかを世間に訴えようとした。『プロヴァンシアル』は匿名で出版されて大評判になり、イエズス会は躍起になって著者を探したが、パスカルは転々と居を変えて逃げきった。神学的には決疑論の批判で有名である。決疑論とは、ルールで規定されていないことをさらなるルールで規定し尽くせると考える誤りのことであり、パスカルはモリニズムが、キリスト教神学で定められた教義のすきまを教会や聖職者に都合のよいルールで埋めていると批判している。文学としては、一般読者を想定した平明な書簡体と口語表現で近代フランス語散文の模範となったことで知られている。『パンセ』とはまったく違った辛辣なユーモアにあふれる政治的パンフレットで、パスカル嫌いのヴォルテールでさえも『ルイ一四世の時代（全四巻）』（丸山熊雄訳、岩波文庫、一九八二年）のなかで『プロヴァンシアル』だけは絶賛している。たとえばこういう具合である。

パスカルは、その上を行き、相手［イエズス会士たち］を戯画化した。その著「田舎人への手紙」は、こういう時に出たが、雄弁と諧謔の典型だ。モリエールの喜劇の傑作も、辛辣さの点で、初めの方の手紙に勝るとは思えぬ。ボシュエといえども、最後の数通以上に荘厳な文章は、一つも書いていない。この本全体が、虚構の上に成り立っているのは事実だ。スペインとフランドルのイエズス会士数名のとっぴな意見を、上手にイエズス会士全体の考え方のようにしようとしているのである。探せば、ドミニコ会や、フランシスコ会の決疑論者にも、同じようなものが見つかったろう。が、憎いのは、イエズス会士だけ。著者は、この一連の手紙で、連中の意図は、明らかに、風俗の壊乱にあるとし、それを証明しようとしているが、およそ、宗派にしろ、修道会にしろ、そんな真似をしたものは、一つもないし、第一あろうはずがない。が、論の当否は、問題ではなく、読者が喜べば、それでよいのである。（第三巻、一六七－一六八頁）

本質的には信仰者の書いたものであるから正面からの宗教批判ではないにもかかわらず、ギボンはアイロニーという武器でもって宗教的権威に挑戦するという点で共感したのかもしれない。自らが二〇世紀におけるルクレティウス讃美者だったボルヘス（たとえば彼のエッセイ「ケベード」、『続審問』所収を参照）もまたこう書いている。最高の賛辞というべきであろう。

ギボンのように、サミュエル・ジョンソンのように、ヴォルテールのように、彼［オスカー・ワイルド］は機知の人で、かつ正義の人であった。（「オスカー・ワイルドについて」『続審問』中村健二訳、岩波文庫、二〇〇九年、一四八頁。傍点は引用者）

さらにボルヘスは短編「不死の人」においてこう書いている。

不死の人間になるというのは意味のないことである。人間以外のすべての被造物は死を知らない。それゆえ不死なのだ。自分を不死の存在と考えるのは、神聖なこと、ぞっとするほど恐ろしいこと、理解しがたいことである。さまざまな宗教があるにもかかわらず、そのことをはっきり認識しているのはごく稀であるのに私は気づいた。ユダヤ教徒、キリスト教徒、それにイスラム教徒、彼らは不死を信じている。（『エル・アレフ』木村栄一訳、平凡社ライブラリー、二〇〇五年、二六頁）

死（あるいはその暗示さえも）が人間をかけがえのない、悲壮なものにする。人間はまぼろしのような存在でしかない。だからこそ人の心を揺り動かすのだ。人間の行う一つ一つの行為が最終的なものになるかもしれないし、どのような顔も夢に出てくる顔のようにぼやけて消えてゆく。死すべき人間にとってあらゆることは二度と起こりえないものであり、偶然的なものでしかない。（同前、二九頁）

このように語る人物は四世紀に「ローマ軍のある部隊の軍事行政官をしているマルゴ・フラミニウス・ルーフス」である。もとよりこの軍人が語る感慨を作者であるボルヘスと同一視することはできないだろう。けれどもその人物が「私はローマで、人の命を永らえさせるのは死の苦しみを引き延ばし、死を何倍にも増やすことでしかないと考えている哲学者たちと話し合った」（同前、一二頁）とボルヘスが書いているのをみれば、さらには「万里の長城」建設と「焚書坑儒」によって不死をもとめる始皇帝について、「空間における城壁と時間における火が、死を遮断するための魔法の障壁であったことを示唆している」（「城壁と書物」『続審問』所収）と書いたボルヘスを「エピキュリアン・モーメント」に連なる思想家とみなすのもあながち的外れではなかろう。ちなみにボルヘスが晩年を送ったジュネーヴにあるアパートの書斎には「二つの背の低い書棚」があり、そこには「『ローマ帝国衰亡史』が数巻」置かれていたという（アルベルト・マングェル『図書館――愛書家の楽園』野中邦子訳、白水社、二〇〇八年、一六九‐一七〇頁）。

コンスタンティヌス大帝の改宗

さらにはG・K・チェスタトンは『ローマの復活』（別宮貞徳訳、春秋社、一九七七年）においてアングロ・カトリックの立場からこう書いている。

しかし、ごく大ざっぱに言えば、決定的な事の成り行きは次のようなものだった。皇妃ヘレナがカトリックになったのは、何人かのローマの貴婦人と同じく、個人的な改宗で、それには彼女自身の強い信念と信仰があったに違いない。彼女は息子のコンスタンティヌス大帝も説き伏せてカトリックにしてしまった。しかし、いろいろな議論はあるにせよ、その改宗には個人的なものは少なく政治的なものが多かったと言っても不当ではないだろう。現代版ギボンを気取って、コンスタンティヌスのことを陰で刃を研ぐペテン師だなどというような、低級な嘲笑を向けるわけではない。私の心にあるのは、現代版ギボンなら心にもないお世辞と考えそうなこと、つまりコンスタンティヌスは自分の霊魂を救うよりも自分の帝国を救うほうを余計考えていたのだ、ということである。彼は軍人であり政治家であったが、ペテン師ではなかった。陰で刃を研いでいたにせよ、少なくともその刃は、昔の権威標章を形づくる斧の刃だった。ところが、彼はローマ人であったために、かえってローマを見捨てることになってしまった。(三九頁)

以下チェスタトンは、コンスタンティヌス大帝がキリスト教に改宗せざるをえなかったふたつの理由――①版図が拡大するにつれて「つぎはぎだらけの」ローマ帝国をまとめ上げるにはひとつの宗教が必要だったこと、それも「もじゃもじゃのひげ、もじゃもじゃの知性のモラリストからは、一体的な告白や霊的交渉は得られはしない。宗教は宗教であって哲学ではない。同時に、単なる祭礼であるはずもない」(チェスタトン、前掲書、四〇頁)こと、②当時にあってコンスタンティヌスの政策は「今日の政治用語なら、さしずめ東方指向とでも言うべきものだった。ローマ帝国が一つの文明として固まるにつれて、東方がそのより文明化された一端であることがはっきりしてきた。エジプトとバビロンの豊かな廃墟のほうが、ゲルマンの森やブリトンの島よりも大切だった」（同前）こと——とその帰結について詳しく論じている。そして結論的には、こう書いているのだ。コンスタンティヌスの野望が逆説的に都市ローマを廃墟同然のものにさせ、宗教的にもローマにとどまった「初代キリスト教徒は、コンスタンティヌスよりもはるかに真理に近づいている」（同前、四三頁）、また廃墟と化したローマには東方由来の神秘思想が猖獗をきわめ「ニヒリズム」が蔓延し、「この狂信の旋風の通路に、荒廃した古いローマと教皇は立っていた」（同前、四八頁）。

このようにコンスタンティヌスの改宗が結果的にはローマ帝国の東西分裂、ついには衰頽へと導いたことを、カトリック教徒のチェスタトンでさえも認めているのだ。ユリアヌスという個人名は挙げられていないが、「もじゃもじゃのひげ、もじゃもじゃの知性のモラリスト」という表現はユリアヌスのことを念頭に置いていたと考えてもいいのではないだろうか。(15) なおチェスタトンは『新エルサレム』においてユリアヌスの名前をあげてこう書いている。どうもチェスタトンはユリアヌスが嫌いのようだ。

ジュリアン（Julian）という名前は聖ジュリアン（Julian The Saint）というよりも、むしろ背教者ユリアヌス（Julian The Apostate）のことを連想させる場合が多い。もっとも聖ジュリアンは旅人のための守護聖人であるという神聖なる栄誉に与かることで、列聖されたのではあるが。（G. K. Chesterton, *The New Jerusalem*, 1921 : Digitalized by Watchmaker Publishing, 2010, p.187. Julian The Saint とは Julian the Hospitallerのことで、旅人が道中よい宿が見つかるようにとこの聖人に祈ることに由来する。フロベール『三つの物語』のなかの「聖ジュリアン伝」は、このジュリアンなる人物の若いころを描いたものである）

エピキュリアニズムの行方

ところでギボンや合衆国独立宣言の起草者のひとりであるトマス・ジェファーソンにおける「エピキュリアン・モーメント」についてはすでに述べた（ジェファーソンについては Christopher Hitchens, *Thomas Jefferson: Author of America*, New York: HarperCollins, 2005 をも参照）。ヒュームもまたそこに属することは明らかである。二〇世紀に入ると「私は絶対的信条を信じない。〔……〕私の立法者はエラスムスとモンテーニュであって、モーセやパウロでもない。私が詣でる社があるのはモリアの聖山ではなく、背徳者でさえ入れてもらえるというギリシアの極楽――エリューシオンの野である。私は、「神よ、私は信じません――どうか許したまえ」をモットーとする」（「私の信条」『フォースター評論集』小野寺健編訳、岩波文庫、一九九六年、一〇九‐一一〇頁）と断言するフォースターが現われる。そして一九〇一年に生まれ一九九九年に亡くなったオークショットは、バベルの塔の崩壊後に「エリューシオンの野」にたたずむことになる。

彼は一九三三年に出版された『経験とその諸様態』以来、生涯をかけて実践的経験の呪いすなわち「為すことの冷酷無常（deadliness of doing）」を相対化すべく、それ以外の経験の諸領域――歴史的経験、芸術的経験＝「詩の声」、哲学――を遍歴したすえに、最後には「無（nought）」の境地に到達する。彼は実践的経験を論じる箇所でパーシー・シェリーの詩「無常（Mutability）」の一節を引用している（*Experience and Its Modes*, p.273)。

Nought may endure but mutability.

この詩の翻訳は各種の『シェリー詩集』には収録されていない。だがアナキストのウィリアム・ゴドウィンと女性解放論者メアリー・ウルストンクラフト夫婦の一人娘であり、パーシーの妻でもあるメアリー・シェリーの『フランケンシュタイン――あるいは現代のプロメテウス』（小林章夫訳、光文社古典新訳文庫、二〇一〇年）のなかでは、この詩が引用されている。全文を引用すれば、つぎのとおり。

“We rest. —— A dream has power to poison sleep ;
　　We rise. —— One wandering thought pollutes the day ;
We feel, conceive or reason, laugh or weep ;
　　Embrace fond woe, or cast our cares away :
It is the same! For, be it joy or sorrow,
　　The path of its departure still is free :
Man’s yesterday may ne’er be like his morrow ;
　　Nought may endure but Mutability.”

休むとき、夢は眠りに毒を与える
目覚めると、徒然の思いが日を汚す
感じ、耽り、あるいは推理し、笑っては、泣く
愚かしい悲嘆に身を焦がし、煩いをうち捨てる
それでも同じだ。喜びであれ、悲しみであれ、
去りゆく道を遮るものはなく
昨日は決して明日ならず
ただ変わらぬは無常の観のみ（一八〇頁。太字と傍点は引用者）

わたしはこの一節を引用して「［政治哲学者としての］彼［オークショット］の墓石には――小津安二郎と同じく――《無》の一字が刻まれるだろう」と書いたことがある。[16] その当時わたしはこの一節がシェリーのものだとは知らなかった。また『「リヴァイアサン」序説』（中金聡訳、法政大学出版局、二〇〇七年）の末尾に荘子を引用するオークショットの東洋的無常観とも思える姿勢には、違和感すら覚えたものだった。しかし今にして思えば、小津が松竹以外の会社（東宝）で撮った『小早川家の秋』のラストシーンは、笠智衆と望月優子の夫婦による宗教的な会話を挟むことによって、小津作品のなかでももっとも強烈に死生観を感じさせるものとなっている。とくに火葬場の煙突から上る煙や墓石を強調したシーンは、あらゆる人間がまぬがれえない死と原子への回帰というエピクロス＝ルクレティウス的テーマの映像化だったのだ。

つまり小津とオークショットは（快楽主義という意味においても）そのエピキュリアニズムという点で一致していたのである。ここでエピキュリアニズムというのは「人間の営みは自然にくらべればはかないものだが、ありのままの自然などはもはやなくなってしまったのだから、人為にすがるほかはない」というほどの意味である。[17] 小津の様式への異常なまでのこだわり——たとえば赤い色にこだわった小津は東宝作品でも（富士フイルムではなく）アグファァを使用した——、同じテーマの無限とも思える反復、オークショットにおける「繊細の精神」と「幾何学の精神」との絶妙な結合のよってきたる所以は、そういう意味でのエピキュリアニズムにあったのである。またボルヘスの高弟にして無類の読書の達人であるアルベルト・マングェル（Alberto Manguel）の言葉を借用すれば、エピキュリアニズムの精髄は「人間が受け継いできた遺産。ささやかではあるが、驚くべき遺産は現世であり、この世だけなのだ」（マングェル、前掲書、二九三頁）と断言することにあるのだ。その後英国におけるエピキュリアニズムは、フォースターを経てジュリアン・バーンズ（たとえば『10 1／2章で書かれた世界の歴史』とりわけ第一〇章「夢」を参照）やサイモン・クリッチリー（Simon Critchley. たとえば『哲学者たちの死に方』杉本隆久・國領佳樹訳、河出書房新社、二〇〇九年を参照）に到りさらなる深化＝進化を遂げる。その経緯については、ウォルター・ペーターの『享楽主義者マリウス』などをも含めて、後日論ずる心算（つもり）である。

おわりに

「ポスト真実」の時代におけるリベラル・アイロニスト

イロニーのモットーはさしずめ（ここでパスカルの言い方をあえて応用してみるなら）、「あらゆるものを少しずつ」であり、「一つのものを悉皆」ではない。だからイロニーは幾何学の精神とは反対である。幾何学の精神は、一種の直線的狂信ぶりでもって、仮借なく演繹し、極端にまで表現するのである。イロニーはむしろ繊細の精神に似て、われわれの感情的論理を抑制するものを表現するであろう。

——V・ジャンケレヴィッチ『イロニーの精神』（久米博訳）

「人文学（humanities）」は、大衆リベラリズムや社会主義の標榜する価値体系における「人道主義（humanism）」と簡単に等価とみなしうるようなものを何も伴っていないし、両者が自然に共存するなどということもない。創造性のある教養（リテラシー）とはつねに、訓練によって権威的に伝えられる、少数の者たちの所有物だったのだ。

——ジョージ・スタイナー「テクストとコンテクスト」（『むずかしさについて』加藤雅之ほか訳）

嘘をつくことは下劣な不徳である。〔……〕われわれの相互の理解は言葉を通じてなされるのであるから、これを破る者は社会全体を裏切ることになる。〔……〕もしもこれがわれわれをだますなら、われわれのあらゆる交際を断ち、社会のあらゆるつながりを解消させる。

——モンテーニュ『エセー』第四巻（原二郎訳）

林達夫の戦略

本書の冒頭でも述べたように「あるテクストを別のテクストのコンテクストのなかに、ある人物・形象を別の人物・形象のコンテクストのなかに配置するのに時間を費やす」なかで、わたしは数多くの書物や作家、思想家を「新しい友人」にもつことができた。それらの人びとに共通しているものはフォースターがカヴァフィスを評した言葉を借用すれば、「いつも世界にたいしてかすかに傾いて立っている」ような人びとである。本書でとりあげたモンテーニュ、ギボン、オークショットたちをリベラル・アイロニストと呼んでもよかろう。ジャンケレヴィッチによればイロニーは「しなやかさ」であり「排他的狂信の不寛容から免疫にしてくれる」ものであり、畢竟「イロニーとは自由」のことなのだから（V・ジャンケレヴィッチ『イロニーの精神』久米博訳、紀伊國屋書店、一九七五年、四三 - 四四頁）。したがって本書には「リベラルになることをいやがるアイロニスト」（フーコー）や「アイロニストになることをいやがるリベラル」（ハーバーマス）のような人物は登場しない。

ところでわが国における唯一無二のエピキュリアン（The Epicurean）であるとともに、唯一無二のリベラル・アイロニストでもある林達夫は、戦時の経験を回顧してこう書いている。

私は一箇の貧しきエピキュリアンにすぎない。〔……〕私はこれまで見たこともない怪奇な観念的凶器をふりかざして大道を闊歩する思想的テロリストや、そのあとに随いてまわる得体のしれぬ「護

> 符」の押売り屋の難を避けるため、わが家の周りにささやかな垣根をめぐらして、なるべく人目につかぬように暮らしていた。私は己が身のほどに適った最小限の自由、すなわち怪物と狂行とから身を隔離する自由、そして幾坪かの畑に蔬菜をつくるとともに、庭前の一本（ひともと）の薔薇の木にせめて少しばかりの花を咲かせたい自由を確保しようとする以外に、何の希望も抱かなかった。（『歴史の暮方』「序」、『林達夫著作集4　批評の弁証法』平凡社、一九七一年、四四‐四五頁）

また「反語的精神――跋に代えて」というエッセイでは、このようなエピキュリアン的生き方を「ジャンケレヴィッチに従って、ソクラテスの反語的順応主義」（『林達夫著作集5　政治のフォークロア』平凡社、一九七二年、一〇頁）とも呼んでいる。林にとって戦時日本社会の転換点は、真珠湾攻撃の時点ではなく近衛新体制＝大政翼賛体制が始まった時点にあった。その時点で彼は「もう万事休す」と感じたという。彼は勤務先の大学の公開講演会で「新秩序と哲学の動向」という講演を依頼される。後年このエッセイを執筆するために依拠したのが、この講演の草稿である。この草稿には「懐疑も反問も詮索も探究も批判も――いわんや反抗などはできない。順応するしかない」時代にあって、一個人が尊厳と自由を保ちながら生きてゆくための方法が模索されている。

> 実はこんどの「新体制」の唱導以前に、思想の大勢はすでにコンフォルミスムの方向をとっていたのです。私はここでいま我々の周囲にぞくぞくと輩出しつつある思想的アリヴィスト（立身出世主義者）にすぎない、哲学者の仮面をつけた山師や曲芸師――つまり現代のソフィストといってよろしいが

——だとか、また急進的な思想家の顔をした、その実、反動的な政治的順応主義を信奉するにすぎぬ一種の思想的テロリストの手合いのことは語りますまい。それを無視してよいと思っているからではありません。逆にむかしソクラテスが死んだのは、そういうソフィスティークと闘った、というよりこれを愚弄したからであり、また古代最後の哲学者だったボエティウスが、獄中であの不朽の書物『哲学の慰め』を書いたのは、彼がそういう思想的テロリストの犠牲になったからであります。(同前、一一頁)

ボエティウスのように獄死しないためにはどうすればよいのか? このエッセイでは「ソクラテスの反語的順応主義」とデカルトの「コンフォルミスム・デギゼ(仮装せる順応主義)」という方法も示唆されており、その方法が「彼らが把握し信ずる真理の顕揚のために、あらゆるタクティクス、かけひきに苦慮した」すえに編みだされたものであり、「コンフォルミスムそのものが実は苦肉の戦略だった」所以が詳述されている。その戦略の要諦はつぎの一節に尽きるといってもよかろう。

自由を愛する精神にとって、反語ほど魅力のあるものが又とありましょうか。何が自由だといって、敵対者の演技を演ずること、一つのことを欲しながら、それと正反対のことをなしうるほど自由なことはない。自由なる反語家は柔軟に屈伸し、しかも抵抗的に頑として自らを持ち耐える。真剣さのもつ融通の利かぬ硬直に陥らず、さりとて臆病な順応主義の示す軟弱にも堕さない。(同前、一七頁)

「戦争」という強大な現実をまえにしてこの戦略はたしかに有効だった。「売国奴」の汚名を着せられることもなく、「思想的テロリスト」の犠牲にもならず、戦後の林はリベラルな知識人として、多くの人びとから敬意をもって遇された。その一生はリベラル・アイロニストの見事な範例だった。林のこのエッセイに喚起されてわたしが想起したのは、「古代最後の哲学者だったボエティウス」の、林的なコンフォルミスムとは対照的な生き方だった。

ボエティウスの死

ギボンは『衰亡史』全体の後半部分——東ローマ帝国の台頭から没落まで——の冒頭において、東ゴートの王テオドリックによって反逆罪を宣告され、「パウィアの塔」に幽閉され、処刑された「古代最後の哲学者だったボエティウス」を、「カトーやキケロが躊躇なく自分の同国人だと承認できただろう最後のローマ人」と呼び、その生涯の記述にかなりの頁を割いている（『衰亡史』第六巻、四八頁以下）。ボエティウスが幽閉中に執筆したのが『哲学の慰め』である。

ボエティウス（Anicius Manlius Severius Boethius, 480ca.–524）が生きた時代は古代末期から中世への過渡期であった[1]。ユリアヌス帝による異教復興の試みもキリスト教化の流れを押し止めることはできなかった。テオドシウス帝によるキリスト教の「国教化」によって帝国はあやうく崩壊をまぬがれたが、同帝の死後ローマ帝国は東西——東方領土と西方領土——に分裂し、四一〇年には西ゴート族の王アラリックによってローマは初めて蛮族の蹂躙にゆだねられた。その後も蛮族の侵略は止まずフン族のアッティラがイタリアに侵入、北アフリカのワンダル国王ガイセリックが海を渡ってローマを略奪し、皇后と皇女を捕虜にした。決定的だったのは四七六年に、ゲルマン傭兵隊長オドアケルが二歳の幼帝ロムルス・アウグストゥルスを廃位し「イタリア人民を支配する最初の蛮人」（『哲学の慰め』渡辺義雄訳、筑摩叢書、一九六九年、二三五頁）になったことである。一般にはこの年をもって「西ローマ帝国の滅亡」とされる。さらに四九三年には東ローマ帝国皇帝ゼノンの命によりオドアケルを殺害した東ゴート族の王テオドリックが、東ゴート王国を建設してイタリア半島全域をふくむ広大な領土の支配者になった。オドアケルには「固く門を閉じていたローマの元老院と市民らも、彼〔テオドリック〕をローマの解放者として受入れた」のだった（『衰亡史』第六巻、二五頁）。

帝国は解体したとはいえ、共和政の時代からつづく「元老院と市民（SPQR）」からなる政治的統治体としてのローマはからくも残存していた。テオドリックもこれを尊重して「軍事」と「民政」とを区別して前者はゴート族に、後者はローマ人にゆだねた。テオドリック自身はあくまでの皇帝の名代および東ゴート王国の支配者として君臨したのだった。ローマの名門貴族の家系を継ぐボエティウスは学芸に秀で、すぐれた政治的手腕にもめぐまれていた。「彼は気前よい施与によって貧窮な人々を救い、また世間ではデモステネスかキケロの声にも比せられた彼の雄弁は、一貫して常に純潔と人道の大義のために行使された。もちろん明敏な君主は、かほどまで明々白々たる功労を見抜いて登用した。ボエティウスの栄誉は執政官および名誉顧問の称号で飾られるに至り、彼の才能は官房長官という重職で見事に発揮された〔……〕もしも幸福者という不確かな形容詞がまだ最晩年の何年かを残した人間に安心して冠せられうる限りで、疑いようもなくそう呼ばれてもよい人物であった」（同前、五〇頁）。

このように幸福の絶頂にあったボエティウスはほどなくして塗炭の苦しみを味わわされることになった。元老院議員アルビヌスが蛮族による支配への反発から「ローマの自由を希望した」という罪状によって告発され断罪された。ボエティウスはみずからアルビヌスの企てを弁護するばかりか「自分が陰謀の存在を知ったとしても、私は専制者にはそれを知らせようとは思わぬ」という「軽率な告白」までしてしまった。それがテオドリックの怒りをかい、弁明の機会もあたえられないまま「パウィアの塔」に幽閉され、絞首という極刑がくだされた。そのありさまは目を蔽うばかりである。

ボエティウスの首の廻りに太い綱が力一杯引き締められ、彼の眼球はほとんど眼窩から飛び出るほどであった。彼を絶命するまで棍棒で打ち据えた。もっと穏やかな拷問の方がまだしも多少の人情の発露であったと言えるだろう。(同前、五四頁)

『衰亡史』のこの件(くだり)を読んでわたしが想起したのは、カヴァフィスの同名の詩を表題にした、J・M・クッツェーの小説『夷狄を待ちながら(*Waiting for the Barbarians*)』(土岐恒二訳、集英社文庫、二〇〇三年)だった。カヴァフィスの詩「野蛮人を待つ」はこういう具合に始まる。

「市場に集まり　何を待つのか?」
「今日　野蛮人が来る」
「元老院はなぜ何もしないのか?

なぜ　元老たちは法律も作らずに座っているのか？」
「今日　野蛮人が来るからだ。
今　法案を通過させて何になる？
来た野蛮人が法を作るさ」（『カヴァフィス全詩集』二一七頁）

そしてこういう具合に終わる。

「夜になった。野蛮人はまだ来ない。
兵士が何人か前線から戻った。
野蛮人はもう来ないとさ」

「さあ野蛮人抜きでわしらはどうなる？
連中はせっかく解決策だったのに」（同前、二三〇頁）

ここには「解決策」をもたらすはずの「野蛮人を待ちながら」、形骸化したローマ帝国のもとで生きるローマ市民の倦怠とも諦念ともとれる心情がにじみでている。けれども「野蛮人」は確実に到来し、次第に支配圏を拡大・強化していった。ボエティウスの時代にはかろうじて機能していた元老院も次第に統治能力を失っていった。そもそも古代ローマ文明は都市生活を中心として繁栄していた。それゆえ道路や上下道、浴場などの公共施設、すなわち都市生活に不可欠な社会的インフラの衰微とともに、古代ローマ文明は確実に終焉へと向かっていった。ロンドン東部にあるロンドン博物館の展示に見られるように、ブリタニア属州ではアングロ・サクソン族の侵入とともに、かつては床暖房まで備えていたローマ貴族の住居は灰燼に帰し、一般民衆の生活は穴居生活同然のものになっていった。テオドリックにはじまる「東ゴート王国」は国王の死後アリウス派とカトリックとの対立のなかで消滅するが、彼の遺産はその後──ギボンが嫌って止まなかった──「ビザンツ帝国」へと変貌していった。

『夷狄を待ちながら』

『夷狄を待ちながら』において描かれるのは、時代も場所も定かでない、とある架空の「帝国」の辺境に位置する、城壁に囲まれた小さな町で二十数年にわたり民政官を務める人物「私」の物語である。「私」は民政官としての自己の任務をつぎのように考えている。「私」は窃盗をおかした若者にたいしてこのように諭(さと)す。

「われわれはみんな法に従わねばならず、法はわれわれの誰よりも偉大なのだ。おまえをここへよこした治安判事も、私自身も、おまえも──われわれはみんな法に従わねばならない。」〔……〕当時私自身、いついかなる瞬間においてもわれわれはひとりひとりが、女も、子供も、おそらく粉挽場(こなひきば)の水車を回す老いた馬でさえ、何が正しいかわかっていると信じて疑わなかった。生きとし生けるものは正義の記憶をもってこの世に生れ出るものというわけである。「しかしわれわれは法の世界に生きている」と私はその哀れな囚人に言った。「次善の世界に。そのことはどうすることもできない。われわれは堕ちた存在なのだ。われわれにできることは、正義の記憶が薄れるがままにせず、みんなで法を護持することだ。」（クッツェー、前掲書、三〇八頁）

ここにみられるのは城壁に囲まれた都市のなかで、束の間の安全と平穏を確保しようとするエピキュリアン的な秩序観であり、それは辻の小説に描かれたユリアヌス帝が追い求めた「ローマの平和」にも相通じている。そうした民政官としての任務に忠実に町の治安を維持してきた「私」のまえに、ある日突然「帝国」の首都から派遣された訪問将校ジョル大佐（治安警察の最重要部門、第三局の将校）が、夷狄の老人と少年、そして数人の囚人を連行してやって来る。老人は拷問の果てに亡くなり、少年はジョル大佐が率いる夷狄征伐のガイドとして町を立ち去る。老人の死体はこのように描写される。

灰色の髭（ひげ）は血糊（ちのり）で固まっている。唇は潰れて引っ込められ、歯が何本か折れている。片方の目玉はでんぐり返しになり、もう片方は眼窩（がんか）が血まみれの空洞になっている。（同前、二〇頁）

数日後ジョル大佐は多数の囚人を連行して来るが、彼らは町の周辺で漁業をいとなむ「漁民」だった。「私」の訴えにもかかわらずジョル大佐は囚人たちを狭い部屋に押し込め拷問をくわえる。ジョル大佐が連行してきた囚人のなかに夷狄の若い女性がいた。「私」はこの夷狄の女性が拷問で受けた傷を手当てするうちに、この女性と懇ろになる。けれども本当に打ち解けることはできない。「私」がこの女性の顔に見いだすのは「二つの黒いガラスの昆虫のような目（そこからは相互に交換しあう眼差しは返ってこず、私の二重像が私に向かって投げ返されてくるにすぎない目）のせいでまるで仮面をかぶったように無表情に見える顔というイメージ」（同前、一〇二頁）でしかなかった。かつては「文明というものが必然的に夷狄の美徳を堕落させ、他者に従属する民族を生みだすのであれば、私は文明に反対すると心に決めた」（同前、八八－八九頁）、その当人が夷狄の女性を娼婦のように扱っていることに気づいた「私」は、その女性を夷狄のもとに送り届けようとする。「私」は、兵士三人と若い女性、駄獣四頭をともなって、城壁都市の北方にある山岳地帯に住む夷狄を目指す。

困難な旅の果てに「私」は夷狄のグループと遭遇し無事に女性を引き渡す。「私」は帰途のために丈夫な馬と引き換えにしようと銀の延べ棒を差しだすが、夷狄のリーダーはその取引を拒絶して銀だけを持ち去る。帰途は往路よりも困難をきわめていたが、数日後に「私」はようやく城砦都市に辿り着く。が、そこに待っていたのは大佐の遠征中に町の治安を担当する、第三局のマンデル准尉だった。

遠征から多数の囚人をともなって戻ったジョル大佐とマンデル准尉から、「私」は夷狄との密通の嫌疑をかけられ、小さな部屋に閉じ込められ過酷な拷問を受ける。町が平穏だったころ「私」は、かつて夷狄が書き残した「柏陽の木簡」を収集していた。城砦都市の周辺には大量の木簡が埋もれており、ここがかつては夷狄の居住地だったことがうかがわれる。「私」はその木簡を夷狄が遺した「歴史」の破片として珍重していた。大佐は木簡には秘密の情報が書かれていると疑い、「私」にその木簡の解読を迫る。けれどもそれは「私」を脅すためのこけおどしの振る舞いにすぎず、大佐と准尉にとってその木簡はぼろ屑同然だった。彼らはあくまでも非公式な夷狄訪問の際に「私」と夷狄とのあいだで取り交わされた会話の詳細についての弁明を迫るが、「私」はそれを断固として「拒否する」。

処刑はまぬがれたものの「私」は「女の下着をきて木から吊り下げられ、助けを求めて叫んでいたあの日、跡形もなく権威を失ってしまった老いたる道化、手の使用を封じられてしまったために、まる一週間犬のように敷石からじかに食べ物を舐めとって食べた汚い人間」（同前、二七五－二七六頁）として、城砦都市の広場に放置される。後日この町の歴史をしたためようとする「私」の脳裏には、「われわれはここで生きつづけるためなら、どのような譲歩でもしていたことだろう」（同前、三四一頁。傍点は引用者）という思いが過（よ）ぎる。けれどもジョル大佐やマンデル准尉からはいかなる譲歩条件も提示されず、夷狄との会話ではいかなる機密情報も交わされなかったのだから、「私」にはそもそも譲歩の余地はなかったのだ。

リベラル・アイロニストの望み

『夷狄を待ちながら』の読者は（そしてわたし自身も）「どうしてジョル大佐は「私」を殺さないのか？」、「どうして「私」は頑（かたく）ななまでに帝国に刃向うのか？」という疑問にとらわれる。「ソクラテスの反語的順応主義」によってテオドリックと妥協して生き延びられたかもしれないボエティウスが処刑された理由は、比較的に容易に説明できる。ギボンはこう書いている。

純粋で剛毅な性格の人物はややもすると先入見に惑わされて熱誓に煽られる結果として、私的な敵意を公的な正義と混同する傾向があることを知るが、このプラトンの高弟も人間の自然な性向の弱点と社会の不完全性を過大視した憾みがある。ゴート王国の最も温和な体制、さらにはそれへの臣従と感温という負い目自体が、ローマの愛国者たる人間の自由な精神には耐えられなかったに違いない。

（『衰亡史』第六巻、五一頁）

ギボンによればこの高貴なローマ人は「テオドリックの最後の暗い時代にあって、自分が一奴隷の身であることを痛感して憤激した。しかし彼の生命を支配していたのは彼の主人たる国王のみであったから、今や彼は元老院の安全が自己のそれと両立できないと信じ込むに至ったこの怒れる一野蛮人に対し、自らの無防備を少しも臆せずに立ち向かった」（同前）。

「野蛮と文明」の対比は『衰亡史』を一貫するテーマである。ボエティウスにとっては、かつての栄光は失われたとはいえ、古代ギリシア・ローマ文明は「野蛮」に抵抗する自らの信念の拠り所となりえた。ボエティウスは「文明」に殉じ、『哲学の慰め』という古代最後の哲学書を遺した。しかし「私」にはボエティウスにあったような信念の拠り所はなかった。「私」はなんのために「帝国」に刃向うのか、どうしてもその自己確信に到達できない。自問自答の果てに「私」はこういう心境に立ち到る。

私は思う、「私は帝国がその臣下、その亡くなった臣下にさえ押しつけた歴史の外に生きたかった。私は夷狄のために、彼らが帝国の歴史を押しつけられるのを望まなかった。そのことが私の舐（な）めさせられた恥辱の原因であるとどうして信じられようか。」（クッツェー、前掲書、三四一―三四二頁）

けれども「歴史の外に生きたい」という「私」の望みは実現されようもなかった。それというのも「私は、帝国が安泰なときに自らについた嘘であり、彼［ジョル大佐］は、厳しい風が吹くときに語る真実である。帝国統治の両面であり、それ以上でも以下でもない」（同前、三〇一頁）からである。そうであるなら「私」と「彼」とのあいだでの「妥協」は不可能であり、「彼」は「私」を処刑することもできない。なぜなら、そうすることは「自己抹殺」であり、「帝国統治」のシステム自体を崩壊へと導くからである。『夷狄を待ちながら』において描かれる「帝国統治」というシステムは「野蛮と文明」という二項対立を無効化し、「高貴な野蛮人」という神話をも否定する。ポストコロニアル文学にありがちな、「善意の民政官」と「悪意の軍人」という構図も成立しえない。「嘘」が同時に「真実」であるような、このシステムの「外部」は存在しえない。それは巨大な内閉空間である。このシステムにおいては時間すらも帝国の運命の消長に応じて、無期限に繰り延べられる。そもそも「夷狄」とは帝国システムを作動させるために捏造した虚像なのかもしれない。もっといえば帝国そのものが幻影なのかもしれないのだ。

帝国が歴史の時間を創造した。帝国は、四季の循環の滑らかな回帰する時間の中にではなく、勃興と衰退の、起源と終焉の、カタストロフィの、荒々しい時間の中に自己を位置づけてきた。帝国は歴史の中に生き、かつ歴史に対して陰謀を企むことを自らの運命としている。帝国の隠れた精神を占有する思いはただ一つ、いかにして終焉を迎えないか、いかにして滅亡しないか、いかにして全盛期を長引かせるかである。（同前、二九六頁）

それにもかかわらず「私」はかつて夷狄が遺した木簡に亜麻油を塗って油紙につつんで、それをもとの場所に埋め戻すのだった。いつの日にかそれを掘り出す者が、「私」が蒙った恥辱や夷狄の女性の肉体に刻まれた「歴史の痕跡」を見いだすことを念じながら……。

このような民政官である「私」は、ローティの定義——「残酷さ」を最悪なものと考え、かつその信念には形而上学的根拠はないと考える者——にしたがえば、まぎれもなくリベラル・アイロニストである。ローティによると「アイロニスト」とは、（「残酷さ＝恥辱」を最悪なものだと考える「リベラル」の信念や欲求は）「時間と偶然の範囲を超えた何ものかに関連しているのだ、という考えを棄て去るほどに歴史主義的で唯名論的な人」（『偶然性・アイロニー・連帯——リベラル・ユートピアの可能性』五頁）のことだからである。『夷狄を待ちながら』という作品には、不思議なほどに宗教的言説は登場しない。帝国の宗教も夷狄の宗教もいっさい不明である。「私」は自らが蒙った恥辱からの救済をいかなる「神」にも求めはしない。「私」が願うのは木簡の破片から、帝国がもたらした恥辱の記憶を甦らせてくれるような人間が到来することである。それによって少しでも恥辱を蒙るひとが減少することである。ローティがいうように、

> アイロニストの文化の内部では、この作業［残酷さの除去］が割り当てられるのは、私的で特異なものの分厚い記述を専門にする学問分野である。とくに、私たちの言語を話さない者たちの苦痛に対する感性を高める小説やエスノグラフィーは、共通の人間本性の論証がおこなうとされていた作業をなさねばならない。連帯は、誰が聞いても認めうる原言語の形態をとってすでに待っていることが

発見されるのではなく、小さな断片を手がかりに構築されなくてはならない。（同前、一九三頁）

『夷狄を待ちながら』の主人公「私」は、このような意味でリベラル・アイロニストとしての作業を見事に果たし終えた。「私」は自然の時間のなかにたたずんで、子供たちがつくる雪だるまを呆然と見つめている。

『エリザベス・コステロ』に描かれた人文学の姿

本書の出版の三年後にクッツェーは『マイケル・K』を出版する。本書ではアパルトヘイト体制下で生きる南アフリカの一青年が蒙る恥辱――最後には農場の土くれと一体化することで終わる――を余すところなく描き切ってブッカー賞を受賞する。一九九九年に出版された『恥辱（*Disgrace*）』では、五二歳の大学教師が若い女子学生の性的魅力に翻弄されたあげくに、娘のルーシーが経営する「動物クリニック」での下働き――廃獣の安楽死の手伝い――に成り果てる姿を描いている（本書によって二度目のブッカー賞を受賞する）。同年には「タナー記念講義（タナー・レクチャー）」として『動物のいのち』を発表する。本書に収められたふたつの講演「哲学者と動物」および「詩人と動物」をふくむメタフィクション『エリザベス・コステロ』が二〇〇三年に出版される。同年にはノーベル文学賞を受賞する。

このようにクッツェーの主要な作品を概観しただけでも、彼が人類の想像力による共感の範囲を虐げられた人びとから大量屠殺される動物にまで拡大していったことが看取できる。これらの作品のなかでわたしの関心にとってもっとも興味深いのは、エリザベス・コステロという六六歳のオーストラリア人女性作家を主人公とした『エリザベス・コステロ』（鴻巣友紀子訳、早川書房、二〇〇六年）である。[2] 本書に収録された「アフリカの人文学」では、徹底した世俗主義者エリザベスと姉のカトリック修道尼ブリジット（ブランチ）とのあいだで人文学の使命をめぐって「ヘレニズム」と「キリスト」との対立が語られる。ブリジットは南アフリカのズールーランドにある「聖母マリア病院」でエイズに感染した子供たちに献身的に奉仕するカトリック教徒である。ある大学から彼女が「リテラル・フマニオス＝人文学」の名誉博士号を授与されることになり、妹のエリザベスはその授与式に出席するためにはるか彼方のオーストラリアから南アフリカを訪れる。授与式では姉のブリジットが人文学の起源とその変容について講演を行う。

その要旨は以下のようなものである。すなわち元来「神に関する学問のストゥディア・ディウィニタティスと区別される、人と人の本質に関する学問」である人文学は、「原典研究」を眼目とした。その際「原典研究」は「聖書」の真のメッセージの究明という目的に仕える「僕」だった。そのために「原典研究者」たちは「真のテクスト」を発見するためにギリシア語、ヘブライ語、中近東の言語を学び、さらにはそうした言語を用いた人びとの「文化」や「歴史」にまで視野を広げていった。一五世紀に到り「コンスタンチノープルが衰退し、ついには滅亡したこと、およびビザンチンの学者たちがイタリアへ逃れた」（『エリザベス・コステロ』八一頁）ことによって、イタリアの地でルネサンスが開花し「人文学」はキリスト以前の古代ギリシア・ローマ文化を称揚するようになった。このような推移のなかで人文学は「ヒューマン・サイエンス」に成り果て、いまや瀕死の状態にある……云々。

このようなブリジットの強硬なキリスト教会至上主義にたいしては聴衆のあいだからも異論が続出する。

聴衆のひとりは、人間の向上こそがルネサンスの目的だったのではないかと前置きしたあとで、このようにブリジットに反論する。

人文主義は隠れ無神論などではなかった。その実ルター派だったなんていうことすらない。あなた自身と同じカソリックのキリスト教徒でしたよ、シスター。ロレンツォ・ヴァラはどうです。ヴァラはなにも教会に歯向かおうとしたんじゃない。たまたま聖ヒエロニムスよりギリシヤ語ができたので、ヒエロニムスの新約聖書の翻訳に誤りがあるのを指摘したんです。ヒエロニムスが完成させたウルガタ聖書とて、神のことばそのものではなく人間の産物であり、ゆえに改良の余地がある、という原理を教会が受け入れていたら、西欧世界の歴史は変わっていたかもしれない。（同前、九〇－九一頁。訳注は省略）

講演会が終わってホテルに戻った姉妹のあいだでは、ヘラスの美は「キリスト教の未来図に代わって、人文主義が提供しうる唯一の代替え品」だったと言い募るエリザベスにたいして、ブリジットは「教会なくして救済なし（エクストラ・エクレシアム・ヌラ・サルヴァティア）」と切って捨てる。翌日エリザベスはブリジットが管理・経営する「聖母マリア病院」を訪れる。そこでエリザベスは、異貌のキリスト像──「拷問を受ける男の顔は、フォルマリズム風に簡略化され、平べったい仮面となっていた。目は細く切り込みを入れただけで口は厚ぼったく垂れている」──を造る地元の彫刻師（ジョウゼフ）と出会う。このキリスト像をめぐってまたもや議論が始まる。エリザベスいわく。

率直に言って、ブランチ、わたしは礫文化(はりつけ)の伝統そのものに、何かこう卑しくて、時代遅れで、中世的な匂いを感じるわね。実に悪い意味で――風呂にも入らない修道士、無学な司祭、おびえて縮こまる農夫たち、ヨーロッパ史のいちばん汚らしくてよどみきった局面をアフリカに再現して、どうしようというの?（同前、一〇三－一〇四頁）

これにたいしてブリジットはホルバインやグリューネヴァルトが宗教改革の時代の画家であること、そもそも西欧の教養人がアフリカのズールー人と接触した際にギリシア人を再発見したこと、一九世紀の『イリアス』の挿画に描かれたヘクトルやアキレスは肌の色が白いことを除けば、ズールー人とそっくりだったことを引き合いにだしてこう切り返す。「ズールーランドをスパルタ国」にしようとして「パブリックスクールの元少年たち」が差しだしたギリシア文化をズールー人たちは拒絶して、「それに代わって、彼らは地中海世界の中のほかを探したの。そしてキリスト教徒になることを選んだ。生けるキリストの信奉者であることを。ジョウゼフは自分のモデルにイエスを選んできた。彼に訊いてごらんなさい。話してくれるから」（同前、一〇五頁）。さらにブリジットは西洋以外の地、たとえばオーストラリアや他の植民地世界、ブラジル、フィリピン諸島、ロシアなどのいたるところで、こういうキリスト教と異教との習合や起源の捏造と歪曲があることを言い募る。その後エリザベスは教会のミサに列席するがその熱気に当てられて卒倒する。別室に運ばれたエリザベスは、かたわらに付き添うブリジットに向かってこう述べる。

「かくしてそなたは勝利せり。おお、青白きガリラヤびと（キリスト教徒）よ」エリザベスは嫌味な声音を抑えようともしない。「わたしにこういうことを言わせたいの、ブランチ」。（同前、一一一頁。「かくしてそなたは……云々」はユリアヌスが死に際にいったとされる言葉）

しかし話はこれでお終いではない。クッツェーが創造したキャラクターのなかで、おそらくもっともチャーミングで才気渙発、機知にとんだエリザベスがこのまま引き下がるはずはない。オーストラリアに帰国してひと月後にエリザベスは、ブリジットに宛てて一通の手紙をしたためる。そこには姉妹の母親が生前親しく付き合っていたフィリップという男性とエリザベスとの、ある秘密の交流が語られていた。フィリップは「多趣味で読書家」のひとかどの人物だった。彼の趣味のひとつは水彩画だった。晩年の彼は喉頭癌に冒されほとんど話すことができなかった。フィリップはエリザベスをモデルにした肖像画を描きたいと申し入れる。ある日のことフィリップのもとを訪れたエリザベスにフィリップは、「ヌードのきみを描けたら、すごくよかったろうに」という仮定法過去で書いたメモ用紙を手渡す。この告白の意味を理解しようと努めたあげくにエリザベスは、セミヌードの姿をフィリップのまえにさらす。そしてフィリップの目に映じたであろう自らの姿は彼女を通して顕現した「女神」であり、「アフロディーテかヘーラー、いっそアルテミスかもしれない。わたしは不死の生き物だった」と書き記す。さらに追い打ちをかけるようにこのように書いて、その手紙を終わるのだった。

美しさ。ズールーランドならむきだしの体はいくらでも目にする機会があるでしょうけど、これは認めてちょうだい、ブランチ。そこでも女の乳房ほど人間らしい美しさをもつものはないでしょう。男たちに鉛筆やのみや手で何度でもなぞりたいと思わせるもの、この奇妙な曲線を描く袋ほど、人間らしい美しさと人間らしい謎に満ちたものはないし、そういう男たちの執着にわたしたちが（女のほうが、という意味ね）手を貸すほど愛おしいことはないわ。

人文学は人間らしさを教える学問よ。何世紀にもわたるキリスト教の長き夜が明けた後、人文学はわたしたち本来の美しさを返してくれた。人間らしい美しさを。あなたが言い忘れたのは、そこだった。それこそが、ギリシャ人がわたしたちに教えてくれたことよ、ブランチ、正しいギリシャ人がね。考えてみて。（同前、一一七－一一八頁）

ここで終われば読者は（そしてわたし自身も）、キリスト教的妄信にたいする人文主義の勝利宣言、宗教にたいする「人間らしい美しさ」の勝利をことほぐことができる。けれども「アフリカの人文学」という小説にはさらに、この手紙では書かなかったこと、エリザベスがあえて書こうとしなかった事実が書かれている。それはフィリップとのより濃密な身体的接触のことである。エリザベスはそれを「エロスではないことは間違いなし――そう呼ぶにはグロテスクすぎる。隣人愛（アガペー）？　これも違うだろう。ということは、ギリシャ人には名づけようにも適当な言葉がないということか？　キリスト教がぴったりの語をもって現れるのを待つしかないのか？　同胞愛（カリタス）という語を」（同前、一二二頁）というように自問自答を繰り返すのだった。

「そう、それはカリタスであるという結論に落ち着いたのだ」（同前）という一文にもかかわらず、作者クッツェーはエリザベスとブリジットとのあいだには依然として「壁」があり、お互いに率直な話し合いができないことを嘆くエリザベスの悲痛な言葉でこの小説を締めくくっている。

あの世に行きかけた年寄りらしく、なぜ率直にありのままを話しあえないんだろう？　母さんも逝き、フィリップ老人も灰に帰し、風に散ったというのに。われわれが育ち、いまやあなたとわたしだけが残されたこの世界について。わが青春の姉よ、異郷に死にたもうなかれ。わたしに答えを与えず遺していくなかれ！（同前、二二二－二二三頁）

クッツェーの小説ではべつに珍しいことではないが、最終的な「答え」はあたえられないまま読者は、「作者と主人公」「フィクションとノンフィクション」「小説とエッセイ」の境界も不分明な果てしない迷宮に放りだされる。けれども翻訳書でわずか一〇〇頁に満たないこの小説を読むことによって、読者は数多くのものを学ぶ。たんに知識や情報量が増えるというだけではなく、エリザベス・コステロという類いまれな主人公の経験を共有することで、いわば他者の生を生き直すことができる。そのことを通じて自己を「改訂」するのである。人文学の効用はおそらくここにあるのだ。

リベラル・アイロニストにふさわしい振る舞い、そして背教者

現代において危機に瀕しているのは、「リベラルな学び（liberal learning）」（オークショット）としての「人

文学」だけではない。現代世界は『夷狄を待ちながら』で描かれたような「嘘」が同時に「真実」であり、いわゆる「グローバリズム」というだれも逃れられない巨大な内閉空間のなかで生きるのを余儀なくされる、いわゆる「ポスト真実の時代」のなかにある。「グローバリズム」に対抗すべく各国家は自国の周囲に（文字通り）「壁」を張り巡らし、幻影の「夷狄」を想定することによって小規模の内閉空間に閉じこもろうとしているかのようにみえる。それはまるで『夷狄を待ちながら』の城塞都市のようだ。そこでは卑近な意味での「韜晦」が（もはや死語である）知識人のごく普通の態度となり、公共的レトリック自体が私的な「つぶやき」に取って代わり、公式的な「法」ではなく真偽のほども確かめられないその「つぶやき」が政治や経済の動向を左右している。大多数の者はアイロニーとは対極にある「常識（コモンセンス）」を振りかざす。ローティはこう述べている。

［常識こそが］自分や身の回りの者が馴れ親しむ究極の語彙を用いて、重要なことの一切を自意識を介在させずに記述する者の合言葉だからである。常識をもっているとは、こうした究極の語彙で明確に述べられた言明があれば、別様の究極の語彙を使う者の信念、行為、生活を記述し判断・裁決するのに十分である、という点を当然視することにほかならない。（前掲邦訳、一五五頁）

そうだとすれば現代世界においてリベラル・アイロニストという生き方は可能なのだろうか？　もし「本質」を否定することがアイロニストにとって必須の条件であり、アイロニストは本質主義的な「真理基準」――事実と言明の一致――を否定する者のことだとすれば、なにが「真実」でありなにが「虚偽」

なのかが不分明な現代にあって、アイロニストはどのように振る舞うべきなのだろうか？　思うに選択肢は三つある。ひとつ目は「常識」がまかり通るいっさいの公共的レトリックの世界からは身を引き、ボエティウスのように『哲学の慰め』を書くこと、ふたつ目は「リベラル・ユートピアニズム」という旗印を掲げて「思想的テロリスト」たちに戦いを挑むこと。ひとつ目の戦略には「韜晦」つまりは「自己憐憫」と「無責任」に堕するリスクがあり、ふたつ目の戦略にはそれ自体が林のいう「護符＝形而上学」になり果て、戦いのなかで「殺される」リスクがあり、あるいは端的に無視されるという「屈辱」を蒙るかもしれない。第三の戦略はローティがいう「私的な哲学者」になることである。

公共のレトリックが唯名論的で歴史主義的であるリベラルの文化は可能であると同時に望ましいものだ、と考える点で私が正しいとしても、公共のレトリックがアイロニストのものである文化が存在しうるし、そのようなものが存在すべきだとまで主張することは私にはできない。〔……〕アイロニーは、そもそも本来、私的な事柄であるように思える。（同前、一八〇頁）

リベラルな形而上学者は、リベラリズムのハイ・カルチャーは理論を中心にしていると考えるが、リベラルなアイロニストは文芸（その旧く狭い意味での——演劇、詩、とくに小説）を中心にしていると考える。（同前、一九一頁）

リベラル・アイロニストたらんとする者にたいしてローティが、とくに推奨するのは「文芸批評」というジャンルである。彼はナボコフの作品を批評するなかで性的少数者への共感を見いだし、オーウェルの作品を批評するなかで下層階級への共感を見いだした。そのことによってローティは「残虐さは私たち自身のうちに源があることに」気づき、自らの共感の範囲を拡張しアイデンティティを「改訂（revise）」したのだった。わたしは「背教者ユリアヌス」をめぐる言説の変容を跡づけるなかで、わたし自身が多様な他者と出会い、もうひとりの未知のわたしを見いだし、自らが「改訂」され、さらには「再改訂」されてゆくのを実感した。これはささやかな私的達成ではあるが、それを可能にしたものはただひとつ、「読書」である。書物文化はリベラル・アイロニストにとっての最後の砦なのだ。[3] なぜなら「人間というものは自分が学びとるものになる存在であり、これこそが人間の条件なのだ（A man is what he learns to become : this is the human condition.）」（Michael Oakeshott, *The Voice of Liberal Learning*, Yale University Press, 1989, p.17）からである。

読書は「自己改訂」をもたらすだけではない。あるテクストを「見直す」ことによって、そのテクストが配置されていたコンテクスト自体が「改訂」されるのである。現代アメリカの哲学者スタンリー・カヴェル（Stanley Cavell）は、ソローやエマソンを「読む」ことによってウィトゲンシュタイン哲学読解に新たな地平を切り拓いた。カヴェルはこう書いている。

ソローは自らを非服従者と呼ぶが、彼が意味しているのは、耳を傾けることを拒絶することではなく、異なった聞き方をしながらなお理解することへのこだわりである。彼は、自らが行うことを、（神話を）見直すことであるという。この系譜の感性を持つ人々は、改革者や革命家というよりも、見直す者（revisors）と呼んだほうがよいかもしれない。（「没落に抵抗すること——文化の哲学者としてのウィトゲンシュタイン」斎藤直子訳、『現代思想』一九九八年一月号、青土社、六九頁）

カヴェルに霊感をあたえたもうひとりの人物エマソンがいうように、「焼かれる家や書物はことごとく世界に光明を与え、抑圧されたり抹殺されたりした言葉は、どれもこれも、この地上にすみからすみまでくまなく反響をひびかせる。正気と思慮が目ざめるときが、個人ばかりでなく、社会のもとにもつねに訪れてきて、真理は姿を現わし殉教者は義人だと認められる」（『エマソン評論集（上）』酒本雅之訳、岩波文庫、一九七二年、二七一頁）。背教者もまたその例外ではない。たとえユリアヌス帝が義人として認められることはありえないとしても、ましてや列聖されることは金輪際ありえないとしても、彼もまたつねに「見直」されなければならないのだ。

注

第Ⅰ章　ユリアヌスに誘われて

（1）当初文芸雑誌『海』に一九六九年七月号（創刊号）から一九七二年八月号まで連載され、一九七二年一〇月に中央公論社から単行本が刊行された。本書執筆に到る経緯については、さしあたり「『海』と『背教者ユリアヌス』」（『のちの思いに』日本経済新聞社、一九九九年、二六一－二六五頁）を参照。

（2）ちなみに讃美歌『世の成らぬさきに』（二四五）はこの詩の冒頭の一行 "Of the Father's love was begotten Wisdom, and the same is the Son" からとられている。マイケル・A・スクリーチ『モンテーニュとメランコリー』（荒木昭太郎訳、みすず書房、一九九六年、一三六－一三七頁）を参照。スクリーチは当該箇所で「プルデンティウスが、イギリスの読者たちによく知られているのは、クリスマスの讃美歌『父の神の心から生まれでて』によってだ」と書いているが、わたしが知るかぎりすくなくとも同題のクリスマス・キャロルは見当たらない。プルデンティウスの翻訳としては『日々の賛歌・霊魂をめぐる戦い』（家入敏光訳、創文社、一九六七年）があるが、この護教詩は訳出されていない。

（3）『神の国』の執筆動機については諸説あるが、パスカル・キニャール『アプロネニア・アウィティアの柘植の板』（高橋敬訳、青土社、二〇〇〇年）には以下のような興味深い記述がある。同書の「訳者あとがき」によれば、キニャールは「キリスト教はローマの貴婦人によって作られた」との考えを披歴したとのことである。「キリスト教の勝利＝ローマ帝国の衰亡」についてのギボンの考え（後述）と対比するうえで貴重な視点を提示している。

ウォルシアヌス――小メラニア［キリスト教に改宗したローマの貴婦人、ピアニウスはその夫］とピアニウスの伯父〔あるいは叔父〕——はローマに残って伝統宗教を守り、P・サウフェイウス・ミノールの交友圏に近づき、カエサリウスの丘で開かれる会合に顔を出すようになった。そして姪宛てに激越だが多くの点で注目すべき手紙を書き送り、やがてこの思いを他人にも伝えたい、啓蒙したい、使命をはたしたいという子供じみた情熱に突如かられて、帝国全土に手紙をばらまいた。キリスト教が勝利をおさめてから生活はたのしくなくなった、と彼は言う。街や道も寺院も浴場も手入れされぬまま荒れ果て、ゆっくりと瓦解していった。キリスト教が権力を握る前は、書物はしっかり書かれ、暮らしは穏やかで幸多く、物価は高くなく、女たちはきらびやかに美しく色を好み、住まいはゆったりと華があり、喜びはひろごり、光はまばゆく、音は澄み、性器の匂いはより香しく心ときめかせるものだった。焼いた鰊や腸詰めでさえ味が違った。ホノリウスの勅令が出され、ローマの神々が姿を消して以来、ゴート人が居座っている。ローマは寂れた。葡萄酒は血に変わり、パンは火と灰に化した。歌と芝居が拷問の叫びに取って代わられた。美術はほろび廃墟が残った。古きローマ人が神に祈っていたとき、ローマは屹立し、世界を治めていた。キリスト教徒の神は、およそ神とは言えず、信者を守ってこなかった。はたしてローマに義人は五十人いたか？　そしてローマは滅びた。殉教者の守護はいたるところで無力を呈した。基督者ペテロの聖体はローマを守らなかった。基督者ラウレンティウスの聖体はローマを守らなかった。ウォルシアヌスはこのような主張を飽くことなく繰り広げた。マルケリヌスはこれらの手紙を縮約した形にまとめ、ヌミディアのヒッポ・レギウスにいるアウグスティヌスとピニアヌスに反論させるために送り届けさせた。『神の国』の初めの三巻はウォルシアヌスの主張と異教徒に対する周到な反論にあてられている。アラリックは大聖堂を尊重したし、ローマにはソドムほどには義人はいない。ローマの終焉などゲヘナやヨブの災難に比べれば何ほどでもない。蹂躙された処女たちこそ羨むべきである。なんとなれば、彼女たちは凌辱のうちに勝利したのであり、そのことを通じて純潔は肉体的なものではないということを神に教えたのだ。神には劇場を罰する道理があった、云々。（二七－二八頁。なお文中の「マルケリヌス」は四一一年に北アフリカでカルタゴ会議を主催しドナトゥス論争に決着つけるために尽力した人物であり、ウォルシアヌスとは友人関係にあった。この点については近山

金次「アウグスチヌスに於ける歴史的世界の構造」『中世思想研究』第二巻、一九五八年、一四－三二頁を参照）

（4）アンミアヌス『歴史』については小坂俊介「アンミアヌス・マルケリウス『歴史』に関する近年の研究動向」Studio Classica 3, 2012 を参照。

（5）この戯曲については Konrad Eisebichler, "How Bartelome Saw a Play," in: *The Renaissance in the Streets, Schools, and Studies : Essays in Honour of Paul F. Grendler*（Essays and Studies, Volume 16), Toronto : Centre for Reformation and Renaissance Studies, 2008 を参照。なおクリストファー・ヒッパート『メディチ家――その勃興と没落』（遠藤利国訳、リブロポート、一九八四年）第一部一三章「ロレンツォ――パトロン・コレクター・詩人」には、文人としてのロレンツォがよく描かれている。

（6）Luther and Calvin, *On Secular Authority*, edited and translated by Harro Hopel, Cambridge Texts in the History of Political Thought, 1991, p.17 には編者補足として "many others under the Emperor Julian 〔the Apostate〕" とされており、当該箇所の（注）として "Luther is here using illustrations from the popular legends of the Old Church." と記されている。

（7）一六世紀後半のフランスにおける「寛容」思想の成立については、当時の錯綜した議論を見事に整理・分析した、宇羽野明子『政治的寛容』〈大阪市立大学法学選書〉（有斐閣、二〇一四年）を参照。

（8）ギボン以後の英語圏のユリアヌス関連文献については、ネット上のサイト（What Came After Gibbon）が充実している。ラテン系の文献については *L'Empereur Julien : De l'histoire a la l'egende*（*331-1715*), Paris : Les Belles Lettres, 1978 が優れている。

（9）フォースターが二〇世紀最高のエピキュリアン宣言「私の信条（What I Belive）」において民主主義には万歳二唱で十分であり、三度の喝采に値するのは「自由を糧として生きるわが恋人、慕わしき共和国（Even love, the beloved Republic, that feeds upon freedom and lives）」だと述べたとき、彼が引用しているのは、ほかならぬスウィン

バーンの詩 "Hertha" の一節である。
なおスウィンバーンの詩 "The Last Oracle（A. D, 361）" には "And dying, *thou hast conquered*, he said, *Galilean*; he said it and died." という一節があり、エピグラフとしてつぎのようなギリシア語の文章が掲げられている。

εἴπατε τῷ βασιλῆϊ, χαμαὶ πέσε δαίδαλος αὐλά·οὐκέτι φοῖβος ἔχει καλύβαν, οὐ μάντιδα δάφνην, οὐ παγὰν λαλέουσαν, ἀπέσβετο καὶ λάλον ὕδωρ.

（「王に伝えて下さい、輝かしい神殿は崩れ落ち、そして、かつて話し声のように、にぎやかな音をたてていた泉の水も枯れ果ててしまったと。／神のために残された部屋はただのひとつもなく、屋根の覆いもすべてなくなってしまっていました／神の手の中で、予言の月桂樹の花が開くことは、もはやありません」）。

訳文は上村森人『スウィンバーン研究』（渓水社、二〇一〇年、一二一頁）に拠る。このギリシア語の文章は、本文中に英訳されて組み込まれている。いうまでもなくダフネの森のアポロ神殿炎上を伝える使者の言葉である。

(10) 本書については大類伸「皇帝とガリラヤ人」『世界思潮三講』（育生社、一九四八年）所収を参照。この論説は、元来は『岩波講座世界思潮』（岩波書店、一九二八年）に発表されたものの再録である。大類は『皇帝とガリラヤ人』は「真の史劇」であり、「メレジュコフスキーのユリアヌスを主題とした歴史小説『神々の死』は、歴史哲学的なイプセンの作に比すれば單なる記述的歴史にすぎない観がある」と述べている。この論の当否については次章で論ずる。
なおイプセンの邦訳としては以下の三点がある。
①「カイザルとガリラヤ人」（中島孤酔訳、『新評論』一九一四（大正三）年、一一月号）。②『皇帝とガリラヤ人』（島村民蔵訳、世界名著叢書5、東京堂、一九二三（大正一二）年（近代デジタルライブラリーより入手可能。訳者あとがきには「訳文は独文イプセン全集の本文を主として、レクラム版の独訳と、アアチャーの英訳を参照した」とある））、③「皇帝とガリラヤ人　第一部第一幕」（小山内薫訳、春陽堂、一九二九（昭和四）年。小山内訳はドイツ

語全集版からの重訳で『小山内薫全集4』臨川書店、一九七五年に収録されている。水木京太の「解題」によれば小山内は「その口譯を鈴木春浦氏に筆記せしめ、二部十幕の全部を譯了されてゐる。そして厳密な校訂を施した上で公にする豫定で改めて補修の筆を執られたが、漸く第一部第二幕に及んだまま永久の未定稿となって了った。「世界戯曲全集」に豫告されながら収載されなかった所以である」とある)。

(11) じじつヴォルテールはフリードリッヒとの親交と宮廷での厚遇にもかかわらず、一七五三年にフランクフルトにおいて自分にたいしてなされたプロイセン国王フリードリッヒ二世の配下による拘禁を、「野蛮な東ゴート人やヴァンダル人たちの所業」といったと伝えられている(ハンス゠ヨハヒム・シュートリヒ『ヴォルテール、ただいま参上!』松永美穂訳、新潮社、二〇一五年を参照)。

(12) テミスティウスについては、西村昌洋「テミスティウスにおける「哲学」と「哲学者」」『西洋古代史研究』第八号、二〇〇八年を参照。

(13) わたしの手元にあるものだけでも Robert Charles Wilson, *Julian Comstock: A Story of 22nd Century America*, New York: A Tor Book, 2009; Adrian Goldsworthy, *In The Name of Rome: The Men Who Won The Roman Empire*, London: Weidenfeld & Nicolson, 2003; Michael Curtis Ford, *Gods & Legions: A Novel of the Roman Empire*, London: The Orion Publishing Group LtD, 2002; Darrel Schweitzer, *We Are All Legends*, Gillette, NJ.: Wildside Press, 1981; Paul Waters, *The Philosopher Prince*, London: Macmillan, 2010(ちなみに本書のエピグラフにはレオ・シュトラウスのクセノフォン論からの一節が引用されている); Adorian Murdoch, *The Last Pagan: Julian The Apostate and the Death of the Ancient World*, Gloucestershire: Sutton Publishing Limited, 2003 がある。

(14) ヴィダルの『ユリアヌス——ある小説』はリバニオスと五世紀の歴史家・外交官・修辞学者プリスコス(Priscus)との往復書簡というかたちで始まり、ついでユリアヌス自身の『回想録』が提示され、その合間にリバニオスとプリスコスのコメントが入るという複雑な構成をとっている。ヴィダルは回想録 *Point to Point Navigation: A Memoir 1964 to 2006*, London: Abacus, 2007, pp.53–54 において、ヒューストンの本屋では本書が出版されるや即日完売になったと書いている。プリスコスの代表作は *The Fragmentary History of Priscus: Attila, the Huns and the Roman Empire, AD 430–476. Christian Roman Empire series, 11*, translated by John Given (Merchantville, NJ: Evolution Publishing, 2014) として出版されている。なお Book-length ではないが一九世紀アメリカの合理主義者で自ら「不可知論者（agnostic）」を名乗る Robert Green Ingersoll, *The Great Infidels*（1881）には "Julian the Apostate and Giordano Bruno" という一章が含まれている。

(15) この著作については、南雲泰輔「ユリアヌス帝の意識のなかのローマ皇帝像――『ひげぎらい』における法律意識の分析を中心に」『西洋古代史研究』第六号、二〇〇六年を参照。

(16) ユリアヌスにとってのイェルサレムのユダヤ寺院再建計画の経緯についてはR・L・ウィルケン『ローマ人が見たキリスト教』（三小田敏雄ほか訳、ヨルダン社、一九八七年）、第Ⅳ章「背教者ユリアヌス――ユダヤの律法とキリスト教の真理」を参照。たとえばウィルケンはこう述べている。「ユリアヌスの夢は生き続けた。そして、彼に対するキリスト教徒の反論の辛辣さは、彼が彼らの気にさわる部分に触れたことを示している。〔……〕ユリアヌスの神殿再建の計画は、成功しなかったとは言え、古代におけるキリスト教の争いの中でも、最後の、そして最も輝かしき一撃であった」（三〇四―三〇五頁）。卓見というべきであろう。この優れた翻訳書が版元倒産のため、中古市場においてさえ入手不可能な状況にあることはまことに残念である。なお Jeffrey Brodd, "Julian the Apostate and His Plan to Rebuild the Jerusalem Temple," in: *Bible Review*, Vol.XI, No.5, October, 1995 も参照。

(17) カヴァフィスの「ユリアヌス詩編」については、G. W. Bowersock, "The Julian Poems of C. P. Cavafy," in: *Byzantine and Modern Greek Studies* 7（1981）および未刊行草稿については、Renata Lavagnini, "The Unpublished Drafts of Five Poems on Julian the Apostate by C. P. Cavafy," in: *Byzantine and Modern Greek Studies* 6（1980）を参照。なお未完におわった詩編をあつめた *C. P. Cavafy: The Unfinished Poems*, translated by Daniel Mendelsohn, New York: Random House, 2009 には "The Rescue of Julian" と題する、下記の詩が収録されている。

When the frenzied soldires slaughtered
Constantine's relations, after he had died,
and finally the dreadful violence
endangerded even little child—six years old—
of the Caesar Julinus Constantius,
the Christian priest, compassionate,
found him and brought him to asylum
in the church.There they rescued him : Julian at the age six.

Still it's absolutely essential for us to say that
this information comes from a Christian source,
But it's not at all unlikely that it's true.
Historically speaking, there's nothing that seems
incredible : the priest of Christ
rescuing an innocent Christian child.

If it's true—could it be that the very philosophical
Emperor made it clear in this as well, with his
"let there be no memory of that darkness."

（1）なお漱石は明治四四年七月一〇日の「日記」のなかで「メレジコーフスキーと云ふ小説をよんだ。甚だ佳い」と記している（『全集』第二二巻、八五〇頁）。さらに『全集　第十七巻　索引』には「メレジコウスキー、〔ドミトリー〕」、「メレジコウスキーの小説」、「メレジコウスキーのトリロジー」、「『アレキザンダー』」、「『デス　オブ　ザ　ゴッズ』」、「『トルストイとドストエフスキー』」、「『ピーター　エンド　アレキシス』」、「『フォアランナー』」の各項目がエントリーされている。おそらく漱石が読んだのは *Emperor Alexander I*, Reprint 1911 by D. Merezhkovsky と思われる。

（2）『死者の書』とメレシコーフスキイ『神々の死』との関連を論じたものとしては以下の論考がある。

①佐伯彰一「『死者の書』のディレンマ」（『日本の「私」を索めて』河出書房新社、一九七四年、所収）

②長谷川政春「序章　折口信夫（釈超空）のプロフィル」（井口樹生ほか著『折口信夫　孤高の詩人学者　その作品と思想』有斐閣新書、一九七九年、所収）

③長谷川政春「折口信夫の〝神〟――その身体性の意味」（『東横学園女子短期大学　東横国文学』第一五号、一九八三年）

④長谷川政春「史論・小説・語り手――『死者の書』論のためのノート」（同前、第一六号、一九八四年）

⑤高梨一美「「死者の書」の主題」（慶應義塾大学文学会『藝文研究』第四六号、一九八四年）

⑥浅田隆「折口信夫『死者の書』のノート――「金色の髪の豊かに垂れかゝる片肌」について」（『奈良大学紀要』第一八号、平成元年）

⑦袴谷憲昭「釋超空『死者の書』の功罪」（『駒澤大學佛教学部論集』第三七号、平成一八年）

⑧中西恭子「邂逅を書くこころ、境界を越える者」（『季刊　三田文學特集　折口信夫』二〇一四年秋季号）

佐伯はメレシコーフスキイ『神々の死』との関連には言及してはいないが、川端康成や三島由紀夫と比較しながら、折口における「異性愛」への嫌悪感、視覚、聴覚の鋭敏さを強調している。そしてこの「異性愛」への嫌悪感が「大津皇子の描き方における、いくつものエロス的な要素の削ぎ落とし」をもたらし、「死者のよゝみがえりの小説化という驚くべき離れ業に敢えて挑みかけた折口の文学的な勇気を十分に認めた上で」、同じテーマを扱ったオルダス・ハックスリーの『時は停まらねばならぬ』（一九四四年）のような tour de force にはなりえなかったと指摘している（佐伯、前掲書、一八〇―一八一頁）。

高梨は長谷川の論文④を引用しながらつぎのように書いている。

「『背教者ジュリアノ』は古代ギリシア・ローマの神々が、キリスト教のために滅びていく時代、〝神々の死〟を描いた小説である。長谷川氏が指摘された通り、折口はこれに触発されて、「死者の書」で奈良朝における〝日本の神々の死〟を描いたと考えられる。〔……〕「死者の書」は、古代ギリシア・ローマの〝神々の死〟との比較の興味から発して、我が国の万葉びとの生活と基層にある信仰の変容を描いたものであった。「死者の書」の主題は、仏教の生活として受容の姿にあり、維持せられて行くものと変容するものとが、複雑に絡まり合う〝日本の神々の死〟の相貌にあったと考えられる」（高梨、前掲論文、七〇―七一頁）。わたしが思うに「複雑に絡まり合う〝日本の神々の死〟の相貌」こそが、詳細に説明されて然るべきであろう。

浅田論文の主旨は、仏教画の伝統からして、藤原南家の郎女が目にする「俤人」を阿弥陀仏（「大麻曼荼羅」に描かれた「山越の阿弥陀像」）と考える限り「金色の髪の豊かに垂れかゝる片肌」になろうはずはない、というものである。さらに折口は俤人を「渡来仏教の中に習合したキリスト教を示唆しようとしたのではないか」（浅田、前掲論文、三〇頁）と述べて、「続篇」との連続性に鑑みて二上山鞍部に春秋彼岸の中日に現われる俤人は「日本の神であるとともに阿弥陀仏であり、さらには「唐代の衣服を纏うキリスト」を暗示するものであったのではないかと考えるのである。つまり、渡来した仏教の中に、中国においてすでに景教［ネストリウス派］が習合していたということを暗示したのではないか」（同前、三五頁）と、結論づけている。卓見というべきだろう。

袴谷論文はさらに激越で人形アニメ『死者の書』に登場する俤人の姿をまるで「マグマ大使」（袴谷、前掲論文、三九四頁、三九六頁）のようだと軽くジャブを利かせながら、仏教学者として「いかに虚構の小説だからといって、一応一定の時代の枠を設定している以上は、七六〇（天宝四）年頃の段階で、『称賛浄土仏摂受經』がまだ「一部も蔵せられて居ぬ」というのは、いくらなんでも酷すぎるし、折口以上に仏教のことを知らない人は、そのためにより一層大きく誤ってしまうことになるのである」（同前、三九〇頁）と断ずる。

さらには安藤や富岡の著作に一応の敬意を払いながらも「そこに描かれている曼荼羅は、仏教徒のわたしから見れば、宗教の総合商社とも言うべき「土着思想」の競演であるにすぎない。しかも、かかる「土着思想」こそ、折口信夫の『死者の書』が意図した「我が国生得のもの」あるいは「仏教以前から、我々祖先の間に持ち伝へられた日の光の」「輝き出た姿」にほかならないとする解釈が正しいとするならば、『死者の書』の俤人には源信以降の来迎観さえ重ね合わせるべきではないということになり、また、それに伴う功罪も全て折口に帰してもよいことになるだろう」と述べたうえで、安藤が引用しているメレシコーフスキイの文章と英訳とを照合しつつ、「これは、海の向こうから来ようが、今まで数限りなく聞かされてきた海の向こうの「土着思想」なのだ。これと古の道が結託する可能性は充分にある。〔……〕その折口にしても、本居や小林［秀雄］と同様に、自分だけの勝手な思いから古の道へ突き進んで行くと、大抵は誤ってしまうのである」と結論づける（同前、三九九頁、四〇一頁）。

追い打ちをかけるように「追記」では、安藤の『神々の闘争　折口信夫論』を取り上げて「これを［同書に収録されている］「大東亜共栄圏におけるイスラーム型天皇制」を中心に散見していると、イスラーム教が基本に据えられているにも拘わらず、まるで華厳教学かジュリアノの異端の続きでも読んでいるかのような気持ちになってくる。「靖国」問題の場合でもそうであるが、日本の宗教の総合商社が競い合っているので、海の向こうからやって来る「土着思想」は花盛りであるものの、それを真に批判しようとする「外来思想」の正統は誠に少なく、いまだ自由な論争さえ危険である。異端的な「土着思想」同士の安易な癒着を思い、同じ一つの「外来思想」の正統と異端との違いの方を真剣に学ぶ必要があるであろう」（同前、四〇五頁）と鋭く指摘している。わたしも同意見である。

わたしは袴谷論文を読んで「本居や小林［秀雄］と同様に、自分だけの勝手な思いから古の道へ突き進んで行くと、大抵は誤ってしまうのである」という部分に、かねがね疑問をいだいてきた。小林が「自分だけの勝手な思いから古の道へ突き進んで行くと、大抵は誤ってしまうのである」という一節の根拠が了解しかねたのである。『モオツァルト・無常という事』に収録されている「当麻」には、折口との関連は書かれていない。再読して「偶像崇拝」に書かれた、次の文章が袴田のいう「大抵は誤ってしまう」とする根拠だったことに気づいた。「偶像崇拝」にはこうある。

> 〔……〕折口氏の「来迎図」の画因という微妙な観念を掴むのには、氏の中将姫を題材とした「死者の書」という物語、或いはその解説の為に書かれた小論、解説と言っても、詩人の表現に満ちているのだが、「山越の阿弥陀像の画因」〔『八雲』第三編〕を読むより他はないのであるが、強いて掻摘んで言えば、それは民族心理の言わば精神分析学的な映像になる。
>
> 仏教の日想観の思想が到来する遥か昔から、日を拝む信仰は、日本人の間で深く行われていた。宮廷には日祀部の聖職があったし、一般にも、春と秋との真中頃、「日祀り」をする風習があった。娘盛り、女盛りの人達が、朝は日を迎えて東へ、夕は日を追って西へと、幾村里かけて、野や山を巡拝して歩く「山ごもり」「野遊び」の行事が行われていた。これは幾百年の間の幾万人の韋提希夫人であった。浄土の日想観という新しい衣装は、彼女たちにもよく似合っていたが、彼女たちの肉体を覆いきる事は出来なかったのである。日想観が、「弱法師」に見られる様な、日想観往生として固定する様になっても、女達は、日かげを追って、太古さながらの野山を馳けていた。藤原南家の郎女が、彼岸中日の夕、二上山の日没に、仏の幻を見たのは、渡来した新知識に酔ったその精神なのだが、さまよい出たのは、昔ながらの日祀りの女の身体であった。女心の裡に男心の伝説が生きていないわけがない。「当麻」に化尼めいた語部の嫗の話は、生まれぬ先から知っていた事の様に思われる。招いているのは二上山にいる大津皇子の霊である。或いは、天若日子の霊かも知れぬ。〔……〕折口氏は、「恵心僧都の」そういう素直な感動をそのまま動機として取り上げ、大胆に「山越し阿弥陀」を描いた処に、彼の巨大性があったとする。自ら釈超空と名告るこの優れた詩人は言う、「今日も尚、高田の町から西に向かって、当麻の村へ行くとすれば、日没の頃を選ぶがよい。日は両峰の間に俄かに沈むが如くして、又更に浮きあがって

来るのを見るであろう。(『モオツァルト・無常という事』新潮文庫、一五六―一五七頁。)

なるほど、合点がいった。

中西論文は、メレシコーフスキイ『背教者ジュリアノ』のわが国における受容史を丁寧にたどるとともに、折口『死者の書』との関連を明らかにした、短文ながら密度の濃い優れた論考である。また『死者の書』についてのつぎのような解釈はわたしの見解に通ずるものがある。「この物語に折口は、律令体制崩壊期の社会の変容のなかにある仏教と古来の神々との相克の諸相を、史料と学問の裏付けをもって配した。この混沌とした時代は、遠い後の世から見てはじめて「神々の死」時代であったと了解しえたのである」(中西、前掲論文、一〇一頁)。またヨーロッパ古代末期研究の専門家として、アンミアヌス・マルケリヌスの『歴史』をはじめとするユリアヌス帝と同時代の史料との関連についても教えられる点が多い。ただし太平洋戦争後における折口の身の処し方については、わたしと見解を異にする。またわたし自身の乏しい知識からしても、『死者の書』の時代背景を「律令体制崩壊期」としている点は疑問が残る。たしかにユリアヌス帝の時代は「ローマ帝国の衰退期」ではあったが、わが国の天武期、持統期(七世紀後半から八世紀前半)は藤原京の造営、飛鳥浄御原令の施行などによって、まさしく中央集権的な「律令体制国家」が確立された時代なのである(佐々木潤之助ほか編『概説　日本歴史』吉川弘文館、二〇〇〇年、一五頁などを参照)。また引用されている折口の「寿詞をたてまつる心」は「寿詞をたてまつる心々」の誤植であろう。

なお森山重男の『折口信夫『死者の書』の世界』(三一書房、一九九一年)では、エジプトの『死者之書』と『穆天使伝』との関連については詳説されているものの、メレシコーフスキイとの関連についてはまったく論じられていない。

(3)『死者の書』における「音」の効果については、松浦寿輝『増補　折口信夫』(ちくま学芸文庫、二〇〇八年)を参照。

(4)「ノスタルジア」の語源と今日までの意味の変容については、拙著『現代保守思想の振幅――離脱と帰属の間』

（新評論、一九九五年）所収の「ノスタルジアの解剖」を参照されたい。

（5）　イーグルトン『甘美なる暴力――悲劇の思想』（森田典正訳、大月書店、二〇〇四年、四二九頁）。引用文は邦訳書の原文通り。なおこの一文の原文は“If you can fall no further, then the only direction is up.”である。この邦訳書にはフロイトの「不思議（uncanny）」という表現があるが（同書、三二一頁）、これには「不気味なもの」という定訳がある。またトーマス・マンの『聖なる罪人（*The Holly Sinner*）』という小説からの引用もあるが、新潮社版『全集』に当たってみたところ、そういう題名の小説は見当たらない。マンに詳しい国士舘大学の中金教授のご教示により、『選ばれし人』の英訳題名だということが判明した。その他、本邦訳書には「誤訳」とまではいわないが、読者にたいする親切さが欠如している部分が散見される。編集者によるチェックによって容易に回避される瑕疵であろう。翻訳者は原著者以上に勉強せねばならぬという原則は、いつから忘れられてしまったのだろうか。原書が優れた「悲劇論」であるだけに惜しまれる。

カヴェルによる珠玉の「リア王」論（「愛の回避――『リア王』を読む」）を含む、待望久しい『悲劇の構造――シェイクスピアと懐疑の哲学』（中川雄一訳、春秋社、二〇一六年）がやっと出版された。それも見事な翻訳で。カヴェルのパセティックで疾駆するような、たたみかけるような文章を、明快でリズムのある日本語に翻訳された訳者には敬意を表する。本文中で本書を参照できなかったことを悔やむものである。彼がいう「ひとつの特殊な作品の世界を自己意識に導くことを［眼目とする］批評の様態（モード）のひとつ」である「哲学的批評」（前掲書、一四〇頁）のカノンであり、まさしく現代懐疑論者による著作の白眉である。わたしが「白眉」だという所以はたとえばこういう部分にある。

懐疑論者は、私たちが共有する世界、あるいは共有すると思っていた世界を大喜びで思慮もなく断念するわけではない。彼は、オースティンが考えていたようなペテン師でも、プラグマティストが誤解していたような愚か者でも、教養や経験もある人から見ればそう見えるような青二才でもない。懐疑論者は、世界が重要なものであるというまさにその理由で、また、世界とは現前するものとの繫がりをもつ舞台であり劇場であるという理由で、世界を断念する。〔……〕世界は受け入れられるべきである。他人の心の現前性が、知られるべき〔known〕なのではなく、承認されるべき〔acknowledged〕であるように。（同前、一五六－一五七頁）

ただし先述した「愛情の競り売り（love auction）」という表現はカヴェルのものではなく、イグナティエフ独自のものである。けれどもイグナティエフが「注」においてこの論説を引用していることから考えても、彼がこの「リア王」論においてカヴェルから多大の影響を受けたことは確実である。たとえばこんな具合である。

子供を買収して愛をだましとるのは親の性（さが）である。姉ふたりは賄賂を受け取り、それが理由で父を軽蔑する。末娘はこの誘惑にしりごみする。あたかも辱め〔violation〕を恐れるかのように。（同前、一〇一頁）

彼［リア王］の企てのもつ悪い点は安売りが愛の品質低下を招くという点ではなく、愛を請うために企てたその安売りの初めから、愛そのものが本質的に下劣であり卑しいという点にあると。（同前、一〇三－一〇四頁）

ちなみに現代における最高の「愛の哲学者」マーサ・ヌスバウムは、数十年前に出席したカヴェルのセミナーで本論説のもとになったシェイクスピア講義を聴いて「度胆を抜かれたという伝説もある」そうである（同前、「訳者あとがき」、四三二頁を参照）。

（6）ただし穂積生萩『折口信夫——虚像と実像』（勉誠社、一九九六年）には以下のような記述がある。

折口は執念深い人で、一度傷つけられたことは、忘れない。根に持って報復する人である。
ただ、その報復の仕方に計算があって、ひたすら平身低頭するのも一方法だし、爆弾でふっとばすこともある。

柳田に対しては前者のやり方で、終生報復をし続けたと、私は考える。終生柳田学を崇拝しながら、わが道はわが道として枉げることのなかったのは、これも一つの報復であろうか。（同書、一七五頁）

また鳥居哲夫『折口信夫&穂積生萩——性を超えた愛のかたち』（開山堂出版、二〇一四年、一五一頁）には、唯一の女弟子である穂積と折口とが連れ立った秋田の実家を訪問した際に、折口が「あんたの家のお顔で、コカイン手に入らないか？」といったという記述がある。

（7）保田による和辻批判については、わが国における和辻研究の白眉である苅部直『光の領国——和辻哲郎』（創文社、一九九五年。のちに岩波現代文庫に収録）を参照。とくに同書二一〇頁の「注18」では保田の二編の論説が引用されている。保田による「當麻曼荼羅」における和辻批判の対象となっているのが和辻のいかなる論説であるかは、出典が明示されていないので不明であるが、おそらくは『古寺巡礼』に収録されたものであろう。苅部氏からいただいた情報によれば、法政大学図書館所蔵の「和辻旧蔵書」には折口の『古代研究』が含まれており、「ほんの少し書き込み」があるとのことである。

なおわたし自身の『死者の書』と折口の思想についての考えは以下のとおりである。すなわち『死者の書』が「私の女主人公南家藤原郎女の、幾度か見た二上山の幻影は、古人相共に見、又僧都の一人の、之を具象せしめた古代の幻想であつた」（「画因」『死者の書・身毒丸』中公文庫、所収、一八五頁）というのは妥当であろう。その意味で『死者の書』はまぎれもなく「近代人の目に映じた古代の生活」を描いたものであり、「日本人総体の精神分析」であり、ユングがいう「集合的無意識」の一端には触れているといえよう。だからこそそれは日本の古代にだけ特徴的な現象の表現ではないのだ。また「『死者の書』は、明治以後の日本近代小説の、最高の成果である」（同前、二一一頁）という川村二郎の評価も、文学論としては首肯できる。

しかしながら戦後の折口の「神道宗教化」についての一連の発言は、わたしにはとても納得できかねる。「保田が戦中に熱狂的に支持されたにもかかわらず、戦後は「忘れられた思想家」となり、さらには激烈な批判の対象となってきた」（石川、前掲書、一三五頁）のに反して、折口は活発に神道復活論を唱える。「神道の戦争責任」（村井紀「再説・反折口信夫――神道の戦争責任」『現代思想　総特集：折口信夫』二〇一四年、五月臨時増刊号、三三―三五頁）が云々され、あのラジオ放送を聴いて「道を踏み外した者」がいるとすれば、同時に「戦後責任」をも問われるべきであろう。折口の――少なくとも――「神道論」は、「古代から来た未来人」（中沢新一）による救済の言葉ではなく、「古代の幻想」に憑りつかれた近代人の妄想の果てに発せられた。日本の未来＝現在が、折口の望んだようなものでなかったことを、わたしたちは喜ぶべきなのだ。付言すれば、安藤のいう「アジアの一信教」は今や「イスラーム過激派」として猛威を振るっているのではないか。

（8）この点についてご教示いただいた苅部直氏にはふかく感謝する。

（9）メラー・ファン・デン・ブルックについては、さしあたり、スタン・ラウリセンス『ヒトラーに盗まれた第三帝国』（大山昌子＋梶山あゆみ訳、原書房、二〇〇〇年）を参照されたい。メラーにかんする邦語文献としては、三宅正樹「ワイマール・デモクラシーと知識人――モエラー・ファン・デン・ブルックとF・マイネッケ」（『思想』一九六〇年、一一月号）、多田眞鋤「ナチズムの精神構造――ドイツ精神史への一視角」（『横浜商大論集』一七（一）、二〇〇三年）などがある。とくにフリッツ・スターン『文化的絶望の政治――ゲルマン的イデオロギーの台頭に関する研究』（中道寿一訳、三嶺書房、一九八八年）の「Ⅲ　メラー・ヴァン・デン・ブルックと第三帝国」は「第三帝国」論としても、メラー・ファン・デン・ブルック論としても圧巻である。メラーとメレシコーフスキイとの出会いについては小岸昭「角をもった王子――『悪霊』と第三帝国」（江川卓・亀山郁夫共編『ドストエフスキーの現在』JCA出版、一九八五年、所収、二三九頁以下）を参照。

（10）元来「第三帝国」という言葉は、中世イタリアの思想家フィオーレのヨアキムの「三時代教説」と呼ばれる考え方に起源を有する。それによれば、第一に「律法の下に俗人が生きる「父の国」時代」があり、第二に「イエス・キリストのもとに聖職者が生きる「子の国」の時代」がつづき、そして最後に「自由な精神の下に修道士が生きる「聖霊の国」の時代」が訪れるとされる。ここではこの「第三の国」が来るべき理想の国であるということになる。メラーの『第三帝国』では、第一のライヒである「神聖ローマ帝国」と、第二のライヒである「ドイツ帝国」の正統性を受け継ぐ「第三のライヒ（第三帝国）」の創設が唱えられた。その根底にあるのは民族共同体を破壊する自由主義への嫌悪、政治指導者による独裁「指導者原理」などであった（多田眞鋤「ナチズムの精神構造――ドイツ精神史への一視角」『横浜商大論集』三七（一）、二〇〇三年を参照）。邦訳書としてはハインリッヒ・ボルンカム（Heinrich Bornkamm）『ドイツ精神とルター』（谷口茂訳、聖文社、一九七八年）などがある。本書については多田眞鋤『近代ドイツ精神史』（慶應通信、一九八八年）に「文献紹介」がある。またJ・F・ノイロール（Jean F. Neurohr）『第三帝国の神話――ナチズムの精神史』（山崎章甫・村田宇兵衛訳、未來社、一九六三年）をも参照。

なおイプセンの『皇帝とガリラヤ人』における「第三帝国」というアイディアを受け継いで、茅原崋山が『第三帝国』という雑誌を拠点として、独自な「民本主義」を唱えたことについては、茅原健『民本主義の論客　茅原崋山伝』（不二出版、二〇〇二年）を参照。

（11）産業構造の変化に連動する戦後宗教の消長については島田裕巳『戦後日本の宗教史』（筑摩選書、二〇一六年）を参照。

（12）「解説」の執筆者である野口はヴェーバーとの関連については詳細に論じているが、ヴェーバーの『少年期ヴェーバー　古代・中世論』（今野元訳、岩波書店、二〇〇九年）には、ユリアヌスについてのかなり長めの言及があることにはまったくふれていない。ちなみにシュミットの本に付された膨大な注記は、ドイツにおけるユリアヌス関連文献への格好の道案内になっている。なおヴェーバーの「古代文化没落論」（一八九六年）は、堀米庸三による名訳もあって、今日でも参照するに足る名講義である。注記から抜粋した文献は以下のとおりである。その大部分はデジタル（ＰＤＦ）化されている。

1801　D.H. Hegewisch, "Einige Anmerkung über Kaiser Julians Schriften und Charakter," in: *Historische und Literarisch Aufsaetze*. (PDF)

1832　Wiggers, *Zeitschrift für historische Theologie*.

1846 Teuffel, *Pauleys Real, Enzyklopeadia*, Bd.IV.(PDF)

1847 David Friedrich Strauss, *Der Romantiker auf dem Throne der Cäsaren, oder Julian der Abtrünnige. Ein vortrag.*(PDF)

1868 Sievers z. B. "Die Reaktion unter Julian," in：*Das Leben von Libanius.*(PDF)

1877 マックス・ヴェーバー「ローマ帝政期——民族大移動の時代」（『少年期ヴェーバー　古代・中世史論』今野元訳、岩波書店、二〇〇九年、所収）

1877 Fr. Rode, *Geschichte der Reaktion Kaiser Julians.*(PDF)

1896 ASMUS, *Eine Encyklika Julians des Abtrünnigen und ihre Vorläufer*, in：ZKG 16, 1896, S. 45.

1896 マックス・ヴェーバー「古代文化没落論」（フライブルク大学講演、堀米庸三訳、『世界思想教養全集18　ウェーバーの思想』河出書房新社、一九六二年）

1906 O. Gruppe, *Griechische Mythologie und Religionsgeschichte*, Bd.II im dem I. v. Müellerschen Handbuch V, 2-München.

1914 Johannes Greffcken, *Kaiser Julian.*(PDF)

このようにみてくるとシュトラウスの"Cäsar"という用語は、ほかの"Kaiser"とは区別されているのがわかる。英語の用語法にしたがえば"Cäsar"は普通には「副帝」とされている。シュトラウスの著書は橋川訳では『皇帝の座にあるロマン主義者』とされ、大久保訳では『帝位にあるロマン主義者』とされている。シュトラウスが扱っているのは「副帝」時代のユリアヌスには限定されていないので双方とも間違いではなかろうが、大久保訳のほうがしっくりくるように思う。上記諸文献のなかでもヘーゲヴィッシュの論文は、ユリアヌス帝の著作や同時代の文献を縦横に駆使してユリアヌス帝の「事跡と人物像」を見事に描いている。

（13）　ドイツ・ロマン主義思想の概観としては、多田眞鋤『近代ドイツ政治思想史序説』（慶應通信、一九六六年）の「付録　ローマン主義の政治哲学」がある。シュミットの『政治的ロマン主義』もふくめて初期シュミットの思想を理解するためには、和仁陽『教会　公法学　国家――初期カール・シュミットの公法学』（東京大学出版会、一九九〇年）が必読文献である。

（14）　本稿執筆のために講談社学芸文庫版で再読したが、保田への「恨み節」のようで鼻白む思いがした。たとえば国学的絶対的現状容認に接近するにつれて「さいごに近代兵器の成立ちを説くことさえ、英米的（＝から心的）謀略のあらわれと断ずるようになる」保田の言説の究極的帰結（敗戦と没落）を鋭敏にも看取した「私たちと同年のある若者は、保田の説くことがらの究極的様相を感じとり、古事記いだいてただ南海のジャングルに腐らんとした屍となることを熱望していた‼」（同書、四九頁）というような部分がそうである。橋川が「二重の感嘆符」にこめた無念の深さを理解できないではないが、やはり共感はできかねる。もちろん日本におけるロマン主義批判の最高度の達成が、石川啄木の「巻煙草」（明治四二年一二月）、「性急な思想」（明治四三年二月）、「時代閉塞の現状」（明治四三年八月）などの一連の評論にあるとする指摘（文庫版、五八頁）は卓見であり、日本浪漫派の思想が「政治から疎外された革命感情の「美」に向かっての後退・噴出」（同書、三八頁）だったとする指摘もまた、シュミットによる「政治的ロマン主義」概念を充分に理解した者にしかできない洞察である。

本書における橋川による保田批判および日本浪漫派の現代的意義については、布施哲『希望の政治学――テロルか偽善か』（角川学芸出版、二〇〇八年）、とくに「第三章　自己犠牲のイメージ」を参照。布施が「テロリズム、とりわけその自殺的破壊活動が、純粋に宗教的な動機によって徹頭徹尾貫かれているという考えに疑問を呈するとともに、たとえそれが宗教の名においておこなわれたとしても、それを額面どおりに受け取って文化摩擦や文明間の和解不可能な対立へと問題の核心を還元してしまうのではなく、むしろその物質的・外部的条件をこそ分析する視点を導入した」（一一三頁）ことは高く評価できる。また布施がこう書いていることも全面的に首肯できる。

保田の「ロマン主義」は、宗教的、道徳的、あるいは倫理的な命令が一切無効になり、しかし、にもかかわらず、もはや回避しようのない自らの死に対して、理由ならざる理由を与えてくれるものとして多くの人々に受け入れられた。非常にしばしば「イスラム原理主義」という特定の宗教の名と結び付けられる現代のテロリズムが、実は宗教的な価値観などではなく、むしろそうした超越的価値が喪失してしまったことからくる絶望や諦念、そして氷のように冷え切った怒りによって縁取られているのだとしたら、保田の思想を詳細に分析することは、思いのほか現代的な意義を持つのである。（一三六頁）

ただし一九一〇年生まれの保田と一八九六年生まれの林達夫とがどのようにして別の道を進むことになったのか、そして林の「反語的精神」と保田の「イロニー」との違いについても考察があればとも思う。今後のわたし自身の課題としたい。なお近年における林達夫論としては熊谷英人「笑うエピキュリアン――林達夫における「政治」」（明治学院大学『法学研究』一〇〇号、二〇一六年、三六七-四〇七頁）および「林達夫のイタリア――ルネサンス論をめぐって」（明治学院大学『法学研究』一〇一号・下巻、二〇一六年、四九-六九頁）がある。

(15) 辻邦生の作品論・評伝の類いは枚挙にいとまがないが、単行本としては三木サニア『辻邦生　人と文学』（勉誠出版、二〇〇九年）がある。本書において三木は『背教者ユリアヌス』を「壮大で悲壮感に満ちた叙事詩的歴史小説」と呼び、ユリアヌスは果たして「背教者」だったのかと問いかけ、最後にはこう書いている。

しかし、何よりも重視すべきは、「背教者」であるユリアヌスの、真にキリスト者的生き方と人間像であろう。その自己放棄の生、永遠のローマの理念実現のために生命を捧げる情熱、地上の富や権威に執着しない清貧と離脱、民衆への愛と共感、神の意思への絶対的従順と委託等……。

こうして『背教者ユリアヌス』の「背教者」といういまわしいレッテルは、むしろ「殉教者」に等しい光栄を示す呼称として読者の心に印象づけられるのである。（二〇二頁）

このような、書き写しながら気恥ずかしくなるような考えにたいするわたしの見解は本論で述べる。また三木には

『遠藤・辻の作品世界──美と信と愛のドラマ』(双文社、一九九三年)という著作もあるが、本書では『背教者ユリアヌス』にはまったく言及されていない。さらには上坂信男『太虚へ──辻邦生歴史小説の世界』(右近書院、平成一五年)では、ユリアヌス帝はなんと「光源氏」に、皇妃エウセビアは「六条御息所」に類比されているのだ!!

(16) 旧制高校文化については、さしあたりドナルド・D・ローデン『友の憂いに吾は泣く──旧制高等学校物語(上・下)』(森敦監訳、講談社、一九八三年)を参照。監訳者の森は学園紛争当時、全共闘運動に共感をよせていたが、今にして思えばそれはイデオロギー上のものではなく、旧制高校の「バンカラ精神」に由来するものだったように思われる。

(17) 第一章で述べたように、辻が旧制松本高校時代に周囲の者は『神々の死』を読んではいたが、辻自身は読んでいないと明言している。また一九六二年に出版されたゴア・ヴィダルの『ユリアヌス──ある小説』への言及が無いのも、不思議といえば不思議である。ヴィダルの小説『都市と柱』(本合陽訳、本の友社、一九八八年)の初版が出版されたのは一九四八年であり、この作品はアメリカで初めて同性愛を描いたものとして大反響を呼んだ。一九六五年の改訂版の「序文」では、ヴィダルがトーマス・マンの愛読者であり、マンも『日記』に『都市と柱』を愛読していたと記していると、ヴィダル自身が書いているだけに、ますますそう思われるのだ。この点については第Ⅲ章で検討する。

(18) Cf. John Burrow, *A History of Histories : Epics, Chronicles, Romances & Inquiries From Herodotus & Thucydides To The Twentieth Century*, First published, 2007 : London : Penguin Books, 2009. Esp. Chapter 10. Ammianus Marcellius : The Last Pagan Historian, p.157ff.

第Ⅲ章　歴史を生みだすユリアヌス

(1) ウィッグ史観が「理念」を強調するのにたいして、ネイミア史学はある時代の政治社会を理解する際に、「パトロネージュ」と呼ばれる人脈や「インタレスツ」と呼ばれる利権構造を重視する。その意味でネイミアは「歴史を精神分析した」ともいわれている。このような考え方に基づいてジョージ三世統治下の一八世紀イングランドの政治構造を分析したものが、大著 *The Structure of Politics at the Accession of George III*, Palgrave Macmillan, 1957（初版出版一九二九年、未訳）である。邦訳書としては『1848年革命――ヨーロッパ・ナショナリズムの幕開け』（都築忠七・飯倉章訳、平凡社、一九九三年）がある。ちなみにネイミアにかんする邦語文献としては阿部四郎「ルイス・ネイミアと一八世紀英国政治」（『北大法学論集』一九六八年〇三月号）が、おそらく唯一のものである。なおポストモダニストの歴史論と、古代ギリシアに端を発する伝統的歴史叙述とを比較・検討したものして、大戸千之『歴史と事実――ポストモダンの歴史学批判をこえて』（京都大学学術出版会、二〇一二年）がある。

（2）オークショットの歴史理論のわたしなりの理解については、拙著『近現代英国政治思想研究、およびその他のエッセイ』（風行社、二〇一五年、一八三頁以下）を参照されたい。

（3）その他アンミアヌス・マルケリヌスを論じたものとしては、酒枝徹意「研究ノート　アンミアーヌス　マルケリーヌス、覚書」（『四国学院大学論集』六二、一九八六年）があるが、その内容は東ドイツの女性研究者による「アンミアヌス」研究の紹介だった。いかに「研究ノート」とはいえども、読者にたいしてあまりにも不親切である。研究史の研究をするよりも『歴史』そのものを翻訳することこそが、古代ローマ史研究者としての責務であろう。また藤縄謙三『歴史学の起源――ギリシア人と歴史』（力富書房、一九八三年）では、アンミアヌス・マルケリヌスの『歴史』はこのように紹介されている。

四世紀のアンミアヌス・マルケリヌスは、アンティオキア出身のギリシア人であるが、ローマ帝国軍人として各地を転戦した後に、タキトゥスの『歴史』に続けて編年体の歴史をラテン語で記述した。そして今日ではタキトゥスに匹敵する高い評価を得ているが、これは古代末期のラテン語の史書のうちで、唯一の編年体史書だとされている。（一〇〇頁）

（4）このような「史書」というスタイルが東アジアに特有なものなのかは、わたしには判定できかねる。タキトゥスの『歴史』にせよ、アンミアヌスの『歴史』にせよ、それらは「国家」によって委託されたものではない。

（5）ひとつだけ難があるとすれば、引用されている文献の原語が表示されていないことである。たとえば邦訳一一七頁に引用されている『小説の歴史（副題省略）』の原題は当然History of The Novelだと思ったが、なんとNovel History だった!!　編者名のマーク・カーンズはもっと厄介だった。

（6）ヴィダルの生涯と作品については『大預言者カルキ』（日夏響訳、サンリオ、一九八〇年）所載の「あとがきに代えて——ゴア・ヴィダルの軌跡」を参照されたい。ヴィダルが確信的無神論者（すくなくとも無信仰者）だったことについては、ふだんは温厚で機知に富んだリチャード・ドーキンスが「9・11事件」に際して書いた、激越な宗教批判「立ち上がるべきとき」において、以下のようなヴィダルの文章を引用していることからもうかがい知れる。

われわれの文化の中心にあって、口にしてはならない最大の悪弊は一神教である。旧約として知られる野蛮な青銅器時代の一つの経典から、ユダヤ教、キリスト教、イスラム教という三つの非人間的な宗教が進化してきた。これらは天の神をいただく宗教である。文字どおり家父長的——神は全能の父である——で、ここから、こうした国々で二〇〇〇年にわたって天の神と地の男性代理人によって苛まれてきた女性たちの強い嫌悪が生まれてくる。天の神は、もちろん嫉妬深い神である。彼は、この世のすべての人間の恭順を要求する。なぜなら、彼は一つの部族にだけ相応しいものではなく、万物に相応しいものだからである。彼を受け入れようとしない人間は、彼ら自身のために、彼を改宗させるか殺すしかない。（『悪魔に仕える牧師——なぜ科学は「神」を必要としないのか』垂水雄二訳、早川書房、二〇〇四年、二七六頁）

なお本書に収録されている、『銀河ヒッチハイク・ガイド』の作者ダグラス・アダムスへの弔辞と頌徳の辞は一読に値する名文である。

（7）ボルヘスの訳文について一言。この文章の出典は『続審問』所収の「新時間否認論」（平凡社版では「時間に関する新たな反駁」とされている）の一節である。岩波文庫版では、当該箇所はこう訳されている。

「永世不滅でないためには、人生はあまりに貧しすぎる」（三一二頁）。

わたしの貧弱な思考力をもってしては、この文章の意味がまったく理解できない。岩波版の「解説」にはこう書かれている。「ちなみに、ボルヘスが纏まったかたちで初めて英語圏に紹介されたのは、一九六二年『迷宮のかずかず』（*Labyrinths*）と題された散文集に依るもので〔……〕」（前掲邦訳書、三〇六頁）。訳者が言及している英訳版ではこうなっている。

"...life is too poor not to be immortal as well."（*Labyrinths*: *Selected Stories & Writings*, New York: A New Directions Book, 2007, p.227）

さらに岩波文庫版の元本『異端審問』（晶文社、一九八二年）ではこうなっている。

「永久不変でないためには、人生はあまりに貧しすぎる」（同書、二六三頁）。

スペイン語を解せぬわたしには「平凡社版」と「岩波文庫版＝晶文社版」とのどちらが正確な翻訳であるかは、判断できかねる。だが日本語としては「晶文社版」のほうがまだましであろう。

わたしが英訳から翻訳すればこうなる。

「人生はあまりにも貧しい、だから不死であることはできないのだ」。

（8）この点については、拙論「バジョット――権威・信用・権力」（『近代英国政治思想研究、およびその他のエッセイ』風行社、二〇一五年、二七三頁以下）を参照されたい。

（9）『銀河帝国衰亡史』に収録された「ファウンデーション・シリーズについて」という解説エッセイにおいて伊藤典夫は、アシモフと彼を育てた編集者ジョン・W・キャンベルとのつぎのようなやり取りを紹介している。

『夜来たる』を書いて一年もたたないころのある日、今度はアシモフのほうが、とほうもないアイデアを持ってはいってきた。最初の銀河帝国が滅びてから、第二の銀河帝国が興るまでの物語だ。そのヒントになったのは、読み終えたばかりだった、エドワード・ギボンの『ローマ帝国衰亡史』である。(ポケットブック版、二七四頁)

ちなみに本書の第一部は「心理歴史学者(サイコヒストリアン)」と名づけられており、しばしば〈エンサイクロペディア・ギャラクティカ〉なる書物が引用される。この二点からして、本書にたいするギボンの影響がいかに大きかったか、またダグラス・アダムスによる抱腹絶倒の大傑作ＳＦシリーズ『銀河ヒッチハイク・ガイド』(安原和見訳、河出文庫)がいかに本書から着想を得ているかが、よく了解されるであろう(ただしアダムスがこの着想を得たときに「瞑想」していたかどうかは、不明である)。

それはたんにヒッチハイカーが携行する『ヒッチハイク・ガイド』と〈エンサイクロペディア・ギャラクティカ〉なる書物との類似性だけではない。その根性(スピリット)においてアダムスはアシモフを介して、まぎれもなくギボンに連なっているのだ。たとえば『ヒッチハイク・ガイド』には「バベル魚」なる(たぶん)生物についてのつぎのような、素晴らしい記述がある。

バベル魚は小さく、黄色く、ヒルに似ていて、おそらく宇宙で最も奇妙な存在である〔……〕「バベル魚」はどんな言語も特殊な「精神波格子」に転換する能力があり、したがって「耳にバベル魚を入れたとたんに、どんな言語で言われたこともただちに理解できるようになる」」／さて、このように気が遠くなるほどお役立ちなものが、まったくの偶然から進化してきたというのは奇怪なまでにありえないことである。したがって、これを神の不在の最終的にして揺るぎない証拠と見なす一派が存在する。／その理屈はこうだ——神は言う。「わたしは自己の存在を証明するつもりはない。なぜなら証拠は信仰を否定し、信仰がなければわたしは無だからである。」／人間はこう反論する。「でも、バベル魚は完全に動かぬ証拠でしょ。ただの偶然でこんな魚が進化してくるはずないじゃん。これはつまりあなたが存在する証拠だから、したがってあなた自身の主張により、あなたは存在しないことになる。証明終わり。」／「まいったなあ」と神は言う。「そこまで考えていなかったよ」そしてただちに論理の煙となって消えてしまった。／「なんだ、こんな簡単なことだったのか」と人間は言い、今度はためしに黒を白と証明しようとして、次の横断歩道で車にはねられて死んでしまった。〔……〕／いっぽう気の毒なのはバベル魚である。バベル魚は、異種族・異文化間コミュニケーション上の障害をすべて取り去ることに成功し、宇宙始まって以来、なにものより多くの、そして血みどろの戦争を引き起こしている。（八一－八二頁）

じっさいのところ、英語が実質的には共通言語（virtually common language）になることによって「宇宙始まって以来、なにものより多くの、そして血みどろの戦争を引き起こしている」。あの「イスラム国」でさえ英語をつかっているのだ。無神論者が犯した殺人よりも、狂信主義的信仰者が犯した殺人のほうがずっと数が多い。ＩＳは神の名の下で殺人をしている。人間が救った人命や人間がもたらした社会的効用の総量は、信仰者と無信仰者との間で差があるのか？　サンデル先生に訊いてみよう。

（10）Cf. J. G. A. Pocock, “Gibbon's Decline and Fall and the World View of the Late Enlightenment,” in: *Virtue, Commerce, and History*, Cambridge: Cambridge University Press, 1985.（「ギボンの『ローマ帝国衰亡史』と啓蒙後期の世界観」、『徳・商業・歴史』田中秀夫訳、みすず書房、一九九三年、所収）。J. G. A. Pocock, *Barbalism and Religion*, vol.1–6. Cambridge: Cambridge University Press, 1999–2015. Peter Gay, *The Enlightenment: The Rise of Modern Paganism*, New York: Norton, revised edition, 1995.（本書は *The Enlightenment: An Interpretation*, 2 vols. の第一巻であり、第二巻 *The Science of Freedom* は『自由の科学――ヨーロッパ啓蒙思想の社会史（全二巻）』（中川久定ほか訳、ミネルヴァ書房、一九八二、八六年）として刊行されている。本書は啓蒙思想研究の金字塔であるが、第一巻の訳出が待望される）。なお『自由の科学（Ｉ）』にはつぎのような記述がある。卓見というべきである。

ギボンの作品はたんに一人の人間の才能のほとばしり以上のものとなっている。それは集団の成果、啓蒙主義の

> 世俗的世界理解の勝利である。（同書、三一六頁）

> ギボンは生涯の終り近くに「フランスの無秩序」に恐れをなし、バークの反革命的哲学を公然と賛美した。さらにギボンらしいことだが、自分にも責任があったことで、他の人びとを批難しようとした。「私は時々死者の対話を書くことを考えた。この対話の主題は、ルキアノスとエラスムスとヴォルテールとが、盲目的で狂信的な大衆の侮蔑の前に古い迷信の誤りをすっかり暴露してしまった場合に生じうる危険について、意見が一致するというものである」［『自伝』からの引用。訳文は中野訳（二九二頁）とは異なる］。ギボンはなるほど一度も大衆に話しかけたことがなかったのであるが、『ローマ帝国衰亡史』の有名な初期キリスト教についての数章は十八世紀の抑え切れない大論争の一部をなしている。ギボンでさえ避けることができなかったものは――とすれば一体他の誰が避けえただろうか――当時の現実であり、言い換えれば、万事が政治に通底するというルソーの洞察の威力であった。（同書、三一九頁）

『衰亡史』をめぐる近年の研究動向を知るには *Daedalus : Journal of the American Academy of Arts and Science*, Summer 1976 のギボン特集号（Edward Gibbon and the Decline and Fall of the Roman Empire）が便利である。

邦語文献としては永嶋大典「エドワード・ギボン小伝」（『近代（31）』神戸大学近代発行会、一九六一年五月）、芝井敬司による一連の研究とりわけ「エドワード・ギボンにおける文明と野蛮」（『関西大学東西学術研究所紀要（24）』一九九一年三月）、王寺賢太「ポーコック『野蛮と宗教』――「大きな啓蒙の物語」とは何か」（『週刊読書人』二〇〇〇年六月九日号）および江川陽「エドワード・ギボンの著作における自由と徳」（『立正史学（１０６）』二〇〇九年）などがある。

なお未訳ではあるが J. W. Burrow, *Gibbon* (Past Maters), Oxford : Oxford University Press, 1985 は、ギボン評伝の傑作である。邦訳の出版が待望される。『背教者ユリアヌス』の著者バワーソック（Bowersock）の新著 *From Gib-*

bon to Auden : Essays on the Classical Tradition, Oxford : Oxford University Press, 2011 は四編のギボン論を含む、洗練された珠玉のエッセイ集である。また Harold L. Bond, *The Literary Art of Edward Gibbon*, Oxford : Oxford University Press, 1960 は定評あるギボン研究である。

あるいはギボンの執筆動機を云々すること自体が、すでにして無粋なことなのかもしれない。吉田健一によれば、「ギボンは何に強いられて「ロオマ衰亡史」を書いたのでもなくただ自分がそういうことをしたかったから書いたのであり、それを書くに当たっては一切のことを計算し尽くして古代を思わせる均衡を得た一個の建造物を作り、これもそれ故に彼にとっては快楽の追求だったので、また従ってそれは英国の当時の舗装道路を高い金を払って貸し切り馬車を走らせて旅行することや、ロンドンのサロンで警句を吐いて友達の喝采を博すのと同じ彼の生活の一環だった」(『ヨオロッパの世紀末』岩波文庫、一九九四年、三八頁)。卓見というべきである。

(11)「コンスタンティヌスの寄進状(*Constitutum Donatio Constantini*)」とは、ユリアヌスとは因縁浅からぬ皇帝コンスタンティヌス(大帝)がキリスト教に改宗したときに、ローマの西方領土を教会に寄進することを約束した文書である。その内容は、「自分はハンセン病を患っていたが、ローマ教皇シルウェステル一世による洗礼を受けたのちに治癒した。その感謝の印として、ローマ司教に自分と等しい権力を与え、全西方世界を委ね、自分はコンスタンティノープルに隠退する」というものであった。コンスタンティヌスはシルウェステル一世を皇帝にしようとした。だがシルウェステル一世は帝冠を一度受け取ったが被らず、帝冠を改めてコンスタンティヌス一世に被せたという。この文書は聖ペテロに向ける形でコンスタンティヌスによる以下の寄進の記録を記している。すなわちアンティオキア、アレクサンドリア、エルサレム、コンスタンティノポリス、および他のすべての教会に対する優越権、皇帝の紋章とラテラノ宮殿の下賜、西部属州における皇帝権を教皇に委譲することを記している。この架空の歴史的事実によって教皇は「普遍的司教」であり、皇帝任命権を保持していると主張した。カール大帝の戴冠もこの理念に則った形で行われ、これを先例としてのちに教皇は皇帝よりも優越的な地位にあることの根拠とした。その後この文書は長らくカトリック教権の正統性の根拠とされてきた。だがこの文書は、ローマ教皇ステファヌス二世(在位七五二-七五七年）ないしその側近によって八世紀中ごろに偽造された偽書であることが、一八世紀になって確定した。これを人文主義の古典読解の手法で暴露したのがルネサンス期（一五世紀）の思想家ロレンツォ・ヴァッラである（以上の記述は日本語版ウィキペディア「コンスタンティヌスの寄進状」を参考にした）。彼は『快楽について』（近藤恒一訳、岩波文庫、二〇一四年）の著者であり、エピクロス主義者でもあった。詳しくはロレンツォ・ヴァッラ『「コンスタンティヌスの寄進状」を論ず』高橋薫訳、水声社、二〇一四年）を参照。本書には「コンスタンティヌスの寄進状」そのものも訳出されている。同書の「訳者解説」にはヴァッラの生涯と『「コンスタンティヌスの寄進状」を論ず』の思想史上の意義が詳しく述べられている。たとえばこういう具合である。

本論で取り上げられる主題は、①コンスタンティヌスにしてもシルウェステルにしても、帝国を譲渡する権利も譲渡される権利ももたないこと、②前者の命題が正しくないとしたら、帝国の主権はコンスタンティヌスに渡っておらず、したがって彼がシルウェステルに譲渡することも出来なかったこと、③コンスタンティヌスが洗礼をうけたのはシルウェステル以前の教皇によってであり、寄贈も大規模なものではなかったこと、④『寄進状』をめぐる矛盾と愚劣さ、不純正語法と非常識、である。つまり、世にいう「綿密な文献学的な史料操作」で寄進状を偽書と断じた、というのは『「コンスタンティヌスの寄進状」を論ず』の一部にすぎないのである。（ヴァッラ、前掲書、一八六頁）

『快楽について』の英羅対照版は Lorenzo Valla, *On Pleasure/De voluptate*, translated by A. Kent Hieatt and Maristella Lorch, Introduction by Maristella de Panizza Lorch, New York : Arabis Books, 1977 として出版されている。またヴァッラを含めてエピクロス的伝統についての論文集としては *Atoms, Pneuma, and Tranquility : Epicurean and Stoic Themes in European Thought*, edited by Margaret J. Osler, Cambridge : Cambridge University Press, 1991 がある。なおR・W・サザン『中世の形成』（森島敬一郎・池上忠弘訳、みすず書房、一九七八年、一一一頁）には以下の

記述がある。

現在われわれに分かっているところでは、これらの文書の若干のものは、八世紀、九世紀につくられたものであった。これらのうちで最も重要な文書は『コンスタンティヌスの贈与』で、これは最初のキリスト教徒の皇帝であるコンスタンティヌス帝が、イタリアの大部分とすべての島々に対する広範な俗権を教皇シルヴェステル一世〔在位三一四－三三五年〕に与えることを趣旨とした文書である。

また「コンスタンティヌスの寄進状」を含む『コンスタンティヌスの定め（*Constitutum Cnstantini*）』という偽書については今野國男『西欧中世の社会と教会』（岩波書店、一九七三年、二一九頁以下）を参照。

(12) たとえば富永茂樹『理性の使用――ひとはいかにして市民となるのか』（みすず書房、二〇〇五年）を参照。本書はフランスにおける啓蒙精神の帰趨を論じた名著である。

(13) このような試みは現代政治・社会思想におけるひとつの主要な潮流でもある。たとえばツヴェタン・トドロフやユルゲン・ハーバマスの諸著作を想起せよ。そうしたなかでわたしが推奨するのは、ハーバーマスのもとで学んだカナダの政治哲学者ジョセフ・ヒース『啓蒙思想2.0――政治・経済・生活に正気を戻すために』（栗原百代訳、NTT出版、二〇一四年）である。またアンドルー・ポターとの共著『反逆の神話――カウンターカルチャーはいかにして消費文化になったか』（栗原百代訳、NTT出版、二〇一四年）は、いわゆる「六八世代」の「反逆」がいかにしてネオリベラリズムやグローバル化の推進役になったかという逆説を鮮やかに解明している。さらにヒースに依拠した堀内信之介『感情で釣られる人々――なぜ理性は感情に負け続けるのか』（集英社新書、二〇一六年）は、小著ながら政治における理性的判断の重要性を説く好著である。本書にはつぎのような「問題」が提示されている。あなたならいくらと答える？

バットとボールがセット価格一一〇〇円で売られている。バットはボールより一〇〇〇円高い。そのとき、ボールの値段はいくら?(一五−一六頁)

本書は「カモられ」ないための安直なハウツー本ではない。だが、エマニュエル・トッドは各所で「ルソーやヴォルテールがフランス革命を生んだわけではない、一八世紀という時代背景が彼らを生んだのだ」との趣旨のことを述べているが、そうだとすれば、「啓蒙思想」をヴァージョンアップするにはもうひとつの「フランス革命」とそれに反発したもうひとつの「保守主義」が必要となろう。根本的には人口学的・人類学的・社会学的な長期的・漸進的アプローチが必要なのである。

(14) エピクロス哲学およびヘレニズム哲学全般についてはA・A・ロング『ヘレニズム哲学——ストア派、エピクロス派、懐疑派』(金山弥平訳、京都大学学術出版会、二〇〇三年)、堀田彰『エピクロスとストア』(清水書院、新装版二〇一四年)および岩崎允胤『ヘレニズムの思想家』(講談社学術文庫、二〇〇七年)などを参照。ヘレニズム世界全般についてはもう一冊の(アナザー)『ローマ帝国衰亡史』の著者ウォールバンクによる *The Hellenistic World*, Essex: Harvard University Press, 1981 などを参照。未訳ではあるがエピクロス主義への入門書としては Catharine Wilson, *Epicureanism: A Very Short Introduction*, Oxford: Oxford University Press, 2015 がある。エピクロス的伝統については(注10)に示した *Atoms, Pneuma, and Tranquillity: Epicurean and Stoic Themes in European Thought*, edited by Margaret J. Osler, Cambridge: Cambridge University Press, 1991 とともに Howard Jones, *Epicurean Tradition*, New York: Routledge, 1988, 1992を参照。

ちなみにセイバイン『西洋政治思想史I』(丸山眞男訳、岩波書店、一九五三年)では「エピクロス学派」についてこのように書かれている。

エピクロス學派の目的は、一般的にいえば、アリストテレス以後の時期における一切の倫理哲學の目的と共通しており、つまり教徒たちの裡に個人的自足の状態を齎すということにあった。その目的のためにエピクロス主義は、善き生活は快樂の享受にありという教を説いたが、その際快樂ということを消極的に解釋した。幸福とは事実上一切の苦痛・心労・懊悩を避けるということにほかならない。エピクロスは自分の弟子たちのサークルに親密な友情的結合を作ろうとしたが、この友情の悦びこそまさに彼の幸福哲學の積極的内容をなしたのであって、そこには公共生活の無用な煩わしさからの隠遁ということが含まれていた。従って賢人というものは、萬止むをえぬ事情のない限り全く政治に關係しないものなのである。（一九二頁）

（15）コンスタンティヌス大帝は現代イタリアの歴史家にとっても厄介な人物らしい。モンテネッリは『ローマの歴史』（藤沢道郎訳、中公文庫、一九九五年）において、ユーモアあふれる筆致でこう書いている。

三十年も帝位を保ったのは歴代皇帝中コンスタンティヌスただ一人である。だがかれは、ばかげきった遺書一枚で壮大な事業全体を台なしにしてしまった。すなわち、帝国を五分し、三人の実子、コンスタンティヌス、コンスタンテウス、コンスタンスと、二人の甥、デルマティウス、ハンニバリウスに、分け与えたのである。〔……〕まったく驚くべき遺言である。まあできたことはしょうがないとしても、せめて三人の息子にもう少しまぎらわしくない名前をつけておいてもくれてもよかったのではなかろうか。こうも似た名の皇帝たちが組んずほぐれつするのを、分かりやすく説明するのは、絶望的な難事業である。だがともかく、全力を尽くしてやってみよう。（四八〇頁。傍点は引用者）

これにつづいてモンテネッリはコンスタンティウス、ガルス、ユリアヌスの事跡について同じようにユーモアたっぷりの叙述をしている。わたしはしばしばコンスタンティヌスとコンスタンティウスを取り違えたり、コンスタンティウスの皇妃エウセビア（ユリアヌスが想いをよせる相手）を「アリウス派の司教」エウセビオ（ウ）ス（ユリアヌスの仇敵）と取り違えたりして顰蹙をかったことがある。ユリアヌスの腹違いの兄ガルスの妻がコンスタンティーナときては、西洋古典学のズブの素人が混同するのも無理ない。

（16）拙稿「現代英国政治思想の系譜（2）」（『近現代英国政治思想研究、およびその他のエッセイ』風行社、二〇一五年、二二五頁）。

（17）この点および前述したパスカル『プロヴァンシアル』については、中金聡・国士舘大学教授のご示唆およびご教示に感謝する。『プロヴァンシアル』については、森川甫『パスカル『プロヴァンシアルの手紙』――ポール・ロワイヤル修道院とイエズス会』（関西学院大学出版会、二〇〇〇年）、『パスカル著作集（Ⅲ－Ⅴ巻）』（田辺保訳、一九八〇年）および『田舎の友への手紙』（森有正訳、白水社、一九三九年）の「解説」を参照。中金の「エピクロスとニーチェ」（『国士舘大学政治研究』第七号、二〇一六年）には、ニーチェがエピクロス哲学に傾倒していた時期に、一七世紀のイタリア人画家プッサンの絵画「われもまたアルカディアにありき（et in Arcadia ego）」に触発されて、『人間的、あまりに人間的』のなかでこのように書いているとの指摘がある（一〇六頁）。

1879年6月末にスイスのオーバーエンガディン地方を訪れたニーチェは、ザンクト・モリッツ近傍の小村シルス＝マリーアに立ち寄り、その辺の「すべてが静寂と夕べの満ち足りた気配に包まれていた」風景に接して、世界をひとつの啓示のように感じとった。その経験は、『人間的、あまりに人間的』の「われもまたアルカディアにありき（et in Arcadia ego）」ではじまる詩情豊かな断章につぎのように記録されている。

――なにもかもが大きく、静かで、明るかった。こうした美しさの全体は、戦慄を、また美の啓示される刹那への無言の崇拝を呼びおこした。そして、まるでこれ以上自然なことはないように、思わずもわれわれは、この純粋な、くっきりした光の世界（憧憬、期待、予見、回顧などのまったく存在しない世界）にギリシアの英雄たちをもちこんだ。プサンやかれの弟子のような感じかたをしないではいられなかったのである、すなわち英雄的であると同時に牧歌的に。――そしてこういう風になにがしかの人間たちが生きてきたのであり、こういう風に絶えず世界のなかの自分を、また自分のなかの世界を感じてきたのである。そしてこういう人びとのなかに、もっとも偉大な人間のひとり、すなわち英雄的・牧歌的な種類の哲学的思索の創始者――エピクロスがいたのだ（出典省略）。

なお「エト・イン・アルカディア・エゴ」は、「私もかつてアルカディアにいた」あるいは「私はアルカディアにもいる」という、ふたつの意味に解釈可能だが、「私」を「死」の意味に解し「楽園アルカディアにも死は存在する」と解釈するのが妥当とされている。いわば「死を忘れるべからず」あるいは「死はどこにでも存在する」という教訓を絵画化したものだ、との説がある。

また「われもまたアルカディアにありき」の「われ」は、墓碑銘を刻んだ「作者」なのだ。「その男」はノミの音を響かせ、大理石の飛沫を飛ばし、「わたしは今こうして地上に生を受けている」ことを実感する。彼の所作はその証なのだ。ピラミッドをはじめ、人類が遺した遺産がすべてそうであるように。「われもまたアルカディアにありき」の墓碑銘は、「文化」という人間の所作の根源＝fuenteであると思う、との説もある（www.lares.dti.ne.jp/~fuente/arcadia/arca_txt_j.html を参照）。

さらにこのふたつの説についてはルイ・マランの遺著『崇高なるプッサン』（矢橋透訳、みすず書房、二〇〇〇年、九〇頁以下）を参照されたい。わたしが「エピキュリアニズム」の精髄と考えるのは、この世界を（イーグルトンがいうように神からの「贈り物」としてではなく）「人間の所作の根源」すなわち「達成（achievement）」とみなす考え方である。

この考え方はレオ・シュトラウスによるホッブズ研究（『ホッブズの政治学』添谷育志ほか訳、みすず書房、一九九〇年）における、ホッブズ政治哲学とエピクロス哲学との関連という指摘、およびそれに触発されたオークショットによる本書にたいする書評（「シュトラウス博士のホッブズ論」『「リヴァイアサン」序説』中金聡訳、法政大学出版局、二〇〇七年、所収）におけるオークショットの考え方にも通じている。じじつオークショットはこう述べている。

わたしの考えでは、近代政治哲学の最深部には、ストア派的自然法理論の再活性化をエピクロス主義的理論という接ぎ木によって達成しようとする運動がある。〔……〕ホッブズが重要なのは、かれが近代で最初に栽培を試みた「接ぎ穂」を近代政治思想が古き自然法理論に移植し、その結果かつてないほど包括的で整合的なものを創造したからである。エピクロス主義の伝統がこれほど明敏な主唱者にめぐまれ、これほどみごとな表明を受けとったことは、あとにも先にもない。（オークショット、前掲書、一九八－一九九頁）

シュトラウス学派の John Colman, *Lucretius as Theorist of Political Life*, New York : Palgrave Macmillan, 2012によれば、エドマンド・バーク（Edmund Burke）は、一七九一年に執筆された「フランスの国情についての考察」において旧いエピクロス主義と新しいエピクロス主義とをこのように対比している。

大胆不敵さの属性は、以前は決して無神論者の本来の性格ではなかった。彼らは逆にこれとは正反対の性格ゆえに、以前は大昔のエピクロス主義者のような、進取の気性に乏しい人種だった。ところが彼らも最近では活動的、冒険的、破壊的、扇動的な党派へと成長した。彼らは今や、諸々の国王、貴族、聖職者の不倶戴天の敵である。彼らパリのすべてのアカデミー会員は、プリーストリーの親友にしてコンドルセを筆頭に放埓な共和主義者の徒党の中でも最も狂暴な人種である。（『バーク政治経済論集』中野好之訳、法政大学出版局、二〇〇〇年、七二三頁）

すなわち古代のエピクロス主義は既存の社会のなかで哲学者が隠れて生きる道を求めたが、近代エピクロス主義は哲学者が堂々と哲学できるような社会を作ろうとした、これがすなわち啓蒙だと主張するのである。ルクレティウスに端を発する「エピキュリアン・モーメント」においては、啓蒙によって古典的エピクロス主義の「既存の社会のなかで哲学者が隠れて生きる道」の探究は破産に追いやられ、啓蒙＝近代エピクロス主義の急進的政治主義は「隠れて生きよ」の教えからの逸脱だったというのが、コールマンの趣旨である。

おわりに　「ポスト真実の時代」におけるリベラル・アイロニスト

（1）以下の記述はギボン『衰亡史』、ボエティウス『哲学の慰め』（畠中尚志訳、岩波文庫、一九三八年）および『哲学の慰め』（渡辺義雄訳、筑摩叢書、一九六九年）所収の「訳者解説」などに依拠している。

（2）本邦訳書には「哲学者と動物」および「詩人と動物」は収録されていない。「タナー・レクチャー」自体の翻訳は『動物のいのち』（森祐希子・小関周二訳、大月書店、二〇〇三年）として出版されている。この講演のなかでコステロはピーター・シンガーを代表とする本質主義的な動物の権利擁護論を論破する。あくまでも「哲学」に固執するシンガーにたいし、「詩」や「小説」に依拠しながらシンガーよりも過激な動物擁護論を展開する。そのユーモアと辛辣さに満ちたコステロの講演全体を読むために読者は（いずれも高価な）二冊の本を買わなければならない。これは読者にとって迷惑このうえない事態である。「哲学者と動物」および「詩人と動物」をふくむ『エリザベス・コステロ』の全訳が出版されんことを待望する。

（3）もしかしたらこの砦はすでに崩れ去っているのかもしれない。だがスタイナー『むずかしさについて』の「訳者あとがき」で、訳者のひとり加藤が書いているように、

「ぬかるんだ道に落ちていた本の切れ端を拾いあげ、驚きと幸運の叫び声をあげた」エラスムスへの回帰を「それはそれでまったく悪いというわけではない」と断じるスタイナーの「悲観的楽観主義」（本書二七八ページ、これは『青髭の城にて』ではニーチェの「悦ばしい知」になぞらえられている）――それをこそ、われわれは受

け継ぐべきだろう。（二九二頁）

スタイナーのこの「悲観的楽観主義」を「リベラル・アイロニー」と読み替えれば、わたしはここにかすかな燭光を見いだすのだ。「本を読む」こと、その前提として書物が存在することは、いかなる文明にとっても必須の条件である。だからこそ始皇帝の焚書や、ヒュパティアを嬲り殺しにしてアレクサンドリア図書館を破壊した初期キリスト教徒の暴挙、ナチスによる貴重な書籍遺産の破壊等々は、文字どおり「蛮行」なのだ。ハイネの戯曲『アルマンゾール』にあるように「書物が焼かれるところでは、最後には人も焼かれる」のだ（quoted in: Fernardo Baez (translated by Alfred MacAdam), *A Universal History of the Destruction of Books: From Ancient Sumer to Modern Iraq*, New York: Atlas & Co., 2008)。

なお「リベラル・アイロニスト」としてローティの思想については、渡辺幹雄『リチャード・ローティ——ポストモダンの魔術師』（春秋社、一九九九年。後に講談社学術文庫に収録）、大賀裕樹『リチャード・ローティ——リベラル・アイロニスト思想』（藤原書店、二〇一二年）および冨田恭彦『ローティ——連帯と自己超克の思想』（筑摩選書、二〇一六年）を参照。

あとがき

まずは初出について。本書の「第一章」は「ユリアヌス帝の変貌――「背教者」から「哲学者、ローマ皇帝」へ」（明治学院大学『法学研究』第一〇〇号、二〇一六年一月）として発表した。ただし本書収録に際してメレジュコーフスキー『基督と反基督（1）神々の死（背教者ジュリアン）（全）』（『世界文藝全集』第三編、米川正夫訳、新潮社、一九二二（大正一〇）年）の、筆者による要約は割愛した。それとともにいくつかの部分を訂正・削除した。「第二章」、「第三章」および「おわりに」は書き下ろしである。

本書出版に当たってわたしがもっとも考えあぐねたのは書名である。「第一章」を執筆する際に念頭にあったのはジョージ・スタイナー『アンティゴネーの変貌』（海老根宏・山本史郎訳、みすず書房、一九八〇年）だった。本書の原題はAntigonesである。ソポクレスの悲劇の主人公の名前を複数形にしただけの素っ気ないタイトルだが、それによってスタイナーは、西欧文明の基底にある「アンティゴネー」という表象が時代や地域の変化のなかで、どのように「変貌＝複数化」していったかを見事に描き切っている。もちろんスタイナーの博覧強記には及ぶべくもないが、わたしが本書で意図したものも「ユリアヌス」という人物をめぐるテクストとコンテクストとの歴史的変化の探究である。わたしにはどんなに短いエッセイを執筆する際にも、早朝の静寂（しじま）のなかミューズが降り立って結びのセンテンス（決め台詞）を決めてくれてから書き始める習性がある。本書ばかりはそうはゆかず、出口もわからぬままに、ユリアヌスについて「書かれたもの」の迷宮をさまようばかりだった。ローティとスタイナーによって「出口」を見いだすことができたのは幸いである。

思えばわたしが思想史についてものを書く際につねに参照してきた三冊の書物がある。ひとつはスタイナー『青髭の城にて——文化の再定義への覚書』（桂田重利訳、みすず書房、一九七三年）、もうふたつはライオネル・トリリング『〈誠実〉と〈ほんもの〉——近代的自我の確立と崩壊』（野島秀勝訳、筑摩書房、一九七六年、法政大学出版局、一九八九年）およびマイケル・イグナティエフ『ニーズ・オブ・ストレンジャーズ』である。これらは広くいえば「文芸批評」というジャンルに属している。なかでもわたしは「評伝」というジャンルがことのほか好きである。それというのも「評伝」は、他者の人生と思想——その時々に下した決断やそれを促した信念——を追体験することによって、自分自身の生き方を「改訂」するために最適な形式だからである。

自分自身の生き方を「改訂」するとは、換言すれば自らを省みることにほかならない。人生のある時点で自らの人生を吟味する（Cf. Robert Nozick, *The Examined Life: Philosophical Meditation*, New York: Touchstone, 1989）ことは、マルクス・アウレリウスの『自省録』をまたずとも洋の東西を問わず知性の基本的作法だった。クッツェーの『サマータイム』（『サマータイム、青年時代、少年時代——辺境からの三つの自伝』くぼたのぞみ訳、インスクリプト、二〇一四年、所収）——本書が「他者による自伝（*autre* biography）」であることについては、訳者による卓抜な「解説」を参照——は、すでに死亡したクッツェー自身が仮想の評伝作者になりすまして、「他者による自伝」を書くという手の込んだフィクションである。そこまで巧妙ではないにせよ、正統的なイグナティエフの「バーリン伝」やクリックの「オーウェル伝」のような書物の、せめて一章なりともを書きたいという夢を、わたしはまだ捨て去っていない。

当初から本書を『ユリアヌス伝』と銘打つ心算は毛頭なかった。そのための能力が自分に不足しているのを、わたしは十分承知している。唯一絶対的な超越神をわたしは信じていない。それと同様に歴史上の人物としてであれ、書かれた人物像としてであれ、そもそも「唯一無二のユリアヌス（The Julian）」なるものの実在を、わたしは信じてはいない。複数の「ユリアヌス（Julians）」像があるだけなのだ（ヴィダルの小説はあくまでも「不定冠詞付きの小説（A Novel）」である）。専門家から見れば途方もない思い違いだと思われるかもしれない。また数多くの事実誤認や人名・地名・年代の間違いなどもあるかと思う。ご指摘をいただければ幸いである。

それにもかかわらず本書出版を思い立った理由は、「おわりに」で書いたような現代日本社会のあり方、とりわけ紙ベースの「書物」の行く末にたいするわたしなりの憂慮である。いまさら若者の活字離れを云々しても老人の繰り言にすぎないが、昨今の大学生や若手研究者の読書量の減少と、読書範囲の狭隘化は目を蔽うばかりである。その惨状については本書の随所で指摘しておいたので、ここでは繰り返さない。ただ一点指摘しておきたいのは、二〇三〇年前後に到来するいわゆる「団塊世代」の大量自然死にともなう社会の変化についてである。エマニュエル・トッドがいうように人口減少は文明のあり方に大きな影響をあたえるだろう。だが広い意味での「識字率＝教養」の劣化に歯止めがかからないとすれば、またわたしたちの「自省能力」がこのまま失われてゆくとすれば、来るべき「文明」を手放しで礼賛することはできはしない。本書にメッセージがあるとすれば、消滅しつつある「書物文化への賛歌（オマージュ）」である。これが

「哀歌（エレジー）」に終わらないことを願うばかりである。

本書出版に当たってはたくさんの方々にお世話になった。まずは明治学院大学付属図書館の司書の皆さま、とくに相互利用カウンターのおふたりには、資料収集の点でお世話になった。おふたりの仕事ぶりは「書籍文化」の担い手としてのプロ意識に徹した素晴らしいものである。『背教者ジュリアノ』（島村苳二訳、ほととぎす発行所、一九一〇（明治四三）年）を探しあぐねて相談したところ、「『ホトヽギス』の増刊号は本館に所蔵しています」といって書庫の奥深くから取りだしてきていただいたときには飛びあがるほどうれしかった。『ホトヽギス』の増刊号の表紙は呆然とするほど美しかった。「本体が傷（いた）まないならば」との条件つきで、宝物を扱うように丁重にカラーコピーした。明治時代の出版文化の質の高さを、わたしたちはどれだけ受け継いでいるだろうか?

本書執筆の過程で折にふれて、各種の論点についてご教示いただいた国士舘大学・中金聡教授には深く感謝する。ある程度書き終えると、ほとんど毎日のようにメールをやり取りして、逐一ご批評いただいた。先生のご助力がなければ本書が日の目を見ることはなかっただろう。本筋の内容についてだけではなく、自称「『背教者ユリアヌス』妄想映画化プロジェクト」についても「皇妃エウセビア」役や「軽業師ディア」役をだれにするかで、のべ数十人に及ぶ自薦・他薦の女優をお互いに指名し合ったのも、いまでは楽しい思い出である。

出版社を探すには大和大学・石崎嘉彦教授にお世話になった。『法学研究』の抜き刷りをお送りして以来、何度も「ユリアヌス論について雑談でもいいので、なにか研究会でお話を」とのお誘いをいただきながら、諸般の事情で出席は叶わなかった。それにもかかわらず先生は、快くナカニシヤ出版をご紹介くださった。編集を担当いただいたナカニシヤ出版の石崎雄高氏には、明快な書名案の提示や冗長な文章の削除・訂正等々、適切なご助言をいただいた。深く感謝いたします。

最後になったが最大の感謝を最愛の妻・陽子に捧げる。いつものように「最初の読者」として草稿に目をとおし、日本語の品質管理――冗長な部分の削除、品のない表現の訂正、明快な表現の提示等々――をしてくれたことに感謝する。本書の文章が少しでも読みやすくなっているとすれば、それは彼女のおかげである。「知ってることをすべて書く必要はない！」という忠告は、今後ものを書く際に肝に銘じておきたい。定年退職とともに激減した家計費を遣り繰りして、書籍購入費用を捻出してくれたことにも深く感謝する。本当にありがとう。

二〇一七年三月　庭前の薔薇の木の根元に群れ咲くクリスマスローズを眺めながら

添谷育志

【追記】本書擱筆後、ユリアヌス関連文献で大きな見落としがあったことに気づいた。以下を追加する。

中野好夫「背教者ユリアヌス帝――権力の偉大と悲惨」（初出『くりま』一九八〇年、『中野好夫集Ⅶ』筑摩書房、一九八四年所収）。

なおこの論考については同書所収の「コンスタンティヌス大帝――権力の偉大と悲惨」とあわせて、後日論ずることにする。これらの論考はコンスタンティヌス大帝系統と源氏系統とを類比したり、ユリアヌス帝の聡明さを聖徳太子に擬したりするという、いささか乱暴な面もあるが、さすが『衰亡史』の訳者であればこその卓見も多数ある。リベラルな「保守主義者」を自称する中野の思想とともに別著で論じたい。（二〇一七年八月一〇日）

ラ・ワ　行

マ　行

ヤ　行

ナ　行

ハ　行

タ　行

サ　行

カ　行

【事項索引】

ア　行

ヤ　行

ラ・ワ　行

マ　行

ナ　行

ハ　行

サ　行

タ　行

カ　行

索　　引

＊頻出する「辻邦生」および「『背教者ユリアヌス』」,「ユリアヌス」,「ギボン」および「『ローマ帝国衰亡史』」「『ギボン自伝』」などは割愛した。
＊検索対象は「本文」に限定した。「本文」中の引用文に登場する人名,事項は割愛した。引用された小説などの登場人物名も同様に扱った。

【人名索引】

ア　行

■著者略歴

添谷育志（そえや・やすゆき）

1947年栃木県生まれ。東北大学大学院法学研究科博士課程単位取得退学。明治学院大学名誉教授。

著訳書：『近現代英国思想研究、およびその他のエッセイ』（風行社，2015年），『現代保守思想の振幅——離脱と帰属の間』（新評論，1995年），M. イグナティエフ『火と灰——アマチュア政治家の成功と失敗』〔共訳〕（風行社，2015年），M. オークショット『歴史について、およびその他のエッセイ』〔共訳〕（風行社，2013年），M. イグナティエフ『許される悪はあるのか？——テロの時代の政治と倫理』〔共訳〕（風行社，2011年），他。

背教者の肖像

——ローマ皇帝ユリアヌスをめぐる言説の探究——

2017年10月17日　初版第1刷発行

著　者　添谷育志

発行者　中西健夫

発行所　株式会社ナカニシヤ出版

〒606-8161　京都市左京区一乗寺木ノ本町15

TEL　(075)723-0111

FAX　(075)723-0095

http://www.nakanishiya.co.jp/

印刷／製本・亜細亜印刷

＊乱丁本・落丁本はお取り替え致します。

ISBN978-4-7795-1186-8　Printed in Japan